En couverture, dessin de Marc Pantanella à partir de la photo de l'exécution de Cesare Battisti, député social-démocrate au Reichsrat autrichien, où il représentait la région de Trente. À la déclaration de guerre, Battisti s'engagea dans l'armée italienne. Fait prisonnier par les Autrichiens, il fut pendu pour haute trahison. Cette photo circula à l'époque sous la forme de cartes postales.

LES DERNIERS JOURS DE L'HUMANITÉ

La collection « Marginales » est dirigée par Héléna & Samuel Autexier

Hommes en guerre, Andreas Latzko
(Nouvelles traduites de l'allemand par M. Wachendorff & H-F. Blanc)

L'Homme qui revint du diable, 'Biyi Bandele-Thomas
(Roman traduit de l'anglais par Henri-Frédéric Blanc)

Le Royaume des bois d'élans, Ingela Strandberg
(Poèmes traduits du suédois par Virginie Büschel)

Écartez le soleil, Eyvind Johnson
(Roman traduit du suédois par Philippe Bouquet)

La Percée, Jean Bernier

ISBN : 2-910846-34-2

Coédition, *Comeau & Nadeau Éditeurs*
ISBN : 2-922494-21-7

Karl Kraus

Les Derniers Jours de l'humanité

Version scénique établie par l'auteur
Traduit de l'allemand
par Jean-Louis Besson & Henri Christophe

« C'est la guerre - C'est le journal »
Introduction de Jacques Bouveresse

« L'oiseau qui souille son propre nid »
Avant-propos de Karl Kraus

Postface de Gerald Stieg

Agone
Comeau & Nadeau

Ce texte est initialement paru dans la revue *Austriaca* (mai 1986, n° 22, p. 63-68), entièrement consacré à Karl Kraus.
Nous remercions l'auteur et l'éditeur de nous avoir gracieusement autorisé à le reproduire ici.

C'est la guerre - C'est le journal

Je ne connais personnellement pas d'auteur qui ait décrit plus magistralement que Karl Kraus le sentiment de résignation et d'impuissance avec lequel la plupart d'entre nous subissent aujourd'hui le pouvoir de la presse et des médias, à peu près comme on supporte une calamité. « C'est le journalisme », a-t-on envie de dire, comme on dit, dans d'autres circonstances : « C'est la guerre ». Pour ne parler que d'un aspect qui n'est probablement ni aussi important, ni aussi secondaire qu'on le croit généralement, mais qui est, en tout cas, très révélateur, je ne rencontre pratiquement pas d'intellectuel digne de ce nom qui attende du journalisme à prétentions intellectuelles autre chose que le pire, c'est-à-dire la superficialité et l'à-peu-près, la simplification grossière, le mensonge par omission et par sélection et la servilité devant les valeurs (momentanément) imposées. Mais c'est le genre de constatation que l'on ne fait généralement qu'en privé. Le phénomène journalistique a fini par acquérir le caractère complètement impersonnel et anonyme d'une puissance naturelle contre laquelle il serait ridicule et absurde de se révolter publiquement. Le fait que la mise en garde et la critique abstraites proviennent parfois des journalistes eux-mêmes signifie simplement que leur invulnérabilité et leur impunité sont réellement devenues totales. La grandeur de Kraus est de n'avoir accepté ni l'impersonnalité ni la normalité du phénomène, d'avoir choisi de citer des textes et des noms et de désigner des responsables précis de la médiocrité, de la malhonnêteté et de la bassesse « ordinaires ».

Il est vrai qu'il a peut-être fait preuve d'un optimisme excessif, lorsqu'il a dit que sa fonction avait été de « mettre l'époque entre guillemets » en sachant que « ce qu'elle a de plus indicible ne pouvait être dit que par elle-même » [1]. Kraus ne voulait pas « énoncer [*aussprechen*], mais répéter [*nachsprechen*] ce qui est » [2], laissant à son époque le soin de se déshonorer et de se détruire elle-même à travers ce qu'elle disait et ce qu'elle montrait. « Citer et photographier » simplement, comme il le dit : « Car lorsque la vie touche à sa fin, le satiriste et le caricaturiste ont déjà pris congé auparavant. Je suis devant le lit de mort de l'époque et à mes côtés il y a le reporter et le photographe. Celui-là connaît ses derniers mots et celui-ci connaît son dernier visage. Et sur sa dernière vérité le photographe sait encore mieux ce qu'il en est que le reporter [3]».

D'une certaine façon, Kraus a voulu être le reporter et le photographe des faits de la pratique journalistique elle-même, c'est-à-dire des faits de langage dont l'absurdité et l'atrocité viennent en quelque sorte redoubler celles des faits eux-mêmes. À l'ignominie de l'événement, notre époque ajoute celle de sa mise en phrases : « Un enfant vit dans un journal illustré une image qui s'intitulait "Prière pendant la bataille" et représentait la manière dont les soldats, le visage triste, le regard baissé vers la terre, se tiennent dans les rangs. L'enfant, qui ne savait pas encore lire, mais savait encore voir, ne demanda pas ce que c'était, mais, parce qu'il voyait que c'était quelque chose de triste, il commença à pleurer et pleura et il fut tout à fait impossible de le calmer. On l'exhorta à être un brave garçon et à ne pas pleurer. Pourtant il pleura et, lorsqu'on lui en demanda la raison, il donna en sanglotant la réponse : "Si on est bien obligé – de faire – des choses comme ça, alors on ne doit – tout de même pas en plus – les dessiner." [...] Il y en a eu qui ont coupé la gorge à d'autres avec leurs dents. On les a appelés de braves garçons [4]».

Kraus voulait réapprendre à son époque à voir ce qu'elle montre et à lire ce qu'elle écrit. Pourtant, il savait que le satiriste d'aujourd'hui est doublement désarmé devant les événements. D'une part, parce qu'« il arrive que l'irreprésentable se transforme chaque jour en une chose réelle, et une chose que la satire ne fait apparaître que comme son ébauche » [5]. D'autre part, parce qu'il n'est pas certain que son époque ne vive pas précisément du ridicule qui devrait en principe la tuer : « Cela peut être le signe de la mort d'une culture, que le ridicule ne tue plus, mais agisse comme un élixir de vie [6]».

Il y a aujourd'hui une immunité journalistique, comme il y a une immunité diplomatique. Elle repose essentiellement sur le fait que toute attaque contre le comportement et *a fortiori* la fonction du journaliste est interprétée comme une atteinte inadmissible à une liberté fondamentale : la liberté de la presse, et une insulte à une des grandes religions de l'époque : la religion de l'information. Kraus n'a pas hésité, pour sa part, à poser et à reposer la question tabou, celle de savoir si les bienfaits que nous devons à l'instauration de la liberté de la presse ne sont pas en train de s'effacer devant les méfaits qui les surpassent de plus en plus. Sa conviction était que le pouvoir de la presse sur les esprits peut d'une certaine façon, davantage aujourd'hui contre l'homme que la religion n'a jamais pu pour lui : « À un certain moment de l'évolution européenne, la religion se trouva incapable d'aller plus loin. Alors, la presse intervint et fit aboutir les choses. Et vraiment, elle s'entendait mieux à flatter l'imparfaite nature humaine que la religion à lui venir en aide. Elle peut davantage contre l'homme que la religion pour lui. Quelle personnalité puissante ne faudrait-il pas pour exercer de sang-froid ce formidable pouvoir que donne la presse, et rester vis-à-vis de l'humanité un rédacteur responsable ! Et quelle ne serait pas la force morale d'une société qui pourrait sans danger se remettre entièrement entre les mains d'un tel homme. Mais cet instrument de domination est aujourd'hui le gagne-pain d'une bande d'avortons moraux, il procure leur subsistance à tous les impuissants de l'esprit. Au commencement était le verbe, mais ceux-ci ne l'entendent pas et voilà pourquoi l'humanité, dominée par l'Antéchrist, en est réduite à attendre une nouvelle parole de vie [7]».

Kraus ne pouvait certainement pas scandaliser davantage les libéraux et les démocrates de son époque qu'en avouant, comme il l'a fait, que la défense de la liberté et de la dignité de la personne humaine ne lui paraissait pas aussi indissolublement liée qu'ils ont tendance à le croire à celle de la liberté d'opinion et d'expression, telle qu'elle est comprise aujourd'hui. La condamnation du journalisme moderne a été, chez lui, si radicale qu'il n'a pas hésité à reconnaître ouvertement qu'il redoutait moins, à tout prendre, la censure que ce qu'on est convenu d'appeler la liberté (c'est-à-dire, pour lui, la liberté de nuire) de la presse : « Censure et journal. Comment ne devrais-je pas trancher en faveur de la première ? La censure peut étouffer la vérité à la longue, en lui donnant la parole. Le journal étouffe la vérité à la longue, en lui enlevant les mots. La censure ne nuit ni à la vérité ni au mot ; le journal aux deux » [8].

Constatant que la presse de son époque était, « si l'on fait abstraction de la petite divergence d'opinion qui a conduit au bain de sang des peuples, entièrement unanime pour exiger davantage de liberté de la presse, qui, comme on sait, représente une des conquêtes les plus précieuses de l'humanité et ne peut être séparée du bien de la liberté humaine comme telle », Kraus a fait remarquer que : « Bien qu'à présent le droit d'être homme n'ait pas la moindre chose à voir avec la liberté d'opinion, telle que les *voleurs de grands chemins du progrès* la propagent, et que l'on puisse très bien se représenter la plus complète disposition des biens de la vie sans une presse quotidienne, le peuple se voit inculquer si profondément, à coup d'éditoriaux, le lien indissoluble de tout ce que l'homme est en droit d'exiger de la vie avec un journalisme non censuré que l'on pourrait imaginer plus facilement des mécontents dans une époque sans presse que dans une époque sans pain » [9]. La force de la presse est, aux yeux de Kraus, de réussir à perpétrer ses crimes quotidiens contre les valeurs humaines les plus fondamentales à l'abri de la solidarité intrinsèque qu'elle a réussi à établir une fois pour toutes entre sa propre cause et celle de l'humanité, en tant que telle. La presse est toute-puissante, parce qu'elle dispose, plus que n'importe quel autre pouvoir, des moyens de se rendre indispensable aux yeux de l'opinion et est parvenue à rendre littéralement impensable un monde sans la presse.

Lorsque Kraus a eu à subir les attaques de gens qui l'accusaient ouvertement d'avoir voulu précisément ce que le national-socialisme était en train de réaliser, à savoir l'anéantissement de la « journaille » (un terme qui, comme il l'a rappelé à cette occasion, n'avait pas été inventé par lui, mais par un collaborateur occasionnel de la *Neue Freie Presse*), il a répondu en disant que : « Le national-socialisme n'a pas anéanti la presse, mais la presse a produit le national-socialisme. En apparence seulement, comme réaction, en vérité comme accomplissement » [10]. Le soupçon injurieux qu'il a dû affronter, d'avoir enfin obtenu ce qu'il voulait et demandait, et d'avoir remporté en quelque sorte une victoire personnelle, ne l'a pas amené à changer quoi que ce soit à sa position, qui était que, si la presse avait été dûment empêchée de nuire en temps utile, le monde « n'aurait à se repentir d'aucune guerre et à avoir peur d'aucun Hitler » [11]. Je ne crois pas que l'on puisse comprendre le caractère absolument définitif et radical du verdict de Kraus sur la presse si l'on oublie à quel point elle s'était déshonorée et disqualifiée, à ses yeux, par son attitude au cours de la Première Guerre mondiale. Il a assumé, sur ce point, le rôle du juge pour lequel la cause a été entendue et jugée une fois pour toutes. Et personne ne peut contester qu'étant donné la position héroïque et presque complètement solitaire qu'il avait défendue lui-même à l'époque, il en avait jusqu'à un certain point le droit. Que la presse, à commencer par celle que l'on dit « libre », soit capable des pires infamies, Kraus ne l'a pas inventé et n'a pas eu besoin de le faire. Elle lui avait fourni toutes les raisons de le penser et de le dire.

Kraus était de ces hommes pour qui même les meilleures idées et les meilleures causes peuvent être discréditées par le genre d'individus qui les défendent ; et il ne concevait manifestement pas que le journalisme puisse servir une cause quelconque sans la rendre immédiatement plus ou moins suspecte : « Celui dont c'est le métier d'avertir contre les dangers que fait courir à la civilisation universelle et au bien des nations l'évolution de la presse d'opinion mercantile, celui qui lutte pour la sauvegarde de toutes les forces conservatrices devant l'invasion d'une horde sans tradition, celui qui préfère même l'État policier – pas seulement au sens esthétique – à l'établissement d'un pouvoir arbitraire par la grâce de la journaille, celui qui reconnaît carrément que, dans tous les domaines du débat public, il a pris ne serait-ce que par ressentiment le parti des médiocres contre les plus médiocres, voire qu'il a abandonné la bonne cause parce que ceux qui la défendaient le dégoûtaient : celui-là peut espérer qu'on ne suspectera pas une profession de foi surprenante pour plus d'un, mais qu'on y verra la simple expression d'une conviction » [12].

Au nombre des professions de foi les plus surprenantes pour la mentalité de notre époque figure précisément la conviction inébranlable de Kraus que la défense du journalisme est une affaire qui doit être dissociée complètement de la défense de l'esprit et de la culture : « La vie de l'esprit n'est pas ce qui m'intéresse ici – je m'en occupe déjà moi-même ! Mais ce dont il s'agit est que la base de la vie soit assurée, laquelle ne me semble en aucune façon dénaturée par une atteinte à la liberté de la presse. Pas même par la réduction des titres, le fait de porter la main sur le nerf vital de la tyrannie de l'opinion, de réfréner les parasites du cerveau » [13]. Kraus soutient que la véritable action en faveur de la vie et de l'esprit serait une « audace culturellement réfléchie » qui oserait tenter ce qui n'a jamais été fait : s'en prendre directement à ce que seule une habitude invétérée nous contraint encore à défendre et à une fatalité qui a réussi le tour de force de se faire passer pour une des conditions essentielles de la liberté.

À ses yeux, le pouvoir exorbitant de la presse d'aujourd'hui est bien autre chose qu'un simple phénomène socio-culturel. Le journalisme est devenu en quelque sorte une puissance métaphysique devant laquelle tous les pouvoirs temporels ont également capitulé : « Je partage l'opinion progressiste que ce genre de chose n'a été possible jusqu'ici ni dans l'Autriche libérale ni dans l'Autriche absolutiste : la détermination qui, sans scrupules démocratiques, rompt la loi d'inertie et montre vis-à-vis de la fatalité qu'il y a tout de même, ma foi, quelque chose à faire. Je n'entre pas, il s'en faut de beaucoup, avec cette observation dans le champ de la politique, mais au contraire dans celui de la logique » [14].

Kraus n'aurait évidemment pas été un satiriste s'il n'avait pas cru à la positivité et aux vertus du ressentiment. N'a-t-il pas cependant, sur le problème de la presse, été aveuglé par le ressentiment et n'a-t-il pas surestimé nettement l'importance du phénomène et du pouvoir journalistiques ? Je n'en suis pas tellement convaincu, pour ma part. Bien avant que les sociologues de la culture ou peut-être plus exactement, en l'occurrence, de l'inculture ne le découvrent, Kraus avait déjà très bien compris que les véritables faits et les véritables événements sont constitués aujourd'hui par les représentations que l'on en construit et les récits que l'on en donne : « La presse est-elle un messager ? Non : l'événement. Un discours ? Non : la vie. Elle ne formule pas seulement la prétention que les véritables événements sont les nouvelles qu'elle donne des événements, elle produit également cette identité inquiétante qui fait naître à chaque fois l'apparence que les actes sont d'abord rapportés, avant d'être effectués, souvent aussi la possibilité de ces choses et, en tout cas, la situation dans laquelle les correspondants de guerre n'ont assurément pas le droit de regarder, mais les guerriers deviennent des correspondants de guerre. En ce sens-là, je laisse volontiers répéter après moi que j'ai, toute ma vie, surestimé la presse. Elle n'est pas un domestique – comment un domestique pourrait-il effectivement réclamer et obtenir autant ? –, elle est l'événement. À nouveau, la taille de l'instrument a dépassé la nôtre. Nous avons mis l'homme qui doit annoncer l'incendie et qui devrait sans doute jouer le rôle le plus subalterne dans l'État au-dessus du monde, au-dessus du feu et au-dessus de la maison, au-dessus du fait et au-dessus de notre imagination » [15].

Il n'y a probablement pas de symbole plus parfait du monde « moderne », en un sens qui, pour Kraus, n'a depuis longtemps rien à voir avec ce qu'on appelle traditionnellement les temps modernes, et en même temps de ce qu'il a combattu avec acharnement tout au long de sa vie que la performance tout à fait digne d'admiration dont le récit inspire le dernier monologue de l'« ergoteur » dans *Les Derniers Jours de l'humanité* (acte V, scène 54) [16].

> L'ERGOTEUR (*Assis à son bureau. Il lit*) : Désireux de vérifier combien de temps il faut à un arbre pour se transformer en journal, le propriétaire d'une usine de papeterie du Harz entreprit d'effectuer une expérience intéressante. À 7 heures 35, il fit abattre trois arbres dans la forêt qui se trouvait près de l'usine ; après que les arbres furent écorcés, on les transporta à l'usine de fabrication des fibres de bois. La transformation des trois troncs en une masse de bois liquide fut si rapide qu'à 9 heures 39, le premier rouleau de papier d'imprimerie sortait de la machine. Ce rouleau fut transporté en automobile jusqu'à l'imprimerie d'un quotidien située à quatre kilomètres de là et à 11 heures du matin, le journal était en vente dans la rue. Il n'avait donc fallu que 3 heures 25 minutes pour permettre au public de lire les dernières nouvelles sur le matériau provenant d'arbres sur les branches desquels les oiseaux chantaient encore le matin même.

Kraus estimait que l'« on ne peut se faire encore aujourd'hui une idée des ravages causés par la découverte de l'imprimerie » [17]. D'une civilisation capable de transformer aussi rapidement un arbre en journal et, qui plus est, de s'en glorifier, on peut sans doute s'attendre à bien d'autres choses aussi insensées et impensables les unes que les autres. « Les choses, constate

Kraus, ont pris une tournure sans exemple dans aucune des périodes historiquement connues »[18]. Nous n'avons plus aucun point de comparaison pour essayer de savoir où nous allons.

Bien qu'il n'ait sans doute pas encore connu le pire en matière de toute puissance et de malfaisance de la presse, il n'est pas certain que les attaques de Kraus contre le journalisme puissent être réellement comprises aujourd'hui, parce que la capacité de résistance de notre époque à l'inimaginable et à l'indicible quotidiens s'est peut-être, comme il le craignait, encore amoindrie entre-temps. On peut espérer, cependant, au moins que les défenseurs de la nature odieusement maltraitée par les conquêtes de la civilisation consentiront un jour à reconnaître à quel point ce « réactionnaire » était, en réalité, sur ce point-là comme sur tant d'autres, en avance sur son temps.

Jacques Bouveresse

Notes

1. Karl Kraus, *Untergang der Welt durch schwarze Magie*, Paperback-Ausgabe, in 10 Bändenn, Kösel-Verlag, Munich, 1974, vol. 7, p. 72.
2. *Ibid.*
3. *Ibid.*, p. 71-72.
4. *Ibid.*, p. 163.
5. *Die Fackel*, 834, mai 1930, p. 3.
6. *Ibid.*, p. 2.
7. « Aphorismes », traduit de l'allemand par G. Goblot et M. Rubel, in « Karl Kraus », *Cahiers de l'Herne*, n° 28, 1975, p. 24.
8. *Beim Wort genommen*, Paperback-Ausgabe, vol. 3, p. 443.
9. *Weltgericht*, Paperback-Ausgabe, vol. 10, p. 86.
10. *Die dritte Walpurgisnacht*, Paperback-Ausgabe, vol. I, p. 280.
11. *Ibid.*, p. 218.
12. « Morale et criminalité », traduit de l'allemand par E. Kaufholz, *Cahiers de l'Herne*, *ibid.*, p. 28-29.
13. *Die dritte Walpurgisnacht.*, p 217.
14. *Ibid.*, p. 218.
15. *Weltgericht, ibid.*, p. 13.
16. Traduit de l'allemand par E. Kaufholz in, *Cahiers de l'Herne, ibid.*, p. 68.
17. « Aphorismes », *ibid.*, p. 25.
18. *Ibid.*

Ce discours de Kraus fut prononcé à la Sorbonne le 9 décembre 1927. Pendant la première soirée de lecture, des nationaux allemands organisèrent une manifestation ayant pour but de la perturber. Une personne proche du Berliner Lokalanzeiger quitta la salle en même temps qu'un écrivain connu pour des opinions pourtant différentes. Cela se passa au moment de la lecture de « Berliner Theater » et notamment de la glose « Untuh ». À la fin de la seconde soirée, le représentant de l'ambassade allemande adressa ses remerciements à Karl Kraus.

Cette traduction est initialement parue en 1975 dans un numéro des *Cahiers de L'Herne* consacré à Karl Kraus.

L'oiseau qui souille son propre nid

Avant de commencer la lecture d'extraits de mon drame sur la guerre, *Les Derniers Jours de l'humanité*, je me sens dans l'obligation de vous donner quelques éclaircissements. Ne serait-ce que d'un simple point de vue moral, cette soirée trouverait sa justification dans le fait que l'humanité dont il est question dans cette pièce – que l'auteur reconnaît dans chaque auditoire – semble avoir déjà oublié la guerre et en souhaiter une autre. C'est pour cette raison que l'on peut – et que l'on doit lui parler de la guerre. Mais il me faut malheureusement préciser aussi les raisons d'ordre moral qui expliquent ma présence ici, devant des auditeurs étrangers, avec une œuvre où les choses humaines sont considérées à partir de l'observation de réalités locales, où l'auteur aboutit à une vision apocalyptique en analysant des exemples rencontrés dans le milieu national et culturel qui lui est le plus familier. Quelles autres sources pouvaient d'ailleurs s'offrir à lui ? En trente années, je n'ai pas écrit une ligne où la critique de la civilisation universelle, la saisie du déclin de notre monde n'aient quelque rapport avec mes expériences personnelles. Il faut dire que j'ai dû lutter pendant trente ans contre la stupidité et l'incapacité de ceux qui ne savaient reconnaître une telle perspective, contre la méchanceté et la mauvaise volonté de ceux qui refusaient de lui rendre justice, contre les piètres complots de cerveaux corrompus par l'époque, de journalistes qui aimeraient bien me priver de la chance que j'ai d'être l'objet d'une conspiration du silence en prétendant que mes petites expériences limitées à une étroite sphère locale empêchent ma pensée de s'ouvrir sur le monde. Quelle habileté ne mettent-ils pas à se tranquilliser, ces innombrables imbéciles, ces filous qui m'ont permis d'illustrer ce thème parmi tous : toutes les trahisons exercées à l'égard de la nature par cette époque creuse ! Ils aimeraient bien, en faisant modestement remarquer leur propre petitesse, se dissimuler à quel point ils me devront leur célébrité posthume ; mais il auront beau se rapetisser, je me chargerai de les grossir jusqu'à ce qu'ils aient atteint les dimensions de tout le mal dont nous souffrons. Le lecteur de l'avenir comprendra qu'ils avaient valeur de symboles et le lecteur étranger ressentira la même chose, même si certains faits lui échappent. Seuls ceux qui parlent la langue que j'ai le malheur d'avoir en commun avec mes détracteurs (c'est un malheur parce que je considère que la langue allemande est la langue la plus profonde et que ceux qui la parlent de nos jours sont les individus les plus superficiels), seuls ceux-là m'objecteront – même à l'étranger – que mes antipathies pour une certaine civilisation me condamnent à n'être compris que dans un contexte local très étroit. Ils croient de plus pouvoir se servir de l'argument le plus désespéré qu'utilisèrent de tous les temps les imbéciles de tous les pays contre celui qui a eu le courage de dire la vérité à ses compatriotes : ils prétendent que l'on n'a pas le droit de dire une telle vérité devant des étrangers. Mais si le fait de dire cette vérité était justement la seule manière de prouver son courage pendant cette guerre, pourquoi ne serait-il pas moral de la répéter à tout moment et partout ? à condition, bien sûr, qu'elle soit d'une utilité universelle et qu'elle n'insiste sur le cas particulier que dans la mesure où il fut le premier à être considéré. Pourquoi ne décrirais-je pas le destin tragique de l'humanité entraînée vers la mort par son manque d'imagination ? – ce problème est au centre de mon drame. Pourquoi ne décrirais-je pas un tel problème à notre humanité plus vaste même si mon expérience ne se fit qu'au contact de mes propres concitoyens ? J'affirme que pendant la guerre, tout intellectuel s'est rendu coupable de trahison envers l'humanité s'il ne s'est pas révolté contre sa patrie quand celle-ci était en guerre – en se servant de tous les moyens dont dispose un intellectuel. J'affirme que le spectacle qu'offrent les chantres de la guerre et les lèche-bottes de mon propre pays belligérant en venant, une fois la guerre terminée, en pays ennemi pour tendre aux populations une main salie par les contributions qu'apportèrent leurs écrits à l'effusion de sang – j'affirme que le revirement qui les entraîne à fraterniser avec les peuples est bien plus ignominieux que leur activité durant la guerre, qu'ils aimeraient bien désavouer aujourd'hui [1]. Lorsque j'arrivai ici une première fois pour donner lecture de mon drame sur la guerre – qui présente effectivement sous un jour terrifiant des exemples qui me sont proches, afin de flétrir la honte dont s'est couverte l'humanité –, qui oserait affirmer que je recherchais les bonnes grâces de l'autre nation ? alors que je ne lui ai rien caché de cette horreur que sont les « voyages organisés en enfer » où la mort au champ d'honneur est exploitée par l'industrie du tourisme [2]. Non, mes intentions étaient toutes différentes ; mais je voulais aussi expliquer ce qui justifiait ma venue à l'étranger, moi qui me trouvais à l'abri du soupçon qui pèse sur tout visiteur pacifiste derrière lequel on imagine aujourd'hui un ancien chantre de la guerre. Si l'homme que je suis était né dans votre espace linguistique, *Les Derniers Jours de l'humanité* auraient peut-être été considérés par les critiques d'art peu honnêtes comme une attaque dirigée exclusivement contre le militarisme français, alors qu'ils y voient aujourd'hui un document attestant la haine à l'égard de ce que l'on appelle les puissances de l'Europe centrale. Est-il besoin de rendre encore sérieusement des comptes au crétinisme international sur la manière dont

---

1. Cette phrase vise Alfred Kerr. Sous le pseudonyme de Gottlieb, ce journaliste berlinois fut un violent belliciste pendant la Première Guerre mondiale, pour jouer ensuite les apôtres de la paix. Kraus le menaça de republier ses poèmes sous son véritable nom, mais Kerr obtint d'un tribunal civil une décision qui l'en empêcha.

2. La presse internationale faisait de la publicité pour des voyages organisés sur les champs de bataille de Verdun. Dans *Die Fackel*, Karl Kraus a stigmatisé ces voyages, qu'il qualifiait de « voyages organisés en enfer ».

fonctionne l'esprit d'un écrivain ? S'il en attend effectivement, je vais lui faire cet aveu : je n'ai pas d'autre patrie que ma table de travail que, pour des raisons d'ordre privé, je ne puis transférer dans une région dont les conditions de vie conviendraient en effet mieux à mes nerfs et qui présenterait pour moi cet avantage précieux entre tous : je serais beaucoup plus sûr de ne pas y voir prostituer la langue dans laquelle je pense et que je sers par conséquent comme une souveraine, je n'entendrais pas à tout instant les outrages qu'on peut lui infliger dans les écrits et les discours. Or, sachez que je suis effectivement celui qu'ils aiment désigner par la métaphore la plus stupide, la plus vulgaire et la plus inattendue : « l'oiseau qui souille son propre nid ». Je demande à l'homme qui fait un tel affront au monde animal en ayant recours à cette comparaison, qui a l'audace d'appliquer ses sordides façons de penser à la sphère des libres créatures de Dieu, en parant sa vanité – c'est bien le cas de le dire – de la plume des autres, je lui demande s'il croit vraiment qu'un oiseau préférerait souiller un nid qui n'est pas le sien parce que l'homme l'en croit capable et considère pour sa part qu'il est commode de recourir à une telle grossièreté. L'homme qui a imaginé cette expression, trahissant son immense égoïsme avec une aussi naïve impudence, s'est visiblement trompé, car on parle couramment du coucou qui dépose ses œufs dans les nids des autres ; les hommes ont étendu le sens de cet acte égoïste en l'appliquant à ce qu'ils connaissent si bien : la saleté. Mais cette expression destinée à m'éclabousser est bien loin du compte. Il s'agit bien de souillure. Mais parce que l'oiseau qui trouve son nid souillé, l'oiseau souillé par son propre nid, voudrait le nettoyer, parce qu'il est disposé à se charger de cette besogne, qu'il en a le courage, les autres oiseaux que la saleté ne dérangent pas disent qu'il « souille » son nid. La collision entre une réalité et une métaphore est toujours désastreuse : il s'agit de l'état de ce qui est souillé et de sa description qualifiée elle-même de souillure par ceux qui, ayant la saleté chez eux, voudraient cependant la dissimuler. Or, durant toute ma vie je n'ai fait que me consacrer à cette activité qui, aux yeux de certains, est une souillure et, en échange, je me suis attiré la haine de ceux qui sont souillés – à un degré sans précédent dans l'histoire de la vie intellectuelle. Cette haine qui met en action les puissants moyens de la presse en les faisant se taire quand il s'agit de moi, en organisant autour de moi une conspiration du silence, cette haine s'est encore accrue du sentiment annihilant qu'avaient d'être totalement désarmés devant moi ces potentats que sont les tyrans de la presse, devant lesquels les détenteurs de l'impuissance des États et du monde artistique se traînent dans la poussière alors qu'eux-mêmes sont incapables de m'imposer le moindre respect. Ce sentiment d'impuissance les envahit lorsqu'ils reconnaissent qu'en renonçant à leur faveur et à leurs bonnes grâces, je me renforçais au lieu de m'affaiblir, tandis que mon rire perçait déjà leur silence, semant l'inquiétude dans leurs rangs. Il est naturellement illusoire de croire que les trépignements d'auditeurs quittant la salle comme on a pu les voir récemment ici auraient quelque effet sur moi, alors que tout succès me laisse parfaitement indifférent. Ce vacarme de la médiocrité n'apparaîtrait de toute façon que comme une insulte à l'hospitalité ; c'est l'affaire des auditeurs de bonne volonté de se défendre de ceux qui violent de force leur bon droit et c'est donc à eux de faire que, le cas échéant, le triomphe d'un départ volontaire prenne l'aspect d'un départ forcé, donc d'une défaite. Sans préjudice de la liberté qu'a l'auditeur d'exprimer son approbation ou sa désapprobation sous l'une des formes habituelles, je ne suis nullement disposé en tant qu'orateur à tolérer que certaines personnes de mon auditoire se fassent remarquer en se comportant comme si l'on avait parlé pour elles ou contre elles. Je m'adresse uniquement à ceux que, pour être capable de prendre la parole, je dois imaginer comme des auditeurs déjà acquis à mes idées ou désirant faire l'effort de les comprendre. Mon activité n'a aucun but lucratif et le seul pouvoir dont je dispose est celui de la parole. Chacun est libre de ne pas la comprendre, chacun est libre de la dédaigner ; mais que celui qui n'a rien à dire pendant que je parle se garde d'imposer son tapage aux autres. Si personne ne voulait écouter, Dieu sait que je ne connaîtrais pas de plus grande déception que celle qui fonde et justifie le contenu de toute mon activité. L'on voit qu'il s'agit ici d'un de ces infimes motifs qui permettent, à partir d'un cas particulier, de démontrer quelque chose qui vaut pour toute l'humanité et que tout cela est lié au problème posé par ces lectures devant un public étranger. Tant que ce problème sera une question de tact, les chahuteurs auront du mal à lui apporter une solution satisfaisante et si le monde doit être guéri de la réalité allemande, il faudra bien, me semble-t-il, changer de manière. Lorsqu'on prononça récemment ici le nom de ce douteux représentant de la civilisation allemande contre lequel devra lutter quiconque se sent investi d'une mission sérieuse pour la défense de cette civilisation, il se produisit une agitation bien prévisible. Et comme il citait un exemple, décrivant lui-même avec force exagérations l'impression que fit sur lui le milieu de l'ambassade allemande, je déclarai pour ma part que le monde n'avait pas la foi lui permettant de croire à ce qu'on entendait là. Mais trouverait-il cette foi si tout cela se manifeste par des piétinements et des claquements de portes ? Les plumitifs nationaux allemands auront beau se poser ici comme les défenseurs de la cause de ce pays – je crois la servir bien mieux par chacune de mes paroles de vérité, et la critique que j'exerce à l'égard de sa civilisation ne veut rien avoir en commun avec cet odieux battage fait autour de points d'honneur national, qu'il s'agisse de l'ambassade d'Allemagne ou de quelque autre ambassade. Un étrange hasard voulut que l'on me remît un télégramme quelques minutes avant le début de cette séance que vinrent troubler les chahuteurs ; ce télégramme était rédigé en ces termes : « Meilleurs vœux à l'occasion lecture de ce jour faite par véritable représentant de l'esprit allemand. »

Eh bien, oui, j'ai tendance à m'imaginer, comme l'expéditeur de ce télégramme, que l'activité libre d'un homme qu'aucune folie nationaliste ne saurait influencer dans sa lutte contre les maux dont souffre son entourage est un service authentique rendu à la civilisation de son pays, un hommage authentique à ses nobles richesses si bassement galvaudées. Je crois que l'auteur qui, récemment, prononça ici une phrase écrite pendant la guerre (dans une de ses satires sur les rédactions imposées aux écoliers autrichiens et dont les sujets étaient du genre de celui-ci : « *Egmont* de Gœthe, ou le renforcement de la guerre sous-marine ») : « Nous autres Allemands préférerions tout de même en imposer davantage au monde avec *Egmont* qu'avec le renforcement de la guerre sous-marine » – je crois que cet auteur pourra exercer son activité sans jamais être soupçonné de rapetisser les valeurs allemandes dans l'intention ignominieuse de se faire bien voir auprès des puissances étrangères [3]. Et je ne crois pas qu'en terre étrangère Schopenhauer aurait renié ou réduit d'un iota sa critique à l'égard de ses compatriotes, massacrant et flétrissant la noble cause de son pays. Mais pour éviter tout malentendu concernant ma vocation à lutter contre les maux dont souffre mon pays et pour honorer sa cause, j'aimerais faire remarquer que ses défenseurs les plus fanatiques ont des moments de lucidité où ils sont capables de reconnaître que même celui qui attaque son pays sert sa cause à sa manière. Sinon, comment imaginer qu'ait pu paraître il y a quelques mois dans l'organe représentatif de la politique nationale allemande cette critique de mon drame sur la guerre avec pour titre « Le triomphe de Thersite » ? Je ne suis pas ce Thersite, moi dont on a écrit ceci : « Nous séparerons un livre – dont la médiocrité littéraire n'a d'égale que la bassesse des opinions qu'il exprime – d'œuvres qui doivent leur existence à une géniale faculté de création, aux intentions les plus estimables et à une grande pénétration : nous voulons parler des *Derniers Jours de l'humanité*, de Karl Kraus, cet homme unique qui eut pour mission de jeter l'anathème sur un État qu'il défia pendant des décennies [4]».

---

3. Kraus parle ici de lui-même.

4. Voir cet extrait du *Berliner Börsenkurier* (n° 136 du 31 mars 1928) : « Et à Munich, les nationaux allemands attaquent la jeune troupe des Kammerspiele et les « Traumstucke » de Kraus. Quelle aberration, quelle perfidie ! À Karl Kraus qui, dès le début de la guerre, n'a fait que lutter pour défendre les droits du combattant, ils reprochent de bafouer ce combattant. Extravagant renversement des choses, naïve obstination » (Herbert Ihering). Voir aussi « Finis *Austriae im Roman* », article d'Ernst Alker : « Nous devons donc reconnaître qu'il existe encore une prose pure, une épopée de *Finis Austriae.* Il n'existe rien de comparable a *Nachsommer* de Stifter ; il n'existe rien de comparable au drame grotesque de Kraus *Die letzten Tage der Menscheit*, qui est l'œuvre d'un esprit

Mes activités n'ont pas besoin de cette citation extraite du journal de Monsieur Stresemann pour trouver une justification ; elle peut cependant servir à remettre en place ceux qui ont l'insolence de prétendre m'imposer, dans le domaine des activités de l'esprit, des bornes qui sont à la mesure de leur esprit borné. Le fait qu'un plumitif allemand quel qu'il soit – qui réussit sans doute mieux à se faire entendre lorsqu'il chahute – ose prétendre représenter ici la cause allemande, l'ambassade allemande contre moi, pouvait tout au plus m'inspirer une satire et non m'intimider. Qu'on se le dise une fois pour toutes : j'ai passé ma vie à n'écrire que des choses qui – à partir des critiques des imperfections observées dans ma patrie – permettent de faire progresser l'humanité vers un objectif idéal. Celui qui me croit capable d'assez de bassesse pour partir d'un tel sujet afin de chercher l'audience à l'étranger en dénigrant ma patrie se rend lui-même suspect de nourrir de telles intentions. Il est comme l'oiseau qui voudrait ajouter à l'avantage d'avoir quitté son nid celui d'une origine exempte de souillure. Mon œuvre tout entière – spécialement mon drame sur la guerre – ne se compose de rien d'autre que de ce qui est le propre de l'humanité, son honneur et son esprit, exprimé dans la langue allemande et autrichienne et tiré de la substance de mon expérience de ces pays. Grâce à cette langue et au courage que j'eus de la parler, je fus un écrivain allemand. C'est là un fait que je ne saurais nier. J'espère qu'un tribunal futur le reconnaîtra un jour.

KARL KRAUS
Traduit de l'allemand par Eliane Kaufholz

---

de la dimension d'un Swift ; c'est une œuvre satirique que l'étranger sut mieux reconnaître que ne le fit l'Autriche, où elle est ignorée, dénigrée ou mal comprise par les enthousiastes » (*Der Literarische Handreiser*, Herder Vlg Januatheft, 1928 ; n° 54 F 781/86).

Les faits les plus invraisemblables exposés ici se sont réellement produits, j'ai peint ce que eux, simplement, ont fait. Les conversations les plus invraisemblables menées ici ont été tenues mot pour mot ; les inventions les plus criardes sont des citations. Des phrases dont l'extravagance est inscrite à jamais dans nos oreilles deviennent chant de vie. Le document prend figure ; les récits prennent vie sous forme de personnages, les personnages dépérissent sous forme d'éditorial ; la chronique a reçu une bouche qui la profère en monologues ; de grandes phrases sont plantées sur deux jambes – bien des hommes n'en ont plus qu'une. Des voix fusent, fulminent à travers l'époque et enflent, choral de l'acte sacrilège. Des gens qui ont vécu parmi l'humanité et lui ont survécu, acteurs et orateurs d'un présent qui n'a pas de chair mais du sang, pas de sang mais de l'encre, sont reproduits sous forme d'ombres et de marionnettes et réduits à la formule de leur inconsistance active. Des larves, des lémures, masques du carnaval tragique, sont pourvus de noms vivants ; or il doit en être ainsi car dans cette existence temporelle déterminée par le hasard rien n'est dû au hasard. Cela ne confère à personne le droit de considérer tout cela comme une affaire locale. Même ce qui se passe sur le Ring devant chez Sirk est régi par un centre cosmique. Quiconque a les nerfs fragiles, bien qu'assez solides pour endurer l'époque, qu'il se retire du spectacle.

On trouvera en fin de volume un *Glossaire des principaux noms de personnes, de journaux & de lieux* ainsi qu'un *Glossaire des pièces musicales* donnant les titres allemands.

Acte I
Scène I

Devant chez Sirk. Des drapeaux aux fenêtres. On acclame des soldats qui défilent. Excitation générale. Des groupes se forment.

UN CRIEUR DE JOURNAUX : Édition spéciale — !

DEUXIÈME CRIEUR DE JOURNAUX : Édition spéciale ! Les faits, les commentaires !

UN MANIFESTANT *(se détache d'un groupe qui chante la* Marche du Prince Eugène *; criant sans cesse, le visage écarlate et déjà tout enroué)* : À mort la Serbie ! À mort ! Vive les Habsbourg ! Hourra ! Vive la Serbie !

UN INTELLECTUEL *(s'aperçoit de l'erreur ; lui flanquant un coup dans les côtes)* : Qu'est-ce qui vous prend —

LE MANIFESTANT *(d'abord surpris, se ravise)* : À mort la Serbie ! À mort ! Hourra ! À mort les Habsbourg ! La Serbie !

(Dans un deuxième groupe ; une prostituée a été entraînée dans la bousculade, un voyou marche très près derrière elle et tente de lui arracher son sac.)

LE VOYOU *(hurlant sans cesse)* : Hourra ! Hourra !

LA PROSTITUÉE : Lâchez ça ! Quel goujat ! Lâchez ou je —

LE VOYOU *(renonçant à son entreprise)* : Pourquoi vous criez pas hourra ? Et ça se dit patriote ! Une putain, voilà ce que vous êtes, dites-vous bien ça !

LA PROSTITUÉE : Vous êtes un pickpocket !

LE VOYOU : Regardez-moi cette traînée — c'est la guerre, dites-vous bien ça ! Une putain, voilà ce que vous êtes !

UN PASSANT : Faites la paix, je vous en prie ! Faites la paix !

LA FOULE *(prêtant attention)* : Une putain ! Qu'est-ce qu'elle a dit ?

UN DEUXIÈME PASSANT : Si je ne me trompe, elle a dit un truc contre la Maison impériale !

LA FOULE : À mort ! Cognez-la ! *(La fille a réussi à disparaître dans un passage.)* Laissez-la filer ! On n'est pas comme ça, nous ! Vive les Habsbourg !

UN REPORTER *(à celui qui l'accompagne)* : On dirait qu'il y a des ambiances ici.

LE DEUXIÈME REPORTER : Que se passe-t-il ?

UN OFFICIER (à *trois autres)* : Salut Novotny, salut Pokorny, salut Povolny, dis donc — toi qui t'y connais en politique, qu'est-ce que tu en dis ?

DEUXIÈME OFFICIER *(avec une canne)* : Tu sais, moi je dis, tout ça, c'est à cause de l'encerclement.

LE TROISIÈME : Tu sais — c'est évident.

LE QUATRIÈME : Tout à fait mon avis — hier j'ai bamboché — !

LE TROISIÈME : Tu sais, dans le journal on a dit que c'était inéluctable. Alors, qu'est-ce que tu vas devenir ?

LE QUATRIÈME : Eh bien, tu sais, avec un peu de chance, j'atterris au ministère de la Guerre.

LE PREMIER : Bien sûr, toi le beau gosse, tu viens chez nous. Écoute, hier j'étais à l'Apollon, Novak du cinquante-neuf m'a raconté qu'il avait entendu dire qu'on me proposait pour le mérite.

UN CRIEUR DE JOURNAUX : *Tagblatt* ! Grande victoire à Chabatz !

LE QUATRIÈME : Je te félicite — T'as vu celle-là ? Une souris de choix, c'est moi qui vous le dis — *(Ils sortent.)*

UN VIENNOIS *(tenant un discours, debout sur un banc)* : — — car il nous fallait obéir aux mânes du Prince héritier assassiné, y avait pas à tortiller — c'est pourquoi, concitoyens, moi aussi, je vous le dis — comme un seul homme, drapeaux au vent, joignons-nous à la patrie en cette époque grandiose ! Car nous sommes encirculés par rien que des ennemis ! C'est une sainte guerre de dépenses que nous menons ! Tenez — contemplez nos braves, eux qui offrent leur front à l'ennemi, au risque de leur péril, parce que la patrie fait appel. Et c'est pourquoi moi aussi, je vous le dis — il est du devoir d'un chacun qui se veut citoyen d'apporter sur le champ son obole, épaule contre épaule. Nous nous dressons là, tel un phénix qu'ils n'enfonceront jamais, conséquemment — nous, c'est nous. La cause pour laquelle nous sommes dessinés est juste, il n'y a pas de chichi, et c'est pourquoi moi aussi, je vous le dis, la Serbie — à la mort, à la vie !

DES VOIX DANS LA FOULE : Bravo ! C'est vrai ça ! La Serbie, à la mort, à la vie ! — Qu'elle le veuille ou non ! — Hourra ! — Pour tous, à la mort, à la vie !

QUELQU'UN DANS LA FOULE : Et pour la Russie —

UN AUTRE : — Pas de soucis !

UN TROISIÈME : Quelle ineptie ! *(Rires.)*

UN QUATRIÈME : Un coup de fusil !

TOUS : C'est ça ! Un coup de fusil ! Bravo !

LE DEUXIÈME : Et pour la France ?

LE TROISIÈME : En récompense ! *(Rires.)*

LE QUATRIÈME : Un coup de lance !

TOUS : Bravo ! Un coup de lance ! C'est ça !

LE TROISIÈME : Et pour chaque coup de pied — euh, pour chaque Anglais ! ?

LE QUATRIÈME : Un coup de pied !

TOUS : Très bon ! Pour chaque un Anglais un coup de pied ! Bravo !

UN JEUNE MENDIANT : Dieu punisse l'Angleterre !

DES VOIX : Qu'il la punisse ! À mort l'Angleterre !

UN CINQUIÈME : Allons, allons, allons, que faites-vous là, vous n'avez pas lu dans le journal, regardez, c'est écrit (*Sortant une feuille de journal)* : « De tels excès de patriotisme ne peuvent en aucune matière être tolérés et de surcroît ils sont à même de nuire au tourisme ». Comment voulez-vous qu'après cela le tourisme se développe, comment, hein, vous voyez !

UN SIXIÈME : Bravo ! Il a raison ! Le tourisme, si nous voulons l'accroître, c'est la croix et la bannière, c'est pas aussi —

UN SEPTIÈME : Ta gueule !

UN HUITIÈME : C'est la guerre, il n'y a pas de chichi ! *(Une femme avec un soupçon de moustache est entrée.)*

LA FOULE : Regardez-moi ça ! C'est un espion déguisé, on connaît ! Qu'on l'arrête ! Et au trou, sur le champ !

UN HOMME RÉFLÉCHI : Allons, messieurs — pensez donc — elle se serait fait raser !

QUELQU'UN DANS LA FOULE : Qui ?

L'HOMME RÉFLÉCHI : Si elle était un espion.

UN DEUXIÈME DANS LA FOULE : Il a oublié ! Il s'est trahi lui-même !

DES CRIS : Qui ? — Lui — euh, elle !

UN TROISIÈME : C'est ça justement la ruse de ces espions !

UN QUATRIÈME : Pour pas qu'on remarque que c'est des espions, ils se laissent pousser la barbe !

UN CINQUIÈME : Ne dites pas d'âneries, c'est un espion féminin, et pour pas qu'on le remarque, elle s'est collé une barbe !

UN SIXIÈME : C'est un espion féminin qui se fait passer pour un homme !

UN SEPTIÈME : Non, c'est un homme qui se fait passer pour un espion féminin !

LA FOULE : En tout cas un suspect qu'il faut emmener au poste ! Attrapez-le !

(Un agent embarque la femme. On entend chanter La Garde du Rhin.*)*

LE PREMIER REPORTER *(une feuille de notes à la main)* : Ce ne fut pas un feu de paille, l'ivresse exaltée d'un instant, pas l'éruption tapageuse d'une malsaine hystérie de masse. Avec un courage viril, Vienne accueille une décision qui engage son destin. Vous savez comment je vais résumer l'ambiance, l'ambiance se résume en ces termes : vierge de tout orgueil et de toute faiblesse. Vierge de tout orgueil et de toute faiblesse. Cette expression que nous avons forgée pour caractériser l'ambiance générale de Vienne, on ne la répétera jamais assez. Vierge de tout orgueil et de toute faiblesse. Eh bien, que dites-vous de moi ?

LE SECOND REPORTER : Que voulez-vous que je dise ? Brillant !

LE PREMIER : Vierge de tout orgueil et de toute faiblesse. Aujourd'hui des milliers, des dizaines de milliers ont déferlé dans les rues, bras dessus, bras dessous, pauvres et riches, vieux et jeunes, le haut et le bas de l'échelle. L'attitude de tout un chacun a prouvé qu'il était parfaitement conscient de la gravité de la situation, mais également fier de sentir battre en son propre corps le pouls de l'époque grandiose qui jaillit en ce jour.

UNE VOIX DANS LA FOULE : Eh ben merde alors !

LE REPORTER : Écoutez, sans cesse on reprend *La Marche du Prince Eugène* et l'hymne national, auquel s'adjoint tout naturellement *La Garde du Rhin*, gage de fidélité à nos alliés. Puis éclate une bourrasque de hourras —

LE SECOND : Une bourrasque, une tornade de hourras —

LE PREMIER : — adressés à l'Autriche, à l'Allemagne et à la *Neue Freie Presse.*

LE SECOND : Le plus important à présent, c'est de montrer le spectacle de la rue. De chaque coin de rue où un chien manifeste il veut qu'on brosse un tableau. Hier il m'a convoqué et m'a dit que je devais décrire des scènes de genre. Mais c'est justement ce qui me rebute, je n'aime pas la bousculade, hier j'ai dû chanter avec eux *La Garde du Rhin* — partons, ça commence à s'agiter ici, il n'y a qu'à regarder tous ces gens, je connais ce genre d'ambiance, tout d'un coup on se retrouve au beau milieu en train de chanter *Dieu préserve Sa Majesté.*

LE PREMIER : Dieu nous en garde ! Vous avez raison — je ne vois pas non plus pourquoi il faudrait qu'on soit là, on ne fait que perdre son temps, au lieu d'écrire, on traîne. Je veux dire, ce qui compte c'est de raconter à quel point ils sont tous décidés, ici et là il y en a un qui se détache, il veut apporter son obole à tout prix. On peut rendre cela avec beaucoup de relief. Hier il m'a convoqué et il a dit qu'il fallait donner au public l'envie de faire la guerre et de lire notre journal, ça va de pair. Ce qui compte ce sont les détails, même infimes. Il faut par exemple mentionner que, bien évidemment, toute différence de classe s'est effacée, immédiatement — on saluait dans les automobiles et même dans les équipages. J'ai vu une dame toute de dentelles vêtue descendre d'une auto pour serrer dans ses bras une femme au fichu délavé.

LE SECOND REPORTER : Savez-vous ce que j'ai vu, moi ? J'ai vu des groupes se former.

LE PREMIER : Et alors — ?

LE SECOND : Et un étudiant a tenu un discours comme quoi chacun doit accomplir son devoir, puis il y en a un qui s'est détaché du groupe et il a dit : « Ça vaut mieux ! »

LE PREMIER : Pas mal. Je dois constater qu'une imposante gravité se répand sur la ville, et cette gravité que tempère le sens de la dignité et la conscience de l'histoire universelle s'exprime sur tous les visages, sur ceux des hommes qui doivent déjà partir, sur ceux des hommes qui restent encore —

UNE VOIX : Eh ben merde alors !

LE PREMIER : — et sur le visage de ceux auxquels incombe une si haute tâche. Signe distinctif : confiante gravité et fière dignité.

LE SECOND REPORTER : Ou bien encore : enthousiasme méridional réglementé et ordonné par la gravité germanique. Voilà ce que j'observe ici, au centre ville. Pour le quartier juif, il vous suffira d'ajouter une note d'excitation.

(Une troupe de garçons coiffés de shakos et munis de sabres de bois passe en chantant : Qui veut s'enrôler dans l'armée — pour qu'on puisse traverser et attaquer —)

LE PREMIER : Notez : une très jolie scène de genre. Du reste, nous devons nous efforcer de parler le plus possible du peuple, le patron l'a écrit pas plus tard qu'aujourd'hui, voilà la source où nous revigorerons les esprits.

UN GROUPE *(chante)* :

> Le Russe et le Serbe
> On l'étale dans l'herbe !

Hourra ! À mort ! Regardez les deux juifs, là !

LE SECOND REPORTER : Dites, ça ne me chante plus tellement d'observer des scènes de genre. Qu'il aille lui-même se revigorer l'esprit à cette source, s'il ose. Moi, j'ai pas l'orgueil —

LE PREMIER : Vierge de tout orgueil et de toute faiblesse, cette expression que nous avons forgée pour caractériser l'ambiance générale de Vienne — *(Tous deux sortent rapidement.)*

(Passe un soldat allemand avec une grosse moustache : Hans Müller le croise et lui donne un baiser.)

HANS MÜLLER : Oh joie ! Si la Joconde sortait de son cadre et m'offrait le sourire unique de ses lèvres, son étreinte ne me réjouirait et ne me bouleverserait pas si profondément que ce baiser fraternel sur les lèvres de ce magnifique soldat allemand !

(Entrent deux admirateurs de la Reichspost.*)*

LE PREMIER ADMIRATEUR DE LA REICHSPOST : Les guerres sont des processus d'ascèse et de purification, des champs où germe la vertu et s'éveillent les héros. À présent parlent les armes !

LE SECOND ADMIRATEUR DE LA REICHSPOST : Enfin ! Enfin !

LE PREMIER : Balayons avec un poing de fer.

LE SECOND : À Prague, à Brno et à Budweis — partout on acclame les décisions impériales.

LE PREMIER : À Sarajevo ils ont chanté *Dieu préserve Sa Majesté.*

LE SECOND : Durant toute la journée Sa Majesté s'est épuisée au travail.

LE PREMIER : Le 27, entre midi et une heure, à la caisse d'épargne de la poste, on a pourvu aux nécessités financières de la guerre.

LE SECOND : L'approvisionnement de Vienne pour la durée de la guerre a été assuré d'un commun accord entre le maire, le chef du gouvernement et le ministre de la Culture agricole.

LE PREMIER : Tu as lu ? Pas de hausse des prix à cause de la guerre.

LE SECOND : Formidable ! Tu verras, la guerre va entraîner une renaissance de la pensée et de l'action autrichiennes, tu verras. Le grand nettoyage !

LE PREMIER : Plus que temps pour une élévation de l'âme ! Et couic — tous descendus.

LE SECOND : Un bain d'acier, voilà ce qu'il nous faut ! Un bain d'acier !

LE PREMIER : Tu as déjà été appelé ?

LE SECOND : Qu'est-ce que tu crois, exempté ! Et toi ?

LE PREMIER : Réformé.

LE SECOND : Un soupir de soulagement toute notre population ! Cette guerre — (*Ils sortent.)*

(On entend le chant de soldats qui passent : Au pays, au pays, on se reverra — *)*

UN CRIEUR DE JOURNAUX : Édition spéciale — ! Sanglants corps à corps — !

POLDI FESCH [1] (à *quelqu'un qui l'accompagne)* : Tu sais, le rasage, j'ai la peau tellement sensible —

LA VOIX D'UN COCHER DE FIACRE : La guerre, c'est double tarif.

UN VOYOU : Salut, Franz, où tu vas ?

UN DEUXIÈME : Je suis en pétard ! Quand je vois « mode française », je défonce la vitrine ! (*Il sort, enragé.)*

LE PREMIER : Salut, Pepi, où tu vas ?

UN TROISIÈME : Je vais apporter mon obole.

LE PREMIER : Ben dis donc, t'es un sacré philanthrope —

LE TROISIÈME : Un sacré quoi ? Ne me redis pas ça deux fois, philan… toi-même — (*Il lui flanque une gifle.)*

CRIS DANS LA FOULE : Vous avez vu ça ! Vous n'avez pas honte ! Qui c'est lui ? Vous vous prenez peut-être pour Nicolaïevitch ?

QUELQU'UN DANS LA FOULE : Quelle sacrée philanthropie ils peuvent avoir les gens en pleine guerre, c'est à ne pas croire !

(Entrent deux agents d'affaires.)

LE PREMIER AGENT D'AFFAIRES : Ça commence donc aujourd'hui, *Je donne de l'or pour du fer.*

LE SECOND : Vous ? Vous avez donné ? À d'autres ! Élevé dans…

LE PREMIER : Moi ! Qui dit que j'ai donné ? Vous ne comprenez pas ? Je regarde là-bas l'affiche de la première ce soir : *Je donne de l'or pour du fer*, j'aimerais y aller.

LE SECOND : Bonne idée, j'y vais aussi. Fascinante, notre époque. Hier soir, pendant *La Princesse Czardas*, Gerda Walde a donné lecture de l'édition spéciale avec ces quarante mille Russes dans les barbelés — vous auriez dû entendre les ovations, dix fois on l'a rappelée, si ce n'est plus.

LE PREMIER : Il y a déjà eu des blessés ? ?

LE SECOND : Aussi ! Fascinante, notre époque. Récemment, il y en avait un assis à côté de moi. C'était dans quoi déjà ?

---

1. Nous indiquons en note un équivalent approximatif de certains noms évoquateurs, inventés par Karl Kraus et ayant un sens imagé, particulièrement représentatif d'un personnage.
Ici, Poldi Fesch signifie Léopold Lefringant.

Ah oui - *J'avais un camarade.*

LE PREMIER : Vous ? ?

LE SECOND : Moi ? Qui a dit ça ? C'est une pièce !

LE PREMIER : Bonne ? ?

LE SECOND : L'effet d'une bombe !

UN CRIEUR DE JOURNAUX : Belgrade bombardée — !

(Changement.)

Scène 2

Chambre du chef d'état-major.

Le chef d'état-major Conrad von Hötzendorf, seul. Attitude : bras croisés, une jambe d'appui, une balante, médite.

LE CHEF D'ÉTAT-MAJOR *(les yeux au ciel)* : Ah, si Skolik était là maintenant !

UN COMMANDANT *(entre)* : Mes respects, Excellence, Skolik est là.

CONRAD : Qu'est-ce que c'est que ce Skolik ?

LE COMMANDANT : Eh bien, Skolik, le photographe de la cour, de Vienne, celui qui jadis pendant la guerre des Balkans a fait ce beau portrait de Votre Excellence absorbée dans l'étude de la carte des Balkans.

CONRAD : Oui, oui, je me souviens, c'était glorieux.

LE COMMANDANT : Il fait état d'une nouvelle convocation de Votre Excellence.

CONRAD : Enfin, convocation, c'est peut-être trop dire, je le lui ai simplement fait suggérer, car ce monsieur prend de bien jolies photographies.

LE COMMANDANT : Il sollicite aussi l'autorisation de faire du même coup une photographie des généraux.

CONRAD : Je n'aimerais pas trop ! Ils n'ont qu'à faire venir leur photographe à eux.

LE COMMANDANT : Il dit qu'ils n'ont pas de tête, il ne les prendra qu'en buste.

CONRAD : Ah, c'est différent alors. Eh bien, qu'il entre ce Skolik ! Attendez — nous absorberons-nous de nouveau dans la carte des Balkans — c'était extraordinaire — mais je pense, pour changer, peut-être celle de l'Italie — !

LE COMMANDANT : Ça convient beaucoup mieux maintenant.

(Conrad von Hötzendorf déploie la carte et essaie différentes poses. Quand le photographe entre avec le commandant, il est déjà plongé dans l'étude de la carte des opérations en Italie. Le photographe s'incline profondément. Le commandant va se placer près de la table. Tous deux regardent fixement la carte.)

CONRAD : Qu'est-ce qu'il y a encore ? On ne peut pas être tranquille un instant — je suis en train de —

(Le commandant adresse un clin d'œil au photographe.)

SLOLIK : Juste un petit cliché exceptionnel, Excellence, si je puis me permettre.

CONRAD : Je suis en train d'œuvrer pour l'histoire universelle et on —

SLOLIK : C'est que pour le *Interessantes Blatt* je devrais — et on —

CONRAD : Ah, ah, en souvenir de l'époque —

SLOLIK : Oui, également pour le *Woche*.

CONRAD : Et pour finir on se retrouve noyé au milieu de tous les généraux, je vois ce que c'est, franchement je préfère —

SLOLIK : Non, Votre Excellence, là Votre Excellence peut être totalement rassurée. Vu le nom immortel de Votre Excellence, il va de soi que Votre Excellence paraîtra séparément. Les autres seront regroupés sous la rubrique « Nos glorieux chefs d'armée », ou quelque chose de ce genre, individuellement ils paraîtront tout au plus en cartes postales.

CONRAD : Ah bon ? À qui pensez-vous, n'oubliez pas Höfer, c'est un garçon d'une grande valeur, il se fait vingt mille couronnes de prime de campagne pour pouvoir lire son nom tous les jours dans l'édition spéciale qu'il achète sur le Ring.

SLOLIK : Il est déjà noté, Votre Excellence, évidemment en première ligne.

CONRAD : Quoi, en première ligne, quelle rigolade ! Et moi, je serai logé à quelle enseigne dans votre journal ? Il ne faut pas que ce soit voyant, pas voyant, mon ami, vous comprenez, pas avec les autres, discret ! Toujours discret !

SLOLIK : L'emplacement a déjà été spécialement retenu. La photo sera en première page, je veux dire du *Woche*. Un numéro très intéressant, de Vienne je dois encore livrer les mannequins de la *Wiener Werkstätte*, paraîtra aussi, je le sais avec certitude, l'empereur d'Allemagne à la chasse au sanglier, une photographie jusqu'ici inconnue, et à côté, une sensation, le même, Sa Sérénissime Majesté, en conversation avec Ganghofer, le poète. Alors je crois, Votre Excellence —

CONRAD : Bon, pas mal, pas mal — mais, mon cher ami, pour l'instant je suis malheureusement — ne pouvez-vous pas revenir en peu plus tard, car je suis — je vous le dis en confidence, il ne faudra pas le répéter, car je suis en train d'étudier la carte des Balkans — euh, qu'est-ce que je dis, de l'Italie —

(Le commandant adresse un clin d'œil au photographe qui allait se retirer.)

SLOLIK : Ça tombe bien — C'est un moment d'intense concentration spirituelle, il ne faut pas manquer le coche. Je vois d'ici la légende : le chef d'état-major en compagnie de son aide de camp absorbé dans l'étude de la carte des Balkans, euh, qu'est-ce que je dis, du théâtre des opérations en Italie. Cela convient-il à Votre Excellence ?

CONRAD : Eh bien soit — pour faire plaisir à mon aide de camp, il piaffe d'impatience — (*Il regarde fixement la carte, le commandant, qui n'a pas bougé, fait de même. Tous deux lissent leur moustache.)* Est-ce que ce sera long ?

SLOLIK : Rien que l'instant d'un moment historique, si je peux me permettre —

CONRAD : Vous voulez donc que je me réabsorbe dans l'étude de la carte des — enfin de l'Italie ?

SLOLIK : Sans façon, Votre Excellence, oui, réabsorbez-vous dans l'étude des cartes – bien — de l'aisance — du naturel – bien — non, ça ferait un peu artificiel, on risquerait de croire que c'est posé — mon commandant, si je peux me permettre, un tantinet plus en arrière — la tête – parfait — non, Votre Excellence, plus détendu — et téméraire, plus téméraire, s'il vous plaît ! — Un regard de chef de guerre, si je peux me permettre ! — il faut que ce soit — bien — il faut que ce soit le souvenir impérissable d'une grande époque hystér — historique — bien, parfait — juste encore — un tout petit peu – bieeen — que Votre Excellence arbore le visage de l'hostilité ! – Voilà — je vous remercie !

(Changement.)

Scène 3

Kohlmarkt. Quatre vieux abonnés, parmi eux le vieux Biach.

LE VIEUX BIACH *(très agité)* : Le plus simple, ce serait de lancer cinq corps d'armée contre la Russie et l'affaire serait déjà réglée.

LE CONSEILLER IMPÉRIAL : Ça va de soi. Une raclée, voilà la meilleure parade. Il suffit de regarder les Allemands, comment ils s'y sont pris. Quel punch ! La percée à travers la Belgique, du jamais vu ! C'est ça qu'il nous faudrait. Je vous le dis, un esprit nouveau, offensif —

LE COMPAGNON : Amenez-nous la Belgique — nous aussi on va la percer.

LE DOCTEUR : C'est un Bismarck qu'il nous faudrait —

LE VIEUX BIACH : À quoi sert à présent l'art des diplomates, à présent parlent les armes ! Pouvons-nous risquer un échec ? Si nous ne faisons pas de percée maintenant —

LE DOCTEUR : J'entends bien. Mais le facteur stratégique, qui dans une guerre de mouvement privilégie une attaque de flanc —

LE CONSEILLER IMPÉRIAL : J'ai beau y faire — je suis très pessimiste.

LE VIEUX BIACH : Comment pessimiste ? Qu'est-ce qu'il vous faut, Lemberg est encore à nous !

LE COMPAGNON : Eh bien alors !

LE DOCTEUR : Aucune raison d'être pessimiste. Si tout devait se décider maintenant, au pire ce ne serait que partie remise.

LE CONSEILLER IMPÉRIAL : Bon — mais la Serbie ?

LE VIEUX BIACH (*brusque*) : La Serbie ? Comment la Serbie ? La Serbie nous allons la balayer !

LE CONSEILLER IMPÉRIAL : Je ne sais pas — J'ai beau y faire — le rapport d'aujourd'hui — il faut savoir lire entre les lignes et si en plus on consulte la carte — un simple coup d'œil sur la carte montre — même un profane — je peux vous le prouver, la Serbie —

LE VIEUX BIACH *(agacé)* : *Vous* me cassez les oreilles avec la Serbie, la Serbie, c'est un théâtre secondaire dans cette guerre. Je vais me fâcher.

LE MERCIER : Et moi, je vous le dis, et je le tiens même d'un monsieur du ministère, l'affaire est pour ainsi dire réglée. Nous, on vient par la droite, les Allemands par la gauche et on leur serre le kiki jusqu'à ce qu'ils rendent l'âme.

LE COMPAGNON : Dites, et pour votre fils qu'est-ce que ça donne ?

LE CONSEILLER IMPÉRIAL : Exempté, un souci de moins.

(Changement.)

Scène 4

Quartier général. Entrent quatre chefs d'armée.

AUFFENBERG : Eh bien, messieurs, il n'en est pas question ! Je n'ai nullement l'intention de devenir un second Benedek, très peu pour moi — Ah oui, au fait, avant que je n'oublie — comme d'habitude l'aide de camp ne me l'a pas rappelé, il faut vraiment qu'on pense à tout soi-même —

BRUNDERMANN : Qu'est-ce qui t'arrive ?

AUFFENBERG : Rien — c'est idiot — c'est que, enfin, il faut absolument que je lui écrive une carte. À Lublin déjà j'en avais l'intention, mais avec toute cette bousculade pendant la retraite, j'ai carrément oublié. Un petit instant ! (*Il s'installe à une table et écrit.)*

DANKL : Qu'est-ce que tu écris ?

AUFFENBERG : Écoutez : « En cette heure » —

PFLANZER-BALTIN : Ah, c'est pour regonfler le moral des gens — sans moi. Nous, nous avons les mitrailleuses et les aumôniers ! Demain nous montons à l'assaut et là —

AUFFENBERG : « En cette heure — »

BRUNDERMANN : Tu envoies un ordre aux armées ?

AUFFENBERG : Non, c'est une carte postale.

DANKL : À qui écris-tu ces paroles historiques ?

AUFFENBERG : Écoutez : « En cette heure où d'ordinaire je me trouvais dans vos salons si chers, je pense à vous et à votre personnel et, de nos lointains quartiers, vous adresse mes salutations les plus cordiales. Auffenberg. »

BRUNDERMANN : À qui écris-tu ? Au ministre de la Guerre ?

AUFFENBERG : Quelle idée ? Au café Riedl !

TOUS : Ah, à Riedl !

(Changement.)

Scène 5

Deux débrouillards se rencontrent.

LE PREMIER : Bonjour, toi, encore à Vienne ? Ils t'avaient pris pourtant ?

LE SECOND : Je suis monté les voir et je me suis débrouillé. Mais toi, qu'est-ce que tu fais encore à Vienne ? Ils t'avaient pris pourtant ?

LE PREMIER : Je suis monté les voir et je me suis débrouillé.

LE SECOND : Évidemment.

LE PREMIER : Évidemment.

LE SECOND : Tu ne sais pas ce qu'il est devenu, Edi Wagner, peut-être qu'il s'est débrouillé lui aussi ? En octobre il est passé devant le conseil de révision, puis j'ai entendu dire que son père devait lui acheter une Daimler parce que son commandant, tu sais, Tschibulka von Welschwehr [2], a promis

2. Tchiboulka de Bloquerital.

qu'il entrerait dans le régiment du train, puis j'ai entendu dire qu'il entrait soit à l'école des cadres de Klosterneuburg, soit dans une usine de munitions, évidemment dans les bureaux, puis on a dit qu'il devait être déclaré indispensable pour l'affaire familiale, et son oncle, tu sais, celui qui file les ronds pour l'hôpital de réserve dans la Fillgradergasse, je l'ai rencontré à ce moment-là, il a dit, si tout devait foirer, il le caserait à la Croix-Rouge, plus personne ne s'y retrouvait, bref, ça m'intéresserait vraiment de savoir où ils l'ont fourré, ce pauvre diable.

LE PREMIER : Je peux te le dire. Son père, saligaud comme il est, il est revenu sur son idée de Daimler et il l'a casé dans les couvertures en papier danoises, mais ça l'a enquiquiné, il a dit qu'il préférait encore être sous les drapeaux et il a atterri à Blumau, mais là-bas, il s'ennuyait trop et maintenant il passe toutes ses nuits au *Chapeau*, tantôt en uniforme, tantôt en civil, comment il s'y prend, mystère, je me dis seulement que quand toutes ses relations n'ont servi à rien, il est monté les voir et il s'est débrouillé. Il se pourrait aussi qu'il soit réellement exempté ou en fin de compte déclaré inapte au front. Bon, adieu, j'ai un rendez-vous avec une personnalité, je vais peut-être avoir de la marchandise, je te dis que ça, de première —

LE SECOND : Tu as toujours un bol, toi. T'es au courant, Pepi Seifert, il a été tué, tu sais, à Rawa Ruska, adieu, j'ai une réunion au bureau d'assistance aux victimes de guerre, demain ils font leur thé dansant et j'ai promis d'y emmener la petite Fritzi-Spritzi [3], allez, sois chic, viens toi aussi et amène ta sauterelle, adieu !

(Entrent un abonné et un patriote.)

LE PATRIOTE : Jeunes et en bonne santé, vous avez vu ça ? Je pourrais former un corps d'armée avec tous ceux qui traînent sur le Ring.

L'ABONNÉ : Il y a vraiment de quoi être révolté. Des tire-auflanc en France, pouah ! Et la récolte, qu'en dites-vous ?

LE PATRIOTE : Je dis simplement : mauvaise récolte en Italie. Récolte compromise en Angleterre. Sombres pronostics de

3. Frédie Frétille.

récolte en Russie. Préoccupations quant à la récolte en France. Et que dites-vous des cours, hein ?

L'ABONNÉ : Que voulez-vous que j'en dise ? La chute du rouble est assez parlante.

LE PATRIOTE : Mon Dieu, si on le compare par exemple à notre couronne —

L'ABONNÉ : La lire aussi est lamentable, en baisse de trente pour cent !

LE PATRIOTE : La couronne, par bonheur, seulement du double. Chez les autres partout règne le découragement. Ils seraient contents que ce soit fini. Et chez nous — ?

L'ABONNÉ : Ça m'a frappé, moi aussi. Par exemple, en France, le découragement !

LE PATRIOTE : Lassitude en Angleterre !

L'ABONNÉ : Désespoir en Russie !

LE PATRIOTE : Accablement en Italie !

L'ABONNÉ : L'ambiance au sein de l'Entente, de façon générale !

LE PATRIOTE : La muraille s'effrite.

L'ABONNÉ : Poincaré rongé d'inquiétude.

LE PATRIOTE : Grey, morose.

L'ABONNÉ : Le tsar se morfond dans son lit.

LE PATRIOTE : Londres, Paris et Rome dans le doute. Il suffit de regarder les titres, pas besoin d'en lire davantage puisqu'on sait déjà à quoi s'en tenir. On voit combien ça va mal pour eux et bien pour nous. Chez nous aussi, il y a de l'ambiance mais, Dieu merci, d'un autre genre !

L'ABONNÉ : Chez nous règne joie, optimisme, enthousiasme, espoir, satisfaction, nous sommes toujours de bonne humeur, pourquoi pas, on a bien raison.

LE PATRIOTE : Tenir bon, par exemple, voilà ce qui nous passionne.

L'ABONNÉ : Personne, nulle part, ne s'y prend aussi bien que nous.

LE PATRIOTE : Le Viennois en particulier est ultradoué pour tenir bon. Chez nous, les gens supportent toutes les privations comme si c'était un vrai plaisir.

L'ABONNÉ : Les privations ? Quelles privations ?

LE PATRIOTE : Je veux dire, si tant est qu'il y ait des privations —

L'ABONNÉ : Mais par bonheur il n'y en a pas !

LE PATRIOTE : Très juste. Il n'y en a pas. Mais dites — si on n'est privé de rien — pourquoi faut-il tenir bon ?

L'ABONNÉ : Je peux vous l'expliquer. Il n'y a effectivement pas de privations, mais on les supporte aisément — c'est tout l'art. Depuis toujours on sait s'y prendre.

LE PATRIOTE : Précisément. Faire la queue, c'est une partie de plaisir — les gens font même la queue rien que pour ça.

L'ABONNÉ : La seule différence par rapport à avant, c'est que maintenant c'est la guerre. Si ce n'était pas la guerre on pourrait franchement croire que c'est la paix. Mais la guerre, c'est la guerre et on est tenu à certaines choses qu'avant on aurait seulement voulues.

(Changement.)

Scène 6

Un régiment d'infanterie à trois cents pas de l'ennemi. Violent duel d'artillerie.

FALLOTA [4]: Tu la connais, la Marche des Macaronis ?

Crac, boum, hue, les Ritals sont fichus.
Crac, boum, hue, les Ritals sont fichus.
On tire dans le tas
Avec pertes et fracas.

Crac, boum, hue, les Ritals sont fichus.
Macaroni, tu es mort,
Le canon tonne trop fort.
Crac —

Et vlan, on les embroche,
Et ciao, les sales caboches.
Crac, boum, hue, les Ritals sont fichus.

---

4. Fallotin.

UN OFFICIER D'INFANTERIE : Regardez là derrière, notre bon aumônier vient se joindre à nous. C'est beau de sa part.

L'AUMÔNIER MILITAIRE ANTON ALLMER : Dieu soit avec vous, mes braves ! Dieu bénisse vos armes ! Alors, cet ennemi, vous lui chauffez les fesses ?

L'OFFICIER : Mes respects, mon père — nous sommes fiers d'avoir un aumônier aussi intrépide qui, en dépit du tir ennemi, bravant le danger qui menace, vient rejoindre notre ligne de feu.

L'AUMÔNIER : Allez, laissez-moi tirer aussi un coup ou deux.

L'OFFICIER : Nous nous réjouissons tous d'avoir un aumônier aussi vaillant ! *(Il lui tend un fusil. L'aumônier tire à plusieurs reprises.)*

L'AUMÔNIER : Badaboum !

CLAMEURS : Bravo ! Quel noble prêtre ! Vive notre cher aumônier !

(Changement.)

Scène 7

À côté de la batterie.

UN OFFICIER D'ARTILLERIE : Regardez, notre bon aumônier quitte l'infanterie et vient se joindre à nous. C'est beau de sa part.

L'AUMÔNIER MILITAIRE ANTON ALLMER : Dieu soit avec vous, mes braves ! Dieu bénisse vos armes ! Alors, cet ennemi, vous lui chauffez les fesses ?

L'OFFICIER : Du tonnerre, mon père !

L'AUMÔNIER: Par Dieu, j'aimerais bien une fois essayer un canon.

L'OFFICIER : Volontiers, mon père, espérons que vous toucherez quelques Russes.

(L'aumônier tire un coup de canon.)

L'AUMÔNIER : Badaboum !

CLAMEURS : Bravo !

L'OFFICIER : Maintenant que vous avez tiré, mon père, nos armes sont bénites !

(Alice Schalek approche.)

SCHALEK : Qu'est-ce que c'est que cette position ? Ça, une position ? J'ai déjà vu des positions mieux que ça !

L'OFFICIER : Je vous demande de l'indulgence — en si peu de temps —

SCHALEK : Dites, mon lieutenant, vous savez quoi, j'aimerais bien tirer un coup ou deux.

L'OFFICIER : De tout cœur, Mademoiselle, hélas pour l'instant c'est impossible, ça pourrait exciter l'ennemi. Pour l'heure nous observons une pause de tir et sommes bien contents —

SCHALEK : Écoutez, ne faites pas tant d'histoires — l'aumônier aurait le droit et pas moi ? — alors que je suis venue tout exprès — vous n'êtes pas sans savoir que je ne décris que du vécu — dites-vous bien qu'il me faut absolument compléter ce récit — ça paraît dimanche ! Donnez-moi ça. Alors, comment on tire ?

L'OFFICIER : Comme ça —

(Alice Schalek tire. L'ennemi réplique.)

L'OFFICIER : Et voilà, on l'aura cherché !

SCHALEK : Vous cherchez quoi ? C'est très intéressant après tout !

(Changement.)

Scène 8

Au Wurstlprater. Le théâtre représente une tranchée dans laquelle des comédiens médiocres exécutent des exercices de tir, téléphonent, dorment, mangent et lisent le journal. La tranchée est ornée de drapeaux. Le public est amassé par milliers, en rangs serrés, nombreux fonctionnaires, dignitaires et reporters au premier plan.

L'ENTREPRENEUR DE SPECTACLES : — et vous recommande donc la tranchée qui donnera à l'honorable public l'impression réelle de la vie dans une véritable tranchée, et dont la noble fin est l'assistance aux victimes de guerre ; j'adresse à Son Altesse Impériale la très humble requête de bien vouloir déclarer la tranchée ouverte.

UN ENVOYÉ DE L'AGENCE DE PRESSE WILHELM *(à son collègue)* : Parmi les notabilités militaires et civiles, on remarquait entre autres —

LE CONFRÈRE *(écrivant)* : Angelo Eisner von Eisenhof, Flora Dub, le conseiller aulique Schwarz-Gelber [5] et son épouse —

L'ENVOYÉ : Mais je ne les vois pas —

LE CONFRÈRE : Puisque je le sais.

L'ENVOYÉ : Chut. C'est l'inauguration. Écrivez : a eu lieu à six heures tapantes.

LA VOIX DE L'ARCHIDUC KARL FRANZ JOSEF : C'est avec joie que je suis venu voir cette tranchée. Étant moi-même soldat.

LE PUBLIC : Hourra ! Hourra ! Hourra !

MME SCHWARZ-GELBER *(à son époux)* : Ici on ne voit rien, viens, de là-bas on nous verra.

(Suivent des présentations. Le public s'amasse et ensuite se disperse. Des groupes se forment.)

LE PATRIOTE : À Londres ils proposent un divertissement, une tranchée. Très bien, ce que j'ai lu l'autre jour dans la presse « Le Prince de Galles dans les tranchées ». C'est là évidemment qu'il passe son temps, au front, jamais !

L'ABONNÉ : Ils badinent avec la guerre.

(Changement.) [6]

---

5. Nom à consonnance juive, signifiant noir-jaune, couleurs du drapeau austro-hongrois. La « Croix noire et jaune » est également le nom d'une association de secours de guerre.

6. Manque ici la Scène 9, fondée sur des allusions et des jeux de mots à partir d'un célèbre poème de Goethe ; adaptée en français, elle perd tout son sens.

Scène 10

Dans le magasin d'alimentation de Vinzenz Chramosta.

CHRAMOSTA : *(à une femme)* : Le fromage frais ? Quatre couronnes la demi-livre ! — Quoi, trop cher ? À la fin de la semaine il en coûtera six et si ça vous plaît pas, tournez le coin et allez vous acheter de la saloperie, ça sera moins cher, serviteur ! — *(À un monsieur.)* Vous voulez quoi ? Vous voulez goûter ? Qu'est-ce que vous croyez, monsieur, c'est la guerre ! Si vous préférez de la saloperie, là vous pourrez goûter ! — *(À une femme)* Qu'est-ce que vous avez à bousculer, chacun son tour ! Vous voulez quoi ? Un concombre ? Au poids, mais je vous avertis, le plus petit, deux couronnes ! — *(À une femme)* Vous regardez quoi ? C'est bon poids, le papier aussi il pèse ! C'est la guerre ! Si ça ne vous plaît pas, laissez-le là, mais que je ne vous revoie plus, pouffiasse, je ne vous dis, que ça ! — *(À un monsieur.)* Vous là, c'est bientôt fini vos remarques, vous croyez que j'entends pas ? Vous n'aurez rien du tout aujourd'hui — des clients comme vous, j'en ai soupé, fichez-moi le camp ! *(À une femme)* La laitue fait douze couronnes ! Quoi ? Ce qui est marqué ? Oui, c'est marqué huit couronnes ça se peut bien, mais elle en coûte quand même douze. C'est mon prix maximum, je ne marchanderai pas le moindre sou. Si vous ne la voulez pas aujourd'hui, revenez demain, elle sera à quatorze, j'ai bien l'honneur, vieille toupie ! Bon — alors ? *(Protestation parmi la clientèle.)* Qu'est-ce que j'entends ? Une rébellion ? Si j'entends encore une fois murmurer, je vous fais coffrer, tous autant que vous êtes. En voilà d'une autre ! Pour aujourd'hui, vous débarrassez le plancher. J'en ai ma claque. À des miséreux pareils je ne vends rien du tout ! *(Les clients s'éloignent en protestant. Entre un inspecteur du contrôle des prix.)*

L'INSPECTEUR : Contrôle !

CHRAMOSTA *(abasourdi)* : Un contrôle — ?

L'INSPECTEUR : La facture de la laitue, s'il vous plaît.

CHRAMOSTA *(cherche longtemps, la lui remet en hésitant)* : Oui — mais ça — c'est pas ça qui compte. J'ai été obligé de payer plus, rien que pour en avoir !

L'INSPECTEUR *(note)* : Prix d'achat quatre couronnes cinquante. Quel est le prix de vente ?

CHRAMOSTA : Eh bien — huit ! Vous ne savez pas lire. Vous croyez peut-être qu'on nous en fait cadeau à nous autres, des victuailles ? De toute façon, les prix — c'est nous qui les fixons, dites-vous bien ça ! C'est nous, la compétence ! Si ça convient à ma clientèle, l'administration, moi, je l'emmerde ! C'est la guerre !

L'INSPECTEUR : Ne vous avisez pas de continuer sur ce ton-là ! Il y a hausse illicite des prix, vous serez inculpé !

CHRAMOSTA : Quoi ? Espèce d'ordure ! Vous voulez ma mort ? Je vous ferai la peau ! *(Il lance un plat de porcelaine contenant douze kilos de fromage mou à la tête du fonctionnaire sans toutefois le toucher.)*

L'INSPECTEUR : Vous portez l'entière responsabilité des conséquences de cet acte !

CHRAMOSTA : Quoi ? moi — ? Monsieur — je vous ai offensé peut-être ? Eh bien quoi alors ! Cher monsieur, il faudra vous lever plus tôt ! Vous vous prenez pour qui ? Moi, vous ne me foutrez pas à l'amende — pas moi ! Moi, j'ai souscrit un emprunt de guerre, vous savez ce que ça veut dire ? De toute façon — qu'est-ce que vous venez faire ici chez moi ? Je paye mes impôts, dites-vous bien ça ! Je vous emmerde ! J'en ai soupé, moi, des types qui se ramènent et farfouillent dans les prix — quel sans-gêne, vous devriez avoir honte — si vous ne quittez pas ma boutique sur le champ, je suis capable de violence, moi ! *(Il saisit deux couteaux.)*

L'INSPECTEUR *(reculant vers la porte)* : Je vous avertis !

CHRAMOSTA : Quoi, m'avertir en plus ? Espèce de fonctionnaire ! Crève-la-faim ! Je vais vous faire la peau ! *(Il lui lance un panier rempli de noisettes.)* Quel enfoiré !

(Changement.)

Scène II

Un temple protestant.

LE SURINTENDANT BRÜSTLEIN [7]: — — Il ne fait aucun doute que le royaume de Dieu sortira énormément grandi et approfondi grâce à cette guerre. Il faut le reconnaître ici sans ambages : « Aimez vos ennemis », Jésus n'a donné ce commandement que pour les seuls rapports entre individus et non pour les relations entre peuples. Dans l'affrontement des nations, l'amour de l'ennemi prend fin. Sur ce point, aucun soldat n'a de repentir à avoir. Dans ce cas, tuer n'est pas un péché mais un service rendu à la patrie, un devoir de chrétien et un service divin ! Je vous le répète, tant que le canon tonnera dans cette guerre mondiale, le commandement de Jésus « Aimez vos ennemis » ne vaudra plus. Trêve de tout scrupule. Mais dites-moi : pourquoi des milliers et des milliers d'hommes furent-ils estropiés ? Pourquoi des centaines et des centaines de soldats sont-ils devenus aveugles ? Dieu ainsi voulut sauver leurs âmes ! Regardez autour de vous et priez à la vue des miracles de Notre Seigneur : conduis-nous, Seigneur, au paradis !

Entendez-vous des soldats la prière ?
Notre devoir est en Dieu !
Des canons la gueule meurtrière
Dit notre amour le plus pieux.
Pour Lui tirons les cartouches
Notre-Père, ces balles sacrées
Marquées de la croix farouche.
« Baïonnette au canon ! Chargez ! »

Ainsi donc, regardez autour de vous et priez à la vue des miracles de Notre Seigneur : conduis-nous, Seigneur, au paradis !

(Changement.)

---

7. Poitrinette.

Scène 12

Dans une école primaire.

L'INSTITUTEUR ZEHETBAUER [8]: — — À présent que de plus nobles idéaux nous sont échus, le tourisme a quelque peu reculé et il n'est plus qu'au second plan de nos préoccupations. Nonobstant il ne faut pas baisser les bras, après l'obole apportée par chacun à la patrie, notre devoir est de poursuivre inlassablement, imperturbablement la voie dans laquelle nous nous engageâmes. Les tendres pousses du tourisme que partout nous plantâmes et qui grâce aux bons soins de notre vénérable Rectorat et de notre estimable Académie ont levé jusque dans vos jeunes cœurs, ne seront pas piétinées par le pas d'airain des bataillons, tout indispensables qu'ils soient en cette grande époque, non, nous veillerons au grain aussi longtemps qu'il le faudra. Évidemment il est nécessaire que chaque homme aujourd'hui remplisse son office, ainsi de vous, et ainsi devez-vous agir en requérant de messieurs vos parents ou tuteurs en cadeau d'anniversaire ce fort beau jeu destiné à la jeunesse : « Nous jouons à la guerre mondiale », ou bien encore, puisque Noël approche, le « Mort aux Russes ». Il vous faut savoir également qu'en récompense de votre application et de votre bonne conduite, bien entendu avec l'accord de messieurs vos honorables parents ou tuteurs, chacun de vous aura le droit, le dimanche, de planter un clou dans le Soldat de bois, et ainsi grâce au cloutage de ce symbole —

LA CLASSE : Chouette !

(Un garçon lève le doigt.)

L'INSTITUTEUR : Que veux-tu, Gasselseder ?

L'ÉLÈVE : S'il vous plaît monsieur, j'ai déjà planté un clou avec mon père, j'ai le droit de planter un autre clou ?

L'INSTITUTEUR : Si messieurs tes parents ou tuteurs l'autorisent, la direction de l'école ne voit pas d'empêchement à ce que, conformément à ton désir patriotique, tu te livres à un nouveau cloutage de ce symbole.

8. Plouc-Lepompeux.

(Un garçon lève le doigt.)

L'INSTITUTEUR : Que veux-tu, Czeczowiczka ?

LE DEUXIÈME ÉLÈVE : S'il vous plaît, je veux y aller.

L'INSTITUTEUR : Où veux-tu aller ? Pour le front tu es trop jeune, attends d'être plus mûr. Pourquoi veux-tu y aller ?

L'ÉLÈVE : S'il vous plaît, j'ai besoin.

L'INSTITUTEUR : Attends des jours meilleurs. Tu donnerais le mauvais exemple à tes camarades. La patrie est dans le besoin, prends exemple sur elle, il faut tenir bon.

(Deux garçons lèvent le doigt.)

L'INSTITUTEUR : Que voulez-vous, Karl Wunderer et Rudolf Wunderer [9] ?

LES DEUX : S'il vous plaît, on aimerait mieux planter notre clou dans le Tronc Saint-Étienne.

L'INSTITUTEUR : Assis ! Vous n'avez pas honte ! Le Tronc Saint-Étienne est un symbole sur lequel il n'y a plus place pour le moindre clou. En revanche, le Soldat de bois doit, grâce à votre aide active, devenir un symbole, une curiosité dont parleront encore vos enfants et les enfants de vos enfants.

L'ÉLÈVE KOTZLIK : Monsieur, Merores il arrête pas de me pousser !

MERORES : C'est pas vrai, il m'a dit : juif, je le dirai à mon papa, il va voir, il le mettra dans le journal.

L'INSTITUTEUR : Faites la paix, Kotzlik et Merores ! J'avais l'intention d'examiner le *Chant de haine* de Lissauer, mais je vous en fais grâce pour aujourd'hui. Les idéaux que cette grande époque vous impose, vous les préparerez pour demain, car alors je ne pourrai faire preuve d'aucune mansuétude. Je ne peux que le répéter encore et encore : tenez bon, apportez votre obole, battez tambour pour l'emprunt de guerre, collectez les métaux, recherchez l'or qui repose inutilisé dans vos bahuts ! Mais pour aujourd'hui je veux encore faire preuve de mansuétude et traiter avec vous du tourisme. Veillez à sa croissance. Je vous ai déjà expliqué tout à l'heure pourquoi aujourd'hui précisément, il ne faut pas négliger le

---

9. Lébahi.

tourisme. Alors que la rude tempête guerrière balaye nos contrées, que notre illustre monarque a appelé aux armes des milliers et des milliers de nos fils et de nos frères, se font jour les premiers signes d'un accroissement du tourisme. Ainsi donc ne perdons jamais de vue cet idéal. Entonnons plutôt cette vieille chanson que vous avez apprise jadis en temps de paix, vous en souvenez-vous ?

(Un garçon lève le doigt.)

L'INSTITUTEUR : Eh bien, Braunshör ? [10]

L'ÉLÈVE : *Montre-toi toujours fidèle et honnête.*

L'INSTITUTEUR : Pas du tout ! Tu n'as pas honte !

(Un garçon lève le doigt.)

L'INSTITUTEUR : Eh bien, Fleischhanderl ? [11]

L'ÉLÈVE : *Partir, c'est le plaisir du meunier.*

L'INSTITUTEUR : Assieds-toi !

(Un garçon lève le doigt.)

L'INSTITUTEUR : Eh bien, Zitterer ? [12]

L'ÉLÈVE : *Sortir, partir au loin !*

L'INSTITUTEUR : Assieds-toi ! Ce n'est pas à nous de partir loin, c'est eux qui devraient venir chez nous !

(Un garçon lève le doigt.)

L'INSTITUTEUR : Süssmandl [13], tu le sais ?

L'ÉLÈVE : S'il vous plaît, je veux y aller !

L'INSTITUTEUR : Qu'est-ce qui te prend, j'ai dit, il n'en est pas question, ni en classe ni plus tard dans la vie. Alors, aucun d'entre vous ne connaîtra cette chanson ?

(Un garçon lève le doigt.)

L'INSTITUTEUR : Toi Anderle ?

L'ÉLÈVE : *Que me chaut l'argent, les biens.*

L'INSTITUTEUR : Va t'asseoir au dernier rang. Où as-tu appris ça ? Tu n'as pas honte, Anderle ! Je vois, en ces temps

---

10. Audibrune.
11. Menotte-charnue.
12. Tremblotteur.
13. Douceamande.

d'airain, vous l'avez oubliée. Et c'est pourtant cette adorable vieille chanson qui jadis vous permit d'apprendre les voyelles. N'avez-vous pas honte. Bon, eh bien je vais prendre mon violon et vous allez tout de suite l'entonner avec moi.

(Un garçon lève le doigt.)

L'INSTITUTEUR : Eh bien, Sukfüll [14], vas-tu faire honte à toute la classe ?

L'ÉLÈVE SUKFÜLL : *Cultivons le tourisme !*

L'INSTITUTEUR : C'est bien Sukfüll, tu fais honte à la classe tout entière, j'en informerai ton père pour qu'il te félicite lui aussi.

(Il prend son violon, la classe reprend la mélodie et chante.)

A, a, a, les touristes les voilà.
Les temps moroses sont révolus,
Les étrangers enfin affluent.
A, a, a, les touristes les voilà.

E, e, e, vous le savez, messieurs.
Que de fiacres que de filles aimables,
Si bien faites et combien adorables.
E, e, e, vous le savez, messieurs.

I, i, i, on profite au maxi.
Allez va, allonge tes picaillons,
C'est la fête, chantons, buvons, dansons.
I, i, i, on profite au maxi.

O, o, o, comme Vienne est rigolo.
Dans un flot de musique on te noie,
On te fait le coup du « Sang viennois ».
O, o, o, comme Vienne est rigolo.

U, u, u, les touristes sont repus.
C'est la ville aux mille mélodies,
Elle vous plaît, eh bien revenez-y.
U, u, u, les touristes sont repus.

(Changement.)

---

14. Pleinsouc, nom à consonance turque.

Scène 13

Église de pèlerinage.

LE SACRISTAIN : Vous voyez ici une offrande fort intéressante faite à notre église, un chapelet dont les coraux sont les balles d'un shrapnel italien. La croix est sculptée dans l'anneau éclaté d'un obus italien. Le Christ est taillé dans une balle de shrapnel. Ce chapelet pèse plus de deux livres, il faut donc une main solide pour une prière prolongée. Ces messieurs dames voudraient-ils essayer ?

L'ÉTRANGER : *(essaie)* : Ouf ! — Non, impossible.

(La cloche se met à sonner.)

LE SACRISTAIN : Écoutez ! C'est la dernière fois ! Elle va être décrochée. On transforme les balles de shrapnel en chapelet et à l'inverse les cloches d'église en canon. Nous rendons à Dieu ce qui est à l'empereur et à l'empereur ce qui est à Dieu. On s'aide comme on peut.

(Changement.)

Scène 14

La nuit sur le Graben.

DEUX INTERMÉDIAIRES DE COMMERCE *(avec leurs compagnes, bras dessus, bras dessous, en état d 'ébriété, fredonnant)* : Tête en l'air — tête en l'air – Prends garde à toi —

UN CRIEUR DE JOURNAUX : Édition spéciale — 40 000 Russes morts devant Przemysl — !

L'UN DES INTERMÉDIAIRES DE COMMERCE : Tête en l'air — tête en l'air —

L'AUTRE : — Prends garde à toi — *(Ils sortent.)*

Acte II
Scène I

Devant chez Sirk. Le public se compose en majorité de réfugiés de Galicie, de trafiquants, d'officiers de carrière en permission, d'autres affectés aux hôpitaux ou effectuant un service allégé à l'arrière, et de civils aptes qui ont su se débrouiller.

UN JUIF POLONAIS : Édition spéciale — achetez, messieurs dames —

UN USURIER ÉTABLI À VIENNE : Il ne manquait plus qu'on soit envahis par ces camelots — où qu'on regarde, rien que des juifs ! Et que vont-ils faire ? S'installer et nous rafler nos affaires !

UN AGENT D'AFFAIRES : Pour l'instant je n'ai pas à me plaindre. Mais je ne pourrais pas dire, loin de là, que je me porte aussi bien qu'Ornstein.

L'USURIER : Quel Ornstein ? Ornstein le réformé ?

L'AGENT : Bien évidemment. Samedi dernier, il s'est fait huit mille cinq avec des havresacs, en un seul coup de fil.

L'USURIER. Canaille !

L'AGENT : Il a dit qu'il me mettrait sur des coups. Il est très ami avec une sorte de commandant.

(Un blessé grave sur des béquilles, avec des tressaillements dans les membres, passe en se traînant.)

L'USURIER : Eh oui, à présent il faut tenir bon.

UN CRIEUR DE JOURNAUX : Édition spéciale — ! *Neue Freie Presse* ! Grande victoire des Allemands en Galicie ! Toutes les positions enlevées !

L'USURIER : Moi, je dis, la guerre c'est la guerre. Voyez-vous, que les jeunes gens se rompent le cou en roulant dans leurs automobiles ou directement pour la patrie — ce genre de sensiblerie, très peu pour moi.

L'AGENT : Depuis huit jours je téléphone pour *Sang de hussards*. Complet pour quatre semaines. Je vous le dis, la guerre sera finie et nous n'aurons pas vu *Sang de hussards* ! Et ma femme qui me harcèle —

L'USURIER : Mais moi, je vous le dis, sans comparaison avec *Manœuvres en automne. (Ils sortent.)*

UN OFFICIER *(à trois autres)* : Salut Novotny, salut Pokorny, salut Povolny, dis donc — toi qui t'y connais en politique, que dis-tu de l'Italie ?

DEUXIÈME OFFICIER *(avec une canne)* : Tu sais, moi je dis, un acte de félonie, c'est simple.

LE TROISIÈME : Qu'est-ce que tu attendais d'autre des Ritals — c'est évident.

LE QUATRIÈME : Tout à fait mon avis — hier j'ai bamboché — !

LE PREMIER : Tu sais ce que j'aimerais après si longtemps, j'aimerais retourner au *Gartenbau*.

LE DEUXIÈME : Allons bon, tu es blessé ?

LE TROISIÈME : Comment ça, blessé ?

LE QUATRIÈME : Il n'est pas blessé du tout.

LE PREMIER : Je ne suis pas blessé du tout.

LE DEUXIÈME : Alors tu n'es pas au courant, aujourd'hui le *Gartenbau* est un hôpital ! *(Tous rient.)*

LE PREMIER : Ah oui, un hôpital — (*Après un temps de réflexion.)* Ça m'était complètement sorti de la tête — avec cette guerre qui dure depuis si longtemps — (*Passe un soldat avec des béquilles.)*

LE DEUXIÈME : Dites-moi, je lui passe un savon ? Cette façon de saluer —

LE PREMIER : Ne fais pas de grabuge, à propos, et cette croix du mérite ?

LE DEUXIÈME : Je suis proposé — c'est fou le temps que ça prend.

LE TROISIÈME : Quel foutoir !

LE QUATRIÈME : Que voulez-vous, la guerre, c'est la guerre. Pas la moindre souris aujourd'hui.

(On entend le chant de soldats qui passent : Au pays, au pays, on se reverra — *)*

UN SPÉCULATEUR : Vous avez lu aujourd'hui cette histoire d'obus incendiaires auto-inflammables à l'air qu'ils balancent sur Reims depuis dix mois ? Ils ne lâchent pas prise ! Du beau travail !

UN PROPRIÉTAIRE IMMOBILIER : Reims, regrettable — la cathédrale, quel dommage !

LE SPÉCULATEUR : Écoutez, à d'autres, c'est trop fort ! Vous m'excuserez, étant donné qu'il s'agit en tout état de cause d'un point stratégique, c'est de l'hypocrisie pure et simple de la part des Français. Se retrancher derrière une cathédrale, c'est trop fort, allez, ne me parlez pas de cette racaille.

LE PROPRIÉTAIRE IMMOBILIER : Allons, je vous en prie, ne m'aboyez pas comme ça à la figure. Qu'est-ce que j'ai dit ? Vous me sortez ça comme si je ne savais pas aussi bien que vous de quel côté sont les barbares. Mais on peut quand même regretter la cathédrale ? En tant que propriétaire immobilier —

LE SPÉCULATEUR : Ah, c'est différent. Ce que je ne supporte pas, c'est la sensiblerie en temps de guerre, surtout quand il s'agit d'une ruse notoire ! La guerre c'est la guerre, voilà tout.

LE PROPRIÉTAIRE IMMOBILIER : Là vous avez bien raison !

LE SPÉCULATEUR : Où irait-on ? Peut-on risquer un échec ? Une raclée, voilà la meilleure parade ! Regardez — voici nos braves en vert-de-gris, armure flamboyante. Ah, les Allemands !

LA VOIX D'UN COCHER DE FIACRE : La guerre, c'est quatre fois le tarif.

(Changement.)

Scène 2

Deux conseillers commerciaux sortant de l'hôtel Bristol. Un invalide passe en clopinant.

PREMIER CONSEILLER COMMERCIAL *(regardant autour de lui)* : Pas de voitures ? Un scandale !

TOUS DEUX *(pointant leur canne sur une automobile qui passe)* : Hep — !

LE SECOND : À propos, vous avez pu caser votre garçon aux choses — aux archives militaires ?

LE PREMIER : Oui, mais comme il a une hernie j'espère qu'ils vont le relâcher bientôt. Il a des ambitions plus hautes, vous savez bien, Ben Tiber le veut comme dramaturge. Il a une hernie.

LE SECOND : Mon cadet a du talent. Moi aussi, j'espère — je redoute l'audience demain avec l'archiduc Léopold Salvator, pourvu que je réussisse — ma femme aura un astrakan.

(Une mendiante avec une jambe de bois et un bras amputé se tient devant eux.)

TOUS DEUX *(pointant leur canne sur une automobile qui passe)* : Hep — !

(Entrent les uns après les autres trois grenadiers allemands, accompagnés chacun d'un employé municipal de Vienne en habit et haut-de-forme.)

PREMIER EMPLOYÉ MUNICIPAL : Là-bas, c'est l'opéra, à présent nous débouchons dans la Kärntnerstrasse, oùsque je vais vous montrer le Tronc Saint-Étienne, le plus grand symbole de Vienne qui nous est à nous, dressé en souvenir que les compagnons forgerons de passage y ont chacun planté un clou, tout comme vous venez de le voir avec le Soldat de bois. Ensuite nous déboucherons sur la Colonne de la Peste, qu'on l'appelle, parce que jadis dans la ville de Vienne la peste a ragé et qu'il a fait la promesse solennelle d'ériger à cet endroit un monument historique.

PREMIER GRENADIER : Fichtre !

DEUXIÈME EMPLOYÉ MUNICIPAL : Là-bas, c'est l'opéra, à présent nous descendons la Kärntnerstrasse vers le Tronc Saint-Étienne qu'on l'appelle, c'est un symbole parce que les compagnons forgerons de passage y ont chacun planté un clou. Ensuite je vous montrerai les Colonnes de la Peste, car c'est là qu'il a fait une promesse solennelle, parce que jadis la peste a ragé, tout comme avec le Soldat de bois, et c'est pour ça qu'est érigé là-bas un monument historique.

TROISIÈME GRENADIER : Bigre !

TROISIÈME EMPLOYÉ MUNICIPAL : Là, vous avez l'opéra. Mais nous allons tout de suite déboucher dans la Kärntnerstrasse où nous descendrons vers le Tronc Saint-Étienne, car les compagnons forgerons de passage y avaient planté un clou, tout comme ils le font à présent avec le Soldat de bois. Ensuite, sur le Graben, je vous conduirai à un monument historique, le plus grand symbole qui nous est à nous, car là, à cet endroit, la peste a ragé, et alors il a fait une promesse solennelle, et c'est ainsi, comme vous le savez, qu'est né le Tronc Saint-Étienne.

DEUXIÈME GRENADIER : Bougre !

UN REPORTER *(à un autre)* : Regardez, là on voit ce que ça veut dire, épaule contre épaule.

LE SECOND : Ils ont l'air de bien s'entendre, mais on ne comprend pas ce qu'ils disent.

LE PREMIER : Il lui explique.

UN TRAFIQUANT BERLINOIS *(parle très vite à un porteur viennois)* : Vous là, venez ici et courez là-bas au restaurant, regardez s'il y a un monsieur qui attend, ou bien demandez au chasseur ou au maître d'hôtel si monsieur Svoboda est là, le chef de division, l'un des hommes les plus influents que vous ayez actuellement à Vienne, il a rendez-vous avec monsieur Zadikower, de Berlin-Centre, qu'on le prie de patienter encore un peu et de m'indiquer une table si jamais j'avais un empêchement, j'aimerais dîner avec lui mais j'ai encore une affaire à traiter, si jamais j'avais un empêchement, vous entendez, qu'on le prie de venir dans la soirée au Moulin Rouge, si c'est bien le nom de cet établissement, vous savez, c'est là que danse Mizzi, une des plus belles poupées que vous ayez actuellement à Vienne, je viendrai à minuit moins quinze, allez, plus vite que ça, vous avez compris ? *(Le porteur contemple l'étranger, étonné, en silence.)* Eh bien, mon petit bonhomme, vous ne comprenez pas l'allemand ?

LE PORTEUR : De quoi, c'est quoi qu'y dit ?

LE TRAFIQUANT *(révolté, s'adresse aux passants qui s'attroupent)* : C'est inouï, écoutez, permettez, il se produit des choses proprement scandaleuses dans votre chère ville de Vienne, en tant qu'Allemand du Reich, ici j'ai déjà eu pas mal de surprises, on est accoutumé à votre laisser-aller typiquement viennois, une jolie peuplade que vous faites, mais ça franchement je ne l'aurais pas cru possible, vraiment ça n'est possible qu'à Vienne, non, qu'un peuple avec lequel nous combattons épaule contre épaule tolère pareille ineptie, c'est faraminable, vous autres les Viennois vous ne vous rendez pas du tout compte que vous êtes en guerre, c'est pour ça qu'après un an vous êtes déjà au bout du rouleau, alors que chez nous, on peut le dire, l'ambiance est grave mais optimiste, alors que chez vous — si Hindenburg était au courant ! Je vais lui dire, moi, de quoi il retourne —

CRIS DANS LA FOULE : Mais qu'est-ce qui s'est passé ?

LE TRAFIQUANT : Ce qui s'est passé ? Cette question ! Drôle de peuplade que vous faites ! Cet homme était posté là comme un authentique porteur viennois, je voulais l'envoyer en face au restaurant avec un important message pour un chef de division à qui j'ai donné rendez-vous, et lui là — écoutez, en pleine guerre —

LA FOULE : Eh bien quoi, qu'est-ce qu'il a fait ?

LE TRAFIQUANT : Il me répond dans une langue étrangère !

(Il s'éloigne, au comble de l'excitation. La foule, interloquée, regarde le porteur qui, pour sa part, était resté planté là, comme figé, et s'éloigne à présent avec fierté.)

LA FOULE : Dieu punisse l'Angleterre !

UN CRIEUR DE JOURNAUX : Édition spéciale — ! Grande victoire de l'Alliance !

(Changement.)

Scène 3

L'abonné et le patriote en conversation.

LE PATRIOTE : Vous avez lu ? « Mobilisation des jeunes de dix-neuf ans en Italie. » À lui seul, ce titre dit toute la terrible vérité.

L'ABONNÉ : Non, ça a dû m'échapper. Vous vous rendez compte, si jeunes ! Nous, en mars, on va enrôler les garçons de dix-sept ans, ce sera un plaisir.

LE PATRIOTE : Bien sûr, ce sont les plus belles années ! Vous savez l'autre différence ? L'équipement. Vous avez lu aujourd'hui ? Inquiétudes des Italiens au sujet des tenues chaudes de montagne pour leurs soldats.

L'ABONNÉ : Les inquiétudes qu'ils peuvent avoir !

LE PATRIOTE : Chez nous on ne se soucie guère de cela ! Bagatelle ! On passe commande et voilà tout. Vous connaissez l'histoire des couvertures de laine ? Non ?

L'ABONNÉ : Non.

LE PATRIOTE : Les choses chez nous se font toutes seules, tenez, un exemple formidable. Feiner [15] & Co. signe pour un million et demi de couvertures de laine importées d'Allemagne, c'est selon l'évaluation de notre ministère de la Guerre le nombre approximativement nécessaire pour l'hiver dans les Carpates. Mais on n'a pas pris l'affaire au tragique puisqu'on s'attendait à la victoire finale bien avant. Et quand ensuite ça a pris une tournure plus sérieuse, on a dit tout d'un coup : bon, mais d'abord il faut accomplir les formalités douanières. Le ministère des Finances ne veut à aucun prix débloquer la marchandise avant, alors que le ministère de la Guerre dit qu'on en a besoin. Que voulez-vous que je vous dise, ça a duré six mois, ce va-et-vient. Pendant toute la durée des combats dans les Carpates. Alors la maison Feiner prend une décision et Katzenellenbogen [16] de Berlin intervient en personne, vous savez bien, il a le bras long chez nous, surtout au ministère de la Guerre. Il monte chez le ministre des Finances et lui dit bien en face : ça ne va pas ! Primo la maison Feiner fait faillite, secundo les couvertures sont en train de pourrir, elles traînent en plein air dans le froid et l'humidité, elles sont presque toutes fichues —

L'ABONNÉ : Qui ça ?

LE PATRIOTE : Eh bien, les couvertures ! Elles sont entreposées en plein air.

L'ABONNÉ : Qui ça ?

LE PATRIOTE : Eh bien, les couvertures ! Quelle question ! Alors, dit-il catégoriquement, primo la maison fait faillite, secundo les couvertures de laine sont en train de pourrir, tertio les soldats en auraient bien besoin, après tout. Et le

15. Fin-du-fin.
16. Coude-de-chat.

ministre des Finances de hausser les épaules et de répondre qu'il ne peut rien faire, qu'il faut régler le dossier. La douane d'abord, ensuite les couvertures —

L'ABONNÉ : Mais pourquoi le ministère de la Guerre n'a-t-il pas payé ?

LE PATRIOTE : Cette question ! Le ministre de la Guerre a déclaré tout net qu'il ne pouvait rien faire, qu'il fallait d'abord régler le dossier.

L'ABONNÉ : Le dossier de la douane ?

LE PATRIOTE : Au contraire, le dossier de mobilisation des fonds pour la douane !

L'ABONNÉ : Ah bon, et alors, qu'est-ce qui est arrivé ? Je suis curieux de savoir —

LE PATRIOTE : Ce qui est arrivé ? Katzenellenbogen remonte voir le ministre et lui dit en face : Votre Excellence, dit-il, le ministère de la Guerre ne veut pas céder. Il dit : je vais vous dire une bonne chose. Dans le commerce il est d'usage, quand un client momentanément ne peut pas payer, de se renseigner sur lui, et si on apprend que le client est solvable, l'usage veut qu'on lui accorde un délai. Votre Excellence, je vais vous dire une bonne chose, renseignez-vous sur le ministère de la Guerre, vous apprendrez qu'il est solvable – à quoi ça vous avance, accordez-lui un délai ! Ça, il a compris. On a accordé un délai, les couvertures ont été livrées.

L'ABONNÉ : Alors tout allait pour le mieux ?

LE PATRIOTE : Dans une certaine mesure, oui. Mais on était déjà en mars. Que voulez-vous que je vous dise, quand on a déballé les couvertures, elles étaient complètement détériorées. On a donc pris des réfugiés pour les rafistoler deux par deux, et quand en avril tout fut rentré dans l'ordre, hélas deux fois plus cher qu'à la commande, il faut bien qu'un tel travail se paye, c'est pas une mince affaire de rafistoler un million et demi de couvertures — eh bien, quand tout fut terminé, que croyez-vous qu'on a découvert ?

L'ABONNÉ : Eh bien — ?

LE PATRIOTE : On a découvert que les soldats n'avaient plus besoin de couvertures. Car primo il ne faisait plus si froid dans les Carpates et ensuite la plupart des hommes avaient déjà des pieds gelés — Eh bien, je vous le demande d'homme à homme : des inquiétudes, nous, à cause de couvertures de laine ?

(Changement.)

Scène 4

Devant le ministère de la Guerre.

UN JEUNE HOMME : Bonjour, toi ! Où tu vas ?

LE SECOND : Je monte.

LE PREMIER : Quoi faire ?

LE SECOND : Je vais me débrouiller. Et toi ?

LE PREMIER : Moi aussi.

LE SECOND : Bon, allons-y ensemble. *(Ils sortent.)*

CINQUANTE TIRE-AU-FLANC *(entrent, se montrant du doigt les uns les autres)* : Lui là, bon pour le service !

UN JEUNE HOMME : Bonjour, toi ! Où tu vas ?

LE SECOND : Je monte.

LE PREMIER : Quoi faire ?

LE SECOND : Import. Et toi ?

LE PREMIER : Export.

LE SECOND : Bon, allons-y ensemble. *(Ils sortent.)*

(Changement.)

Scène 5

Ministère de la Défense nationale. Un capitaine assis à un bureau. Devant lui, debout, un civil.

LE CAPITAINE : Bon ben, pour savoir si vous pouvez être exempté ou non, le plus simple est de vous référer à l'ordonnance. Et pour que vous puissiez vous en convaincre vous-même, je vais vous faciliter la tâche. Bon ben, écoutez : « Le ministère autrichien de la Défense nationale arrête par décret du 12 juillet 1915, no 863-14 explicable en accord avec le ministère austro-hongrois de la Guerre, qu'au regard de la situation de guerre présente, l'octroi de dispenses — au même titre qu'antérieurement par décret du dit ministère autrichien du 13 janvier 1915, 14e section, no 1596 modifiant 1914, complété par le décret du 18 janvier 1915, chiffré 1068, promulgué au sujet de l'octroi de dispenses (en tant que soutien de famille) d'après les articles 31 et 32 de la loi sur la conscription — le certificat exigible en juin 1914, d'après les articles 109, 1er paragraphe, 1er alinéa, article 118, 1er paragraphe et article 121, 1er paragraphe du code militaire 1er livre, attestant la prolongation des conditions justifiant l'octroi de dispenses, d'après les articles 30 et 32 (en tant qu'agriculteur) et l'article 82 de la loi sur la conscription (article 32 de la loi sur la conscription de 1889), est abrogé jusqu'à nouvel ordre, en précisant que les dispenses octroyées – les dispenses désignées à l'article 30 et à l'article 32, effectives d'après l'article 108 1er paragraphe, 2e alinéa, du code militaire 1er livre, dans les termes du certificat de prolongation fourni dans les délais – doivent être considérées comme prorogées. » Bon ben, maintenant vous m'excuserez, il y en a d'autres qui attendent leur tour, n'est-ce pas ! J'ai bien l'honneur — (*Le civil s'incline et sort.)*

(Changement.)

Scène 6

Bureau dans un quartier général.

HIRSCH *(entre en chantant. Mélodie du* Prodigue*)* :

Hé ho, gaiement et sans soucis
Au jour le jour je vis la guerre ;
Demain l'article sera fini !
Il fait si bon d'êt' reporter.
Même si j'avais poussé bien droit
Jamais je s'rai soldat ! D'ailleurs
[: Je gagne ma vie, et de surcroît
Au magnifique champ d'honneur. :]

De deux : la vie il faut le dire
Est ennuyeuse à l'arrière.
Aussi ai-je voulu venir
Au quartier de presse de guerre.
De trois : la vie dans les tranchées,
Quelle barbe ! Il n'est donc que normal
[: Qu'ils aient voulu me dégager
Pour le service dans mon journal. :]

De quatre : ainsi je peux narrer
Plus vite le cours de la bataille,
En première ligne décrire les faits
De nos héros par le détail.
Je veux rester jusqu'au triomphe,
À moi, ô belle victoire finale !
[: Cours donc, ma plume chrysogomphe,
Que l'ennemi enfin détale ! :]

De cinq : je le dis sans ambages,
Je suis ici comme coq en pâte !
Pour l'emporter nos troupes font rage
Et nos héros, lent'ment, se hâtent.
De six, de sept, et caetera :
Ici nulle balle ne crépite.
[: J'avoue qu'à ma plus grande joie,
Cette bonne guerre me profite ! :]

(Il lance en direction du bureau voisin) : Dites, commandant, si vous voyez le général, dites-lui que je vais l'interviewer tout à l'heure, et tout l'état-major avec ! Aujourd'hui, personne n'y coupera ! *(Il sort.)*

RODA RODA *(entre en chantant. Sur un air connu)* :

Ce Rosenbaum,
Ce Rosenbaum
Écrit dans toutes les feuilles.
La garnison ?
Pas folichon !
Au front en un clin d'œil !

Je n'ai de foi
Que dans mes yeux
Je vais moi-même aux nouvelles.
Au pire des cas

Si Dieu le veut
Je s'rai tué par un shrapnell.

Qu'ai-je donc à faire
De femme, d'enfants ?
Que vaut enfin ma vie ?
Et pour me plaire
Comme passe-temps
On fait des cagnas fort jolies.

Devant l'ennemi
Pas de bobards,
Il faut choisir sa position.
J'suis pas ami
Des racontars
Pour ma prochaine édition !

J'étais jadis
Partie prenante
Je connais bien mon monde.
Dieu m' maudisse,
Elle est garante
De vérité, ma belle faconde.

Il y a longtemps
Ils m'ont donné
Mon congé, ô scandale !
Je suis maintenant
Sollicité
Pour qu'ils s' retrouvent dans le journal !

J'aime la vie
Des militaires
Et je pars de plus belle !
Dans mes récits
L'histoire s'avère
De taille universelle.

Je vois les morts
Dont las ! débordent
La Vistule et l'Isonzo.
Ça marche très fort,
Car je m'accorde
Pas l'moindre intermezzo !

Un haut gradé
Ça le démange
Vient m'aviser de la victoire !
Sommes-nous défaits
Tant pis je change
En triomphe nos déboires !

À l'arrière
N'est pas mon *home*,
Mon cœur est toujours bon soldat !
Je fais carrière
Comme Rosenbaum,
Mais j'suis moi, Roda Roda !

(Il lance en direction du bureau voisin) : Dites, commandant, si vous voyez le général, dites-lui qu'il faut muter le colonel — il m'a refusé le laisser-passer pour le fort 5 à Przemysl. Il n'avait pas l'air de savoir qui je suis. Ça ne l'excuse pas, bien au contraire. Je vais leur apprendre la discipline, moi, à ces messieurs — c'est compris ? *(Il sort.)*

(Changement.)

Scène 7

Un autre bureau.

UN GÉNÉRAL D'ÉTAT MAJOR *(apparaît et va au téléphone)* : Bonjour, dis-moi, tu as terminé l'article sur Przemysl ? — Toujours pas ? Ah, tu n'as pas assez dormi — Allez, un petit effort, ou tu seras en retard pour la bamboche. Écoute, là vraiment — Quoi, tu as encore tout oublié ? — Ah, vous autres — Écoute, mets-toi bien ça dans le crâne — Les points principaux : primo, de toute façon cette forteresse ne valait pas un clou. C'est le plus important — Comment ? on ne peut pas — Quoi ? on ne peut pas faire oublier que depuis toujours cette forteresse est la fierté — on peut tout faire oublier, mon cher ami ! Alors écoute, de toute façon cette forteresse ne valait plus un clou, rien que de la quincaillerie — Comment ? L'artillerie la plus moderne ? Je te l'ai dit, rien que de la quincaillerie, compris ? À ce propos, un élément à ne pas trop souligner : l'approvisionnement insuffisant, tu vois, effacer autant que possible le laisser-aller, la pagaille, etc. Certes, ces éléments s'imposent, mais tu trouveras bien. L'essentiel, c'est la famine. La fierté de la famine, tu comprends. Pas par la famine mais par la force, euh, qu'est-ce que je raconte, pas par la force mais par la famine. Bon, voilà, c'est ça — Quoi, ça ne colle pas ? On se rendrait compte que les provisions — comment ? — et on objectera qu'il n'y avait pas assez de provisions. Eh bien, tu argumentes, tu dis : impossible d'amasser toutes les provisions nécessaires parce que de toute façon l'ennemi les aura en s'emparant de la forteresse — Comment il s'en serait emparée ? Par la famine ? Non par la force, bien sûr, ne pose pas tant de questions. Tu ne comprends donc pas que s'il s'empare de la forteresse par la force et que nous avons des provisions, il s'emparera aussi des provisions. Nous ne devons pas avoir de provisions pour qu'il ne s'empare pas des provisions mais qu'il s'empare de la forteresse par la famine et non par la force. Bon, tu t'en sortiras bien, adieu, il faut que j'aille au mess, à force, je crie famine — terminé !

(Changement.)

Scène 8

Le restaurant d'Anton Kourbett[17]*. Au premier plan, un monsieur avec une dame. Un homme passe d'une table à une autre, s'inclinant sans cesse en silence. Au premier plan, à gauche, à une table, le Râleur.*

UN SERVEUR : Vous avez commandé, monsieur ?

LE MONSIEUR : Non, la carte. *(Le garçon sort.)*

DEUXIÈME SERVEUR : Vous avez commandé, monsieur ?

LE MONSIEUR : Non, la carte. *(Le garçon sort.)*

UN JEUNE SERVEUR : Vous désirez boire, bière, vin —

LE MONSIEUR : Non. *(Le jeune serveur sort.)*

---

17. En allemand, *Grüsser* : celui qui salue.

TROISIÈME SERVEUR : Vous avez commandé, monsieur ?

LE MONSIEUR : Non, la carte. *(À un garçon qui passe en hâte.)* La carte !

DEUXIÈME JEUNE SERVEUR : De la bière, du vin —

LE MONSIEUR : Non.

QUATRIÈME SERVEUR *(apporte la carte)* : Vous avez commandé ?

LE MONSIEUR : Non. Vous venez d'apporter la carte. Qu'est-ce qu'il y a de rapide ?

LE SERVEUR : Tout ce qui est marqué sur la carte.

LE MONSIEUR : Sur la carte il est marqué « Dieu punisse l'Angleterre ». Ça je n'en mange pas.

LE SERVEUR : Peut-être une préparation minute ? Je pourrais recommander à monsieur —

LE MONSIEUR : Vous avez du rosbif ?

LE SERVEUR : Je regrette, c'est un jour sans viande rouge. Madame aimerait une belle escalope ou des travers, ou peut-être une oie rôtie, madame —

LE MONSIEUR : Un hors d'œuvre pour commencer. C'est quoi, des œufs dressés garnis de leur jaune ?

LE SERVEUR : Des œufs à la russe. Ça ouvre l'appétit.

LE MONSIEUR : Moi, ça me le coupe. Alors peut-être – c'est quoi, la sole à la sauce farine ?

LE SERVEUR : Une sole à la normande.

LE MONSIEUR : C'est quoi, des crottins verts à la poêle ?

LE SERVEUR : Des choux de Bruxelles.

LE MONSIEUR : C'est quoi, le plat mixte ?

LE SERVEUR : Un veau Maringo.

LE MONSIEUR : Sûrement pas ! Seigneur, apportez – attendez, c'est quoi, ça : une tranche de veau baignant dans son jus façon chef de guerre ?

LE SERVEUR : Une escalope bordelaise.

LE MONSIEUR : 52 couronnes, un peu cher, un peu cher.

LE SERVEUR : Monsieur ne doit pas l'oublier, c'est la guerre et c'est un jour sans viande rouge.

LE MONSIEUR : Eh bien, allez-y, apportez-nous ça. *(Le garçon sort.)*

UN SERVEUR : Vous avez commandé, monsieur ?

LE MONSIEUR : Oui.

DEUXIÈME SERVEUR : Vous avez commandé, monsieur ?

LE MONSIEUR : Oui.

UN JEUNE SERVEUR : De la bière, du vin ?

LE MONSIEUR : Non.

TROISIÈME SERVEUR : Vous avez commandé, monsieur ?

LE MONSIEUR : Oui.

QUATRIÈME SERVEUR *(revenant)* : Je regrette, plus moyen de vous servir. *(Il raye presque tous les plats.)*

LE MONSIEUR : Vous avez pourtant —

LE SERVEUR : Eh oui, un jour sans viande rouge, ça n'a rien d'étonnant. Monsieur aimerait peut-être des pommes en robe des champs ou au persil, il y en a encore sur la carte —

LE MONSIEUR : Au persil ?

LE SERVEUR *(à voix basse)* : Pommes anglaises, qu'on les appelait avant la guerre.

LE MONSIEUR : Ah ah, et on croit que c'est comme ça qu'on va la gagner ? — Non, attendez voir — des pâtes félonie, qu'est-ce que ça signifie ?

LE SERVEUR : Eh bien, des spaghettis !

LE MONSIEUR : Ah oui, bien sûr. — La salade de bandits, qu'est-ce que c'est que ça ?

LE SERVEUR : De la romaine.

LE MONSIEUR : Ah oui, c'est évident. Bon — apportez-nous des tripes à la paysanne avec des pommes persil, une salade de bandits et comme dessert deux tartes Kourbett. Elle s'appelait comment la tarte, avant ?

LE SERVEUR : Le cake Kourbett.

LE MONSIEUR : Pourquoi Kourbett ?

LE SERVEUR : C'est le nom de monsieur ! *(M. Kourbett vient à la table, fait une courbette et sort.)*

LE MONSIEUR : Qui est ce monsieur ?

LE SERVEUR : Eh bien, le patron ! *(Il sort.)*

LE MAÎTRE D'HÔTEL : Vous avez commandé, monsieur ?

LE MONSIEUR : Oui.

UN NAIN CRIEUR DE JOURNAUX *(passe en se dandinant entre les tables)* : Victoire sur victoire ! Édition spéciale ! Écrasante défaite des Italiens ! Victoire sur victoire !

DEUX JEUNES FILLES *(passent entre les tables avec des cartes postales et des insignes de l'Aide aux victimes de guerre)* : Pour les victimes de guerre, une obole, s'il vous plaît —

UN JEUNE SERVEUR : Vous désirez du pain ? Votre carte, s'il vous plaît —

LE MONSIEUR *(va lui donner le menu)* : — ah ! Je n'en ai pas.

DEUX FEMMES *(passent entre les tables avec des cartes postales)* : Pour les victimes de guerre, s'il vous plaît —

LE VENDEUR DE FLEURS *(avance au pas de charge vers la table)* : Vous désirez des fleurs — ?

LA VENDEUSE DE FLEURS *(depuis le fond)* : Mes belles violettes — pour votre dame ?

UNE COLPORTEUSE : Édition spéciale !

UN CLIENT *(appelant le maître d'hôtel)* : Hé, ministre des Finances — !

LE MAÎTRE D'HÔTEL *(se penche vers un client)* : Vous la connaissez celle-là, cher docteur ? Quelle est la différence entre un réfugié de Galicie et — *(Il lui dit la suite à l'oreille.)*

LE CLIENT *(de plus en plus hilare, éclate soudain de rire)* : Excellent ! Et vous, vous connaissez la différence entre une infirmière de la Croix-Rouge et — *(Il lui dit la suite à l'oreille.)*

UN SERVEUR *(avec dix-huit plats)* : Voilà la sauce (*Il la renverse sur la dame)* Oh, pas fait exprès, scusi !

TROISIÈME CLIENT : Qui a dit scusi ? Écoutez, monsieur Kourbett, dans cet établissement allemand un garçon a dit scusi !

KOURBETT : Monsieur von Vossitschek, vous n'imaginez pas comme c'est difficile de nos jours avec les gens. Vous leur faites la moindre remarque et ils rendent leur tablier, ils trouvent toutes les places qu'ils veulent, disent-ils. C'est un vrai calvaire, les meilleurs sont sous les drapeaux et ces éléments incultes qui nous restent —

LE CLIENT : Bon, bon, mais enfin —

KOURBETT : Sorry, monsieur von Vossitschek, il faut que j'aille faire mes courbettes. *(Il s'exécute.)*

LE CLIENT : Sorry, sorry, ne vous gênez pas.

UN HABITUE : Salut Kourbett, comment que ça va ? Eh ben, qu'est-ce que tu en dis, il a trinqué, Leberl [18] —

KOURBETT : Vu les prix qu'il pratique, celui-là ! Et il n'est guère apprécié, le bonhomme. Moi qui suis ici un personnage, je n'ai jamais eu le moindre ennui.

L'HABITUÉ : Allez, viens t'asseoir un peu Kourbett.

KOURBETT : Plus tard bien volontiers, mais tu vois, il faut encore que je fasse mes courbettes. *(Il s'exécute.)*

L'HABITUÉ : Évidemment, vas-y !

BAMBULA VON FELDSTURM [19] *(vociférant, tapant sur la table)* : Crénom de Dieu, personne pour servir aujourd'hui ? Garde-à-vous !

UN SERVEUR : Oui, tout de suite, mon commandant !

KOURBETT : Vous désirez, mon commandant ?

BAMBULA VON FELDSTURM : Qu'est-ce que c'est que ça, patron ? Personne pour vous servir aujourd'hui ? Le service n'est plus ce qu'il était, depuis un an je le remarque, mais où sont tous les garçons ?

KOURBETT : Sous les drapeaux, mon commandant.

BAMBULA VON FELDSTURM : Quoi ? sous les drapeaux ? Pourquoi sont-ils donc tous sous les drapeaux ?

KOURBETT : Ben, parce que c'est la guerre, mon commandant !

BAMBULA VON FELDSTURM : Ça fait un an que je le remarque. À part ces quatre-là vous n'avez plus de garçons. Pour un établissement aussi vaste. Ça fait un an que je le remarque.

KOURBETT : Eh bien, depuis que c'est la guerre, mon commandant !

---

18. Petitfoie. (Liber est un grand restaurant viennois.)
19. Bamboula de Montàlassaut.

BAMBULA VON FELDSTURM : Quoi ? C'est un scandale ! Dites-vous bien que les camarades se plaignent tous, ils ne fréquenteront plus ici si ça continue comme ça. Tous sont furibards. Le capitaine Tronner, Fiebiger von Feldwehr [20], Kreibich, Kuderna, le colonel Hasenörl [21], tous sont furibards, pas plus tard qu'hier Husserl von Schlachtentreu [22] du soixante-sixième a dit que si ça continuait ainsi —

KOURBETT : Oui, mon commandant, nous aimerions tous qu'un jour ça finisse et que ce soit la paix —

BAMBULA VON FELDSTURM : Quoi, la paix — épargnez-moi vos jérémiades, la paix — moi, qui ai participé aux manœuvres de l'Empereur — si notre chef suprême vous entendait — il faut tenir bon, cher ami, rien à faire ! *(Un garçon passe en hâte.)* Regards à droite, droite ! Attends, maudit garnement, je vais t'y mettre, moi, sous les drapeaux — Non mais qu'est-ce que c'est que ce service — ? !

KOURBETT : Qu'avez-vous commandé, mon commandant ?

BAMBULA VON FELDSTURM : Rien, je voudrais une tranche de rôti, lardé comme il faut —

KOURBETT : Je regrette, c'est un jour sans viande rouge.

BAMBULA VON FELDSTURM : Quoi ? Un jour sans — ? Qu'est-ce que c'est encore que cette nouvelle mode ? !

KOURBETT : Oui, c'est la guerre mon commandant, alors —

BAMBULA VON FELDSTURM : Ne faites pas tant de simagrées. Qu'est-ce que ça a à voir avec la guerre qu'il n'y ait plus de viande, j'aimerais le savoir ! Ça n'est plus ce que c'était.

KOURBETT : Oui, mais c'est la guerre, mon commandant !

BAMBULA VON FELDSTURM *(se levant, au comble de l'excitation)* : Vous avez fini de la ramener avec votre guerre ? J'en ai soupé ! Nous, les camarades, vous ne nous verrez plus dans cet établissement — dorénavant nous irons chez Leberl ! *(Il sort précipitamment.)*

KOURBETT : Mais mon — mon commandant — *(Secouant la tête)* Bizarre !

---

20. Fiévreux de Bloqueassaut.
21. Oreille-de-lapin.
22. Éperon de Fidelaucombat.

LE TROISIÈME CLIENT *(à un garçon)* : Rien du tout ? Pas même un dessert ?

LE GARÇON : Chausson aux quetsches, feuilleté à l'anis, crème anglaise —

LE CLIENT : De la crème anglaise ? En pleine guerre ?

LE GARÇON : Elle date de la paix.

LE CLIENT : J'aime pas qu'on se paye ma tête, l'addition !

LE SERVEUR : L'addition !

DEUXIÈME SERVEUR : L'addition !

TROISIÈME SERVEUR : L'addition !

QUATRIÈME SERVEUR : L'addition —

UN JEUNE SERVEUR *(à lui-même)* : L'addition.

KOURBETT *(s'est approché de la table du Râleur)* : D'après le dernier diagnostic minéralogique, le temps semble s'éclaircir et la fréquentation devrait s'intensifier — vous étiez sans doute en voyage, c'est bien, c'est bien — eh oui, tout un chacun a ses occupations de nos jours, mon Dieu, la guerre, la misère, on remarque partout dans le commerce combien souffrent les classes moyennes — les influences ne sont toujours pas prévisibles — même un monsieur de la presse, quelqu'un qui a le bras long au ministère, il a dit lui aussi – bizarre – hum — mais vous ne m'avez pas l'air tellement en appétit aujourd'hui, dommage, de la poitrine, tous ces messieurs en raffolent, mais attention, la prochaine fois un morceau de choix, une portion spéciale dans le morceau de Kourbett — Léopold, desservez, encore endormi le chenapan, j'ai bien l'honneur — —

(Le monsieur et la dame au premier plan se sont endormis.)

LE SERVEUR *(entre précipitamment)* : Plus moyen de vous servir !

LE MONSIEUR *(se réveille en sursaut)* : De quoi — Wallstreet ? — Ah bon. Alors on va y aller. *(Il se lève avec la dame)* Adieu.

LE SERVEUR : Pardon, permettez-moi de vous le faire remarquer pour une autre fois, nous sommes dans un établissement allemand et il est interdit de parler anglais — *(Il s'essuie le front avec sa serviette.)*

LE MONSIEUR : Tiens, tiens —

KOURBETT *(derrière eux)* : J'aibienl'honneurbienlebonjourmeshommagesmadameserviteurmonsieurmesrespectsmescomplimentsàlaprochaine !

(Changement.)

Scène 9

L'abonné et le patriote en conversation.

LE PATRIOTE : Que dites-vous de la France ? Vous savez ce qui s'y passe ?

L'ABONNÉ : La prison pour avoir répandu la vérité en France. Quelqu'un a dit que la France manquait de munitions, et il en a pris pour vingt jours ! Il a dit que les Alliés étaient en mauvaise posture et que l'Allemagne était prête pour la guerre —

LE PATRIOTE : Expliquez-moi cela, s'il vous plaît : n'est-ce donc pas la vérité de dire que l'Allemagne était prête ou bien est-ce la vérité de dire que l'Allemagne n'était pas prête —

L'ABONNÉ : Alors, elle était prête, l'Allemagne ?

LE PATRIOTE : Eh bien, comment — ?

L'ABONNÉ : Dites-vous bien ça une fois pour toutes. L'Allemagne, comme l'on sait, a été agressée : dès mars 1914 des régiments sibériens —

LE PATRIOTE : Bien sûr.

L'ABONNÉ : L'Allemagne était donc parfaitement prête pour une guerre défensive qu'elle voulait mener depuis longtemps, et l'Entente, elle, voulait depuis longtemps mener une guerre offensive pour laquelle, cependant, elle n'était pas prête.

LE PATRIOTE : Vous voyez, à présent cette apparente contradiction s'éclaircit à mes yeux. Parfois il arrive que l'on croit que c'est la vérité, et ce n'est pas la vérité.

L'ABONNÉ : Dans la presse, souvent ça saute aux yeux, sur deux colonnes en parallèle, ce qui présente l'avantage que l'on voit très nettement la différence entre nous et eux.

LE PATRIOTE : Vous avez lu ? Pillages et destructions par les soldats italiens ! Ils ont pris pas moins de 500 000 couronnes à Gradisca, dans un coffre-fort, et de surcroît 12 000 couronnes dans un autre coffre !

L'ABONNÉ : J'ai lu. Les bandits ! Que dites-vous du succès colossal des Allemands ?

LE PATRIOTE : J'ai pas lu, c'est écrit où ?

L'ABONNÉ : Cette question ! Sur la colonne juste à côté !

LE PATRIOTE : Il a eu lieu où, ce succès ?

L'ABONNÉ : Près de Novogeorgievsk. « L'or du butin de Novogeorgievsk ».

LE PATRIOTE : Alors, qu'est-ce qu'ils écrivent ?

L'ABONNÉ : Ils écrivent que dans le butin de la victoire à Novogeorgievsk se trouvaient entre autre deux millions de roubles-or.

LE PATRIOTE : Formidable ! Tout ce qu'ils touchent — !

(Changement.)

Scène 10

Cantonnement dans les environs du col d'Uzock.

UN GÉNÉRAL AUTRICHIEN *(entouré de ses officiers)* : — La guerre, messieurs, laisse des traces sur chacun d'entre nous, nous pouvons le dire, nous sommes à bonne école. Mais, messieurs, nous sommes loin d'en être sortis — il nous reste encore beaucoup à faire, aïe, aïe, aïe ! Sur notre drapeau nous avons agrafé des victoires, de belles victoires, ne craignons pas de le dire, mais il est indispensable pour la prochaine guerre d'introduire chez nous l'organisation. Nous avons certes des talents en pagaille mais nous manquons d'organisation. Tenez, messieurs, vous pouvez reprocher aux Allemands ce que vous voudrez — mais, ne craignons pas de le dire, ils ont de l'organisation — je prétends toujours et je le maintiens : si nous avions un tantinet d'organisation, ça marcherait — mais tels quels nous manquons bel et bien d'organisation. Sur ce plan, les Allemands sont en avance sur nous, ne craignons pas de le dire. Nous sommes certes nous aussi en avance sur eux dans bien des domaines, comme par exemple le petit quelque chose, le genre, le je-ne-sais-quoi, le feeling, ne craignons pas de le dire — mais quand nous sommes dans la mélasse, les Allemands rappliquent avec leur organisation et —

UN SOUS-LIEUTENANT PRUSSIEN *(apparaît à la porte et lance derrière lui)* : Les Rouskoffs ne perdent rien pour attendre, ils vont voir ce qu'ils vont voir ! *(Il se précipite dans la pièce sans saluer, s'avance tout droit vers le général et lance en le fixant dans les yeux)* : Dites donc, Excellence, vous, les Autrichiens, vous n'auriez pas pu le prendre seuls ce petit col de rien du tout ? *(Il sort.)*

LE GÉNÉRAL *(qui est resté planté là, abasourdi)* : Mais qu'est-ce que c'est — que ça veut dire ? *(S'adressant à ceux qui l'entourent.)* Voyez-vous, messieurs — ils ont du cran, et ce qui est le plus important — de l'organisation !

(Changement.)

Scène 11

Quartier général. Salle de cinéma. Au premier rang est assis le commandant en chef des armées, l'archiduc Frédéric. À ses côtés son hôte le roi Ferdinand de Bulgarie. On passe un film des productions Sascha, dont toutes les images montrent l'efficacité du mortier. On voit de la fumée qui s'élève et des soldats qui tombent. La même action se déroule quatorze fois en une heure et demie. Les spectateurs militaires regardent avec une attention d'experts. On n'entend pas un bruit. Mais à chaque image, au moment où le mortier fait preuve de son efficacité, on entend au premier rang :

Badaboum !

(Changement.)

Scène 12

La retraite tranquille d'un poète dans la forêt styrienne.

UN ADMIRATEUR DE KERNSTOCK : Chut – doucement — il est assis là, abîmé dans ses pensées —

UN SECOND ADMIRATEUR DE KERNSTOCK : D'ici il lance ses chants de par le pays, des chants si personnels, si puissants, et pourtant sensibles, souvent d'une indescriptible finesse, des chants —

LE PREMIER : Oh, ça ne m'étonnerait pas qu'il soit sur le point de —

LE SECOND : J'ai bien l'impression. Silence ! Tous ceux qui l'entendent, enflammés par sa flamme, transmettront par milliers dans les temps à venir ce qu'ils ont reçu de lui, et dans le cœur d'une nouvelle jeunesse sera ainsi ancrée la sagesse à laquelle cet homme-là, dans sa citadelle solitaire, parmi les murmures de la forêt, a accédé en maintes décennies de labeur.

LE PREMIER : Silence ! L'inspiration semble l'avoir touché. Sera-ce un poème ou une prière ?

KERNSTOCK :

> Bûcheron de Styrie, fais-moi un bûcher
> De l'engeance serbe qu'il faut exterminer !
> Chasseur de Styrie, braque-moi ton fusil
> Sur l'ours mal léché qui attaque de Russie !
> Vigneron de Styrie, tire-moi en chantant
> Des petites frappes italiennes du vin rouge comme sang !

LE PREMIER : Il prie.

(Changement.)

Scène 13

Quelque part au bord de l'Adriatique. Dans le hangar d'une escadrille d'hydravions.

ALICE SCHALEK *(entre, regarde autour d'elle)* : De tous les problèmes de cette guerre, celui de la bravoure individuelle m'intéresse le plus. Avant la guerre, je m'étais déjà longuement penchée sur le comportement héroïque, car j'avais rencontré nombre d'hommes qui se jouaient de la vie — cow-boys américains, pionniers de la jungle et des forêts vierges, missionnaires des déserts. Eux, pour la plupart, répondaient à l'image qu'on se fait du héros, chaque muscle bandé, pour ainsi dire forgé dans l'acier. Combien est différent le héros qu'on a en face de soi dans cette guerre mondiale. Ce sont des gens enclins aux plaisanteries les plus inoffensives, qui ont un doux penchant pour le chocolat chaud à la crème et vous racontent comme si de rien n'était des aventures parmi les plus époustouflantes de l'histoire mondiale. Et pourtant ! — Bon, je suis curieuse de voir comment cet enseigne de frégate — ah, le voilà ! *(L'enseigne de frégate est entré)* Je n'ai pas beaucoup de temps, soyez bref. Vous êtes bombardier, que ressentez-vous en pleine action ?

UN ENSEIGNE DE FRÉGATE : En général, on tourne une petite demi-heure au-dessus des côtes ennemies, on laisse tomber quelques bombes sur les objectifs militaires, on les regarde exploser, on photographie le feu d'artifice et on rentre chez soi.

SCHALEK : Vous êtes-vous déjà trouvé en danger de mort ?

L'ENSEIGNE DE FRÉGATE : Oui.

SCHALEK : Qu'avez-vous ressenti alors ?

L'ENSEIGNE DE FRÉGATE : Ce que j'ai ressenti alors ?

SCHALEK *(à part)* : Il me dévisage, un peu méfiant, évaluant presque inconsciemment le degré de compréhension qu'il peut attendre de moi pour des sentiments encore obscurs. *(À lui.)* Nous autres, non-combattants, avons tellement imposé ces notions toutes faites de courage et de lâcheté que l'officier au front doit toujours craindre de ne trouver en nous aucune oreille pour l'infinie multitude de sensations intermédiaires qui ne cessent d'alterner en lui. J'ai deviné ?

L'ENSEIGNE DE FRÉGATE : Comment ? Vous êtes non-combattante ?

SCHALEK : Il ne faut pas vous en offusquer. Vous, vous êtes combattant et j'aimerais savoir comment ça se passe. Et avant tout, comment vous sentez-vous après ?

L'ENSEIGNE DE FRÉGATE : Eh bien, c'est étrange — comme si un roi tout d'un coup se retrouvait mendiant. On se croit presque un roi, vous savez, quand là-haut, hors d'atteinte, on plane au-dessus d'une ville ennemie. Eux, en bas, sont sans défense — offerts. Personne ne peut échapper, personne ne peut se sauver ou s'abriter. On a pouvoir sur tout. C'est tout simplement majestueux, en comparaison le reste s'évanouit, c'est ce qu'a dû connaître Néron.

SCHALEK : Je vous suis très bien. Avez-vous déjà bombardé Venise ? Comment, vous auriez des scrupules ? Moi, je vais vous dire : nous sommes partis dans cette guerre en sentimentaux —

L'ENSEIGNE DE FRÉGATE : Qui ?

SCHALEK : Nous. Nous avions l'intention de la mener dans un esprit chevaleresque. Qui d'entre nous n'aurait blêmi, il n'y a pas un an, à l'idée qu'on pourrait lâcher des bombes sur Venise ! Et à présent ? C'est le contraire ! Quand de Venise, on tire sur nos soldats les nôtres doivent aussi tirer sur Venise, calmement, franchement, sans sensiblerie.

L'ENSEIGNE DE FRÉGATE : À qui le dites-vous ? Rassurez-vous, j'ai bombardé Venise.

SCHALEK : Cela me suffit. À présent, votre camarade m'attend dans son submersible. J'espère qu'il est aussi vaillant que vous ! *(Elle sort.)*

(Changement.)

Scène 14

À bord d'un sous-marin qui vient de faire surface.

LE SECOND : Les voilà qui arrivent !

L'OFFICIER : Vite, en plongée ! — Non, trop tard. *(Le groupe de journalistes de guerre, à sa tête Melle Schalek.)* Messieurs, vous êtes les premiers visages que nous voyons. C'est une sensation étrange d'être rendus à la lumière.

LES JOURNALISTES : Alors, comment c'est, là, en bas — ? ?

L'OFFICIER : Épouvantable. Mais ici, en haut —

LES JOURNALISTES : Des détails.

L'OFFICIER : Lui, là, il va vous en donner, c'est le second —

LES JOURNALISTES : Le second ? Pourquoi pas le premier ? Scandaleux ! *(La méprise élucidée, les journalistes se ruent sur le second.)* C'est ça, les fameux tubes lance-torpilles ?

LE SECOND : Non, ce sont les gargousses de potasse.

LES JOURNALISTES : Et là, ce ne sont pas les moteurs diesel ?

LE SECOND : Non, ce sont les réservoirs d'eau.

L'OFFICIER *(s'adressant à Alice Schalek)* : Vous ne dites pas un mot ?

SCHALEK : C'est comme si j'avais perdu l'usage des mots. Permettez-moi d'aborder une question plutôt trouble. J'aimerais savoir ce que vous avez ressenti à l'instant où vous avez envoyé dans les abîmes silencieux de la mer ce colosse avec tous ces hommes dans son ventre.

L'OFFICIER : D'abord, j'étais fou de joie —

SCHALEK : Cela me suffit. Je viens d'acquérir une certitude : l'Adriatique sera toujours nôtre !

(Changement.)

Scène 15

Assemblée des Chérusques[23] *à Krems.*

POGATSCHNIGG, DIT TEUTON : — Wotan m'est témoin que les jours ne sont plus loin où mets et boissons abonderont à nouveau, où à nouveau nous dégusterons un beau filet de porc bien gras et croustillant assorti de pommes de terre dorées à point, de jolis petits cornichons tels qu'ils verdissent délicatement dans les vergers enchanteurs de Znaim, arrosé d'une cervoise brune de Kulmbach, dans les contrées bavaroises *(cris : « Heil ! »)* — un savoureux pain de seigle pétri et cuit à ravir, et une magnifique salade ! D'ici là, Vindobona

23. En allemand, *Cherusker* : membres d'une des nombreuses corporations d'étudiants pangermanistes en Autriche et en Allemagne.

la fière, sur ton fleuve ancestral des Nibelungen, il te faut tenir bon ! *(Cris : « Hardi ! »)* L'attaque contre les Italiens a réussi, elle a chassé, espérons-le pour toujours, les Abruzzais, ces gredins, des montagnes éternelles du Tyrol ! *(Cris : « Heil ! »)* Nous sommes confiants aussi que l'ours moscovite rentrera chez lui la queue basse, les pattes ensanglantées, blessé à mort ! Et dans son sillage les Cohen et compagnie qui embaument l'ail ! Heil ! *(Cris : « Bravo ! » « Heil ! » « Vive Teuton ! » « Vive Pogatschnigg ! »)*

UNE VOIX : Youpin ! *(Hilarité.)*

MME POGATSCHNIGG *(prend la parole)* : Sans trêve ni repos, dit notre bon vieux dicton allemand. Comme l'a écrit Barbara Waschatko, la plus allemande des Allemands : nous avons achevé l'année en tricotant, en tricotant nous commencerons la nouvelle. Jamais plus que maintenant nos pensées n'iront vers nos soldats au front, là-bas où la neige le dispute à la pluie et au verglas, et nous nous interrogeons sur ce qui est le plus dur pour nos valeureux guerriers : la sphère rouge du soleil que février suspend dans un ciel froid, ou bien l'eau morne qui sans cesse s'infiltre dans les tranchées — toc, toc, toc. *(Cris : « Heil ! » « Hardi ! »)* Mais chez nous autres femmes, le sourire aime à se mêler aux larmes et même dans la souffrance nous manifestons le besoin d'être belles. Cléopâtre ne s'est-elle pas parée pour mourir ? *(Cris : « C'est ça ! » « Hardi ! » « Heil ! » « Vive tante Thérèse ! »)*

WINFRIED HROMATKA : Honorables frères et sœurs chérusques ! En tant que représentant des plus jeunes de notre corporation, il est non seulement de mon devoir de renouveler le serment de fidélité qui nous enjoint de mener ce combat imposé par l'ennemi jusqu'à sa fin victorieuse, c'est-à-dire jusqu'au dernier souffle de l'homme et de sa monture. *(Cris : « Heil ! »)* Car, honorables Chérusques, comme l'a dit notre vieux maître Hindenburg, une paix allemande n'est pas une paix molle. *(Cris : « Hourra ! »)* Non, il est aussi de notre devoir de rendre hommage à ces Walkyries qui confortent nos héros : j'aimerais saluer en l'honorable oratrice qui m'a précédé leur plus noble représentante. *(« Heil ! »)* L'ennemi sera repoussé, mais le beau sexe protégé ! Vive tante Thérèse ! *(Cris : « Hourra ! » « Heil ! » « Vive tante Thérèse ! »)*

KASMADER *(se lève)* : Honorables frères et sœurs chérusques ! Nous avons entendu aujourd'hui des paroles allemandes qui vont vraiment droit au cœur. En tant que représentant des postiers allemands j'aimerais faire une suggestion en matière d'autolimitation, dans la mesure où, encerclés par la convoitise britannique, la haine italienne et la ruse slave, nous sommes contraints plus que jamais à l'autosatisfaction dans les ménages allemands. *(Cris : « Hardi ! »)* J'aimerais à ce sujet faire la proposition que, dans les ménages allemands, les gens de maison de sexe féminin soient dégagés de leur service afin de rendre disponibles des combattants pour l'armée. Ainsi elles pourraient de surcroît obtenir les moyens de nouvelles oboles patriotiques. Bien sûr, toutes les femmes, toutes les jeunes filles allemandes restitueront le poste occupé en temps de guerre aux héros à leur retour, et ce d'autant plus volontiers que pour la protection du foyer allemand elles leur seront redevables de la plus haute gratitude. *(Cris : « Hardi ! » « Heil ! »)* Ce n'est que lorsqu'ils n'y suffiront plus qu'il faudra en cette matière recourir aux forces féminines. Celles-ci trouveront leur plus belle récompense dans ce sentiment exaltant d'avoir apporté elles aussi à l'arrière leur obole aux conquêtes déjà acquises. Car en vérité tout un chacun participe ici à l'arrière aux combats, avec un immense esprit de sacrifice. J'en terminerai donc en vous exhortant à tenir bon, j'ai couché cette exhortation dans un poème de mon cru. *(Cris : « Écoutez ! », « Écoutez ! »)*

Du savon il ne faut abuser.
(Cris : « Hardi ! » « Bravo Kasmader ! »)
Mieux vaut éviter de fumer. *(Rires.)*
Mais porter des robes trop vastes *(Cris : « Pouah ! »)*
Décolletées de façon peu chaste
Des bottines jusqu'aux genoux
(Cris : « Pouah ! », « Mœurs italiennes ! »)
Pas question, on n'en veut pas chez nous.
(Cris : « Très juste ! »)
Plutôt que l'argent ne s'envole,
Offrons-le au pays en obole.
(Cris : « Heil ! » « Heil ! » On félicite l'orateur.)

ÜBELHÖR [24] *(se lève et lit une feuille)* :

Si je puis formuler un souhait,
Ce que j'veux, y a longtemps qu'j'le sais !
Une bonne soupe, mes enfants,
Où j'tremperai mon pain blanc !

(Hilarité. Cris : « Nous aussi ! » « Heil ! » « Heil ! »)

HOMOLATSCH *(se lève, regarde fixement à travers ses lunettes dorées et parle, le doigt levé)* :

Mon épouse — mon foyer — mon enfant –
C'est sur terre — le plus cher — c'est allemand.

(Il se rassoit vite. Cris : « Heil ! » « Bravo Homolatsch ! » « Heil ! »)

(Changement.)

Scène 16

Une pièce dans la demeure du conseiller aulique Schwarz-Gelber. Le conseiller aulique Schwarz-Gelber et son épouse entrent.

LUI *(respirant avec difficulté)* : Dieu soit loué, avec tambours et trompettes, nous voilà arrivés — ouf —

ELLE : Que d'histoires, quel martyr que tu fais.

LUI : C'est la dernière fois — la dernière fois — je te prie de le croire !

ELLE : Pour moi aussi, avec toi ! Ma main à couper ! *(Elle commence à se déshabiller. Il se laisse choir dans un fauteuil, se relève d'un bond et marche de long en large dans la pièce.)*

LUI : Pourquoi — dis-moi simplement, je t'en prie, pourquoi — pourquoi, dis-moi simplement ça — pourquoi Dieu m'a-t-il puni avec toi – moi – précisément — pourquoi faut-il que je mène une vie pareille — ça n'aurait pas pu en être un autre ? ! — Je me suis échiné — jusqu'après la tombée de la nuit — pour toi — tu me tues avec tes victimes de guerre — les comités d'entraide et les foyers annexes et que sais-je encore, les concerts, les après-midi

24. Malentendant.

couture — les thés et ces assises où l'on est toujours debout, et chaque jour dans les hôpitaux — Dieu, quelle vie — (*S'avançant vers elle.*) qu'est-ce que — qu'est-ce que tu veux de plus encore — tu n'as pas assez — je — je — n'ai pas la santé — je n'ai pas — la santé —

ELLE (*criant*) : Pourquoi tu me cries après ? Est-ce que je te force ? C'est toi qui me force ! Comme si tu m'avais laissé un seul jour de répit — Je — n'a-t-il pas fallu que je te traîne à monter et descendre les escaliers — jusqu'à ce qu'ils prennent leur décision pour avoir la paix, et tu es devenu vice-président ! Tu crois qu'on attend après toi ? C'est à moi que tu dois — si je n'avais pas été tout le temps accrochée aux basques du professeur Exner — Dieu, j'en ai piétiné plus d'un — Je vais te dire ce que tu es ! Un idéaliste, voilà ! Si tu crois que tu aurais pu devenir autrement ce que tu es devenu ! Au nom de quoi ? De tes beaux yeux ? De ton charme, peut-être ? Dis toi bien que c'est à moi que tu dois toute ta carrière, à moi, à moi, à moi — un benêt, voilà ce que tu es ! Les alouettes te tombent toutes rôties dans le bec, parce que c'est toi — moi, je pousse et toi tu n'avances pas d'un poil — vouloir, ça tu veux, mais tu n'as la force de rien !

LUI : Pour l'amour du ciel, je t'en prie — tais-toi — dans ma position — je risque déjà assez gros —

ELLE : Ta position je m'en balance si nous ne pouvons pas monter plus haut. Ta position ! Pour qui tu te prends ! Je me suis remuée pour que tu aies une position ! C'est moi qui ai foncé ! Est-ce pour moi que j'ai foncé ? Est-ce pour moi que j'ai fait les démarches ? Réponds-moi !

LUI : Mais non, voyons.

ELLE : Arrête ! Tu m'agaces ! Tu sais très bien que tu mens. Tu me ta-lon-nais si je n'étais pas un jour ici, le lendemain là — au récital de Grünfeld c'est moi qui ai dû faire le discours — tout ce que je n'ai pas en-du-ré — je ne savais même plus si on avait réunion chez la comtesse Berchtold ou thé chez la comtesse Bienerth, je croyais que le jour des fleurs était au profit du parrainage et non des réfugiés, puis c'était la première de Korngold, tout le temps des enterrements, des derbies de bienfaisance, le Soldat de bois, le bouclier, et quand ils ont suggéré la cagnotte de guerre tu as été tout feu tout flamme, je te connais bien mais je ne t'avais encore jamais vu excité comme ça, tout de suite il a fallu que tu en sois, pourquoi, sans toi ça n'aurait rien donné, je t'ai dit : sans moi ! et au contraire, tu m'as propulsée, littéralement précipitée dans les thés, dans les comités, tu m'as harcelée pour les lauriers de nos héros, je fonçais par ci, je fonçais par là, en faveur de ci, en faveur de ça, en faveur de qui, je te le demande, sinon pour toi ? pas pour moi en tout cas ! Je ne suis par prête d'oublier cette journée — Dieu — se traîner d'hôpital en hôpital — et qu'est-ce que ça rapporte ? De l'ingratitude !

LUI : Pour l'amour du ciel, arrête ! Si quelqu'un t'entendait, il aurait une belle opinion de ton amour du prochain, de quoi s'échauffer la bile —

ELLE : À cause de toi ! Est-ce ma faute s'ils ne t'ont pas remarqué aujourd'hui ? Je peux te le jurer, j'ai parlé avec le délégué, je lui ai dit que quand les autres arriveront — je lui ai dit qu'il fasse en sorte qu'on soit au tout premier rang, parce que la dernière fois on n'avait pas eu de chance, il sait que j'ai une certaine influence sur le rédacteur Hirsch, il y a longtemps qu'il n'a plus parlé de lui — j'ai fait tout mon possible, je me trouvais presque à côté de Blanka quand elle a dit à l'aveugle que c'était pour la patrie — et c'est sur moi que tu veux passer ta colère ? Est-ce que c'est de ma faute si au dernier moment Angelo Eisner s'est mis devant avec son ami, ce colosse qui masque tout le monde ? Tu n'as pas de chance parce qu'il est plus grand et c'est moi qui trinque ! C'est à moi — à moi — que tu fais des reproches — je — je — tu sais ce que tu es, tu sais ce que tu es — moi — une Bardach, *(glapissant)* je suis trop bien pour un type comme toi *(elle lui jette son corsage à la tête)* — — espèce de — espèce de moins que rien !

LUI : Espèce de ! — ne m'énerve pas — ne m'énerve pas, je te préviens — je ne garantis de rien — je vais te donner des coups — qu'est-ce que — qu'est-ce que tu attends de moi ? — Ton ambition sera ma tombe ! — Si tu avais des enfants, tu aurais une distraction — regarde — regarde-moi — j'ai des cheveux blancs à cause de toi *(sanglotant)* — je — j'ai — j'ai vu Hochsinger — le cœur — n'est plus — ce qu'il devrait être — c'est de ta faute — *(hurlant)* maintenant, je te dis la vérité — parce que tu n'as pas réussi — à être une Flora Dub ! — Il m'aurait fallu dépenser une fortune en chapeaux — où — l'aurais-je prise — qu'est-ce qu'on me veut —

ELLE *(au paroxysme)* : Avec — Flora — Dub ! — Tu oses — dans le même souffle — Flora — moi et Dub ! — moi — née Bardach ! Tu sais ce que tu es — un arriviste ! Arraché à la lie de la société ! Tu es malade d'ambition ! Tu crèves quand ton nom n'est pas cité ! Quand tu penses à Eisner tu te réveilles en sursaut. C'est de ma faute si c'est un aristocrate ? Va donc chez Fürstenberg et fais-toi *adapter* !

LUI *(s'adoucissant)* : Ida — qu'est-ce que je t'ai fait – écoute — laisse-moi te dire — sérieusement — écoute — l'amour du ciel — qu'est-ce que — qu'est-ce que je suis — conseiller aulique — moi — risible — un juif, voilà ce que je suis ! — *(Il s'effondre en sanglots dans le fauteuil.)* — supporter ça ! — Est-ce que c'est — est-ce que c'est une vie — toujours derrière — loin — derrière — les autres — dépendre d'un Hirsch — à l'occasion du dernier — du dernier — dépit – derby — on ne nous a pas — absolument pas — vus — Quand je repense à la bataille de Lemberg, à l'époque, tu te rappelles, la presse en a célébré le jubilé — monsieur le maire Weiskirchner l'a même félicitée, et récemment encore je disais au président Sieghart —

ELLE : Toi, à Sieghart ?

LUI : Tu — ne te rappelles plus — que j'ai parlé à Sieghart ? On aura tout vu ! Tout le monde l'a vu — tu ne te rappelles pas ? Quand il est venu pour qu'on fasse parti du sous-comité dans les groupes d'entraide — tu te rappelles bien, c'est lui qui a eu l'idée de la collecte « Du caviar pour le peuple », en vérité c'était une suggestion de Kulka — donc, je dis à Sieghart, Excellence, je lui dis, le délégué ne me plaît pas, et le chef de clinique ne me plaît pas, et tous ces bavardages ne me plaisent pas. Il se tait, mais je le voyais bien, il pensait. Je lui dis, Excellence, l'époque est bien trop grave. Eh bien, tout ce que je peux te dire, c'est qu'il n'a pas dit non.

ELLE : Si au moment de l'assemblée constituante de l'association Walhalla tu n'avais pas fait figure d'un moins que rien, il y a belle lurette que l'affaire serait réglée.

LUI : Tu permets, dans ces occasions-là justement j'évite de me faire remarquer. Tout le monde se poussait au collet quand il est revenu de l'agence de presse *Wilhelm*.

ELLE : Je t'ai fait signe d'en faire autant.

LUI : Non, je te dis, c'est mal me connaître ! Il faut emprunter des chemins détournés, alors écoute mon plan. Eisner, je te le dis, moi, un beau jour, il montra les voir, il en est capable, et il saura se débrouiller. Mais j'ai bien l'intention — pour l'instant — j'attends — la prochaine fois — je pourrais lui en créer des ennuis, tu ne le diras à personne, il s'est permis une remarque désobligeante sur M. Hirsch !

ELLE : Je t'en prie, ne cours pas après les embêtements ! Ne te mêle de rien ! Je pourrais moi aussi, mais je ronge mon frein, Flora Dub a dit des choses sur Melle Schalek — qu'elle se faisait mousser dans les batailles et cætera — je pourrais en toucher un mot à Odelga, j'imagine qu'elle viendra dimanche au thé des invalides — Sigmund — écoute-moi — ne sois pas si nerveux — tu es surmené — je te le dis, nous y arriverons ! Ressaisis-toi — je te parie que vendredi on aura une occasion comme jamais — le goûter, tu sais bien, pour nos prisonniers en Sibérie orientale. Ou mieux encore, attends, écoute, samedi pour les guerriers allemands ! Tu vas voir, tiens, tu l'auras ! Si ce n'est la première, du moins la seconde. Je te le garantis. On ne va quand même pas patienter jusqu'au cabaret du cercle naval ! C'est maintenant que tu dois montrer ce dont tu es capable. Prends exemple sur Haas, pas elle, lui — certes, c'est un goy, mais quel gars — je te dis que ça ! C'est maintenant que tout se décide. Et tu ne vas pas une fois de plus rester muet comme une carpe, tu m'entends ? Tout ce qu'ils attendent c'est que tu l'ouvres. Aussi vrai que je vis — j'ai beau me raisonner — j'ai le sentiment qu'on y est déjà, sur la liste

LUI : Tu crois vraiment — ce serait — on se sera donné assez de mal — mais qu'est-ce qui te fait croire ?

ELLE : Comment croire ? Je le sais ! D'après toi tout serait déjà fichu. Je te dis que rien n'est fichu ! Tu as toujours été pessimiste avec cette guerre. Je ne peux pas te dire tout mais je sais que Frankl-Singer, celle du supplément du dimanche, est une intime de Mme Lubomirska, ne m'en demande pas plus. Tu aurais dû voir la tête de Flora Dub quand elle a vu que je lui parlais. Même Siegfried Löwy a froncé les sourcils, alors là j'ai su à quoi m'en tenir. Si ça marche, ce sera une des plus belles réussites. Mais il ne faut rien leur dire pendant la soupe populaire sinon les dames patronnesses vont exploser. Aujourd'hui encore j'ai eu le sentiment que c'est pour bientôt. Tu te souviens quand il y a eu ce brouhaha — quand ils se sont tous précipités — vers ce soldat qui agonisait — tu te souviens bien, celui qui faisait du foin parce qu'il croyait que sa mère était en bas, ils n'ont pas voulu la laisser monter, c'est interdit à cause de la discipline, même que Hirsch a dit que, dans les annales, il vivra éternellement, alors j'ai eu le sentiment — quand ils étaient tous rassemblés là — j'ai bien fait attention, je les ai regardé et j'ai vu distinctement la maîtresse des lieux qui nous regardait, tout le monde nous montrait, je ne te dis que ça — je voulais te le faire remarquer — mais il a fallu que je surveille l'autre grand pour qu'il ne nous passe pas devant — et puis ils ont encore discuté — juste au moment où Hirsch prenait des notes sur l'ambiance, ils ont discuté du concert pour les veuves et les orphelins — alors j'ai eu de nouveau le sentiment — j'ai beau me raisonner — si seulement tu ne recommences pas à faire le modeste ! — c'est pas le moment ! — quand tu voudras mais, pour l'amour du ciel, pas maintenant, ce n'est vraiment pas le moment !

LUI : Qu'est-ce qu'on a demain ?

ELLE : Vienne aide Ortelsburg — ça m'empoisonne, on y va mais on ne serait pas obligé. Le goûter des blessés, c'est pas grand chose mais ça ne peut pas faire de mal. L'assemblée constituante du comité exécutif pour la journée saucisse au profit des chasseurs alpins convalescents — Il ne faut rien laisser de côté, surtout maintenant ! Écoute-moi bien — à quoi bon tout ça — maintenant il faut que tu fasses un effort, sois un homme ! Tâche de te faire aimer ! Qu'est-ce que tu as à réfléchir ? Jusque-là tu as bien réussi, pourquoi ne pas continuer. Eh bien ! Il s'agit de tenir bon !

LUI *(le front appuyé sur une main)* : Tout s'est passé trop vite aujourd'hui. Pas eu le temps de se ressaisir. Je n'étais pas en forme aujourd'hui. J'ai tout de suite senti que quelque chose n'allait pas. Dès le début je l'ai vu, ils ne nous voyaient pas et à la fin quand ils nous ont bel et bien vus j'étais distrait et je ne l'ai pas vu. Je te le dis, c'est le cœur — — Hochsinger tient absolument à ce que je me ménage. Ménagez-vous, dit-il, et ménagez-vous encore. Mais comment veux-tu — mon Dieu — je t'en prie, dis-moi — comment c'était quand ils ont tous parlé à Spitzer, quand lui —

ELLE : Spitzer ? C'était pas aujourd'hui, c'était dimanche !

LUI : Un instant ! C'était — attends — où étaient-ils rassemblés, tous ? C'était bien quand il était question d'une nouvelle collecte, je m'en souviens, ils avaient décidé d'une journée gardénias, ou quelque chose dans ce genre-là, en faveur de la mode viennoise au foyer, ou que sais-je — La situation — nous n'avons pas percé, ça je le sais — nous avons régressé —

ELLE : Tu ne te rappelles pas ? Je vois encore toute la scène ! Près du lit de ce soldat —

LUI : Près du lit — celui avec sa mère, là ?

ELLE : Allons, c'était aujourd'hui !

LUI : Attends — l'aveugle !

ELLE : L'aveugle, celui de Blanka ? C'était aujourd'hui !

LUI : Mais quand Salvator —

ELLE : L'aveugle de Salvator — c'était mardi à l'hôpital ! L'aveugle, je vois toute la scène ! Tu t'en souviens — Hirsch prenait des notes —

LUI : Tu m'excuseras, c'était au repas des chemins de fer ! Là où cette divorcée, Löbl-Speiser, s'est mise en avant —

ELLE : Tout le contraire, justement c'était un moment très favorable, si seulement tu avais fait comme je t'avais dit, je t'avais conseillé de t'accrocher à Stiasny.

LUI : À Stiasny ? C'était au Soldat de bois ! Tu vois, c'est toi qui confonds !

ELLE *(élevant la voix)* : Moi, confondre ? C'est toi qui confonds ! Au Soldat de bois ! Qui parle de Soldat de bois ?

LUI : Attends — près du lit — pourquoi toutes ces devinettes, dis-moi le nom du soldat et n'en parlons plus.

ELLE : Justement pas ! Tu vois, si je n'étais pas là, avec ma mémoire d'éléphant —

LUI *(élevant la voix)* : Fiche-moi la paix avec ta mémoire ! Elle ne me sert à rien ta mémoire ! Oh — c'est peine perdue tout ça !

ELLE : Tu me martyrises — j'ai les pieds en sang — et il faut en plus que je t'aide à te souvenir !

LUI : Ne crie pas — je laisse tout tomber — je n'irai pas demain — tu peux y aller toute seule à ta soupe populaire — j'en ai jusque là — toute cette guerre je m'en contrefiche ! il ne nous manquait plus qu'elle — comme si avant on ne courait pas déjà assez — hors de ma vue ! — si ça ne tenait qu'à moi —

ELLE *(criant)* : Tu me cries après parce que tu n'as pas de mémoire ! Tu ne te souviens plus à qui tu dis bonjour ! Tu dis bonjour à des gens quand ce n'est pas nécessaire et là où ce serait nécessaire, tu ne dis même pas bonjour ! J'ai travaillé pour toi — espèce de — tu sais ce que tu es sans moi ? Sans moi tu es un zéro de la société !

LUI *(se bouchant les oreilles, lève les yeux au plafond)* : Quelle vulgarité — ! (*Après un temps pendant lequel il déambule.)* Aurais-tu à présent la bonté ? — Es-tu calmée à présent. Eh bien, dis-moi —

ELLE : Eh bien justement, je ne le dis pas — dimanche — quant tout le monde était assemblé autour du lit — je me suis mise devant — tous, ils ont —

LUI : Un instant ! Laisse-moi finir ma phrase — dans toute la salle —

ELLE *(criant)* : Tu me mets à la torture — tu fais semblant de ne pas savoir compter jusqu'à trois — j'ai les pieds en sang — je cours de Caïphe à Pilate —

LUI : Je sais l'apprécier. C'est loin d'être facile.

ELLE : Alors tiens-toi tranquille et n'insiste pas — pour que tu le saches et ne me poses plus de questions — c'est moi qui ai raison et pas toi — je te l'ai dit, dimanche on nous a vus quand ils étaient tous assemblés auprès du lit —

LUI : Allons donc, auprès du lit — je crois que tu te fais des illusions —

ELLE : Aussi vrai que je vis ! Auprès du lit de ce soldat quand le médecin-chef a montré tout ce que —

LUI : Ah — je me souviens ! Pourquoi ne pas le dire tout de suite ? Celui avec les pieds gelés ! ?

ELLE : Oui — et avec la médaille de la bravoure !

Acte III

Scène I

Devant chez Sirk. Larves et lémures. Des groupes se forment.

UN CRIEUR DE JOURNAUX : Édition spéciale ! Venise bombardée ! Lourde défaite des Italiens !

UN OFFICIER *(à trois autres)* : Salut Novotny, salut Pokorny, salut Povolny, dis donc — toi qui t'y connais en politique, que dis-tu de la Roumanie ?

DEUXIÈME OFFICIER *(avec une canne)* : Tu sais, moi je dis, un acte de félonie, comme l'Italie.

LE TROISIÈME : Tu sais — c'est évident.

LE QUATRIÈME : Tout à fait mon avis — hier j'ai bamboché — !

UNE JEUNE FILLE : Huit mille Russes pour dix sous !

UNE FILLE *(se déhanchant, parlant en l'air)* : Grande victoire italienne !

UNE FEMME *(cramoisie, au pas de course)* : Venise bombardée !

LE TROISIÈME OFFICIER : Qu'est-ce qu'elle crie ? *Le* Venise — ?

LE DEUXIÈME : J'ai eu un choc — toi aussi tu as eu un choc — c'est pas le nôtre, c'est l'autre.

LE TROISIÈME : Ah bon.

LE QUATRIÈME : Tu ne pensais quand même pas que nos hommes —

LE DEUXIÈME : Non, je pensais à des avions italiens, pourquoi pas —

LE PREMIER : Froussard, va. Dites donc, hier j'ai reçu une carte du front !

LE DEUXIÈME : De Fallota, pour sûr !

LE TROISIÈME : Dis, qu'est-ce qu'il devient l'ami Fallota, toujours dans ses rêves ? Ou il découvre enfin la vie ? Moi aussi, j'ai la vie dure au ministère de la Guerre.

(Entrent deux admirateurs de la Reichspost.*)*

LE PREMIER ADMIRATEUR DE LA REICHSPOST : Ces contraintes que le dieu Mars nous impose, nous nous y sommes faits.

LE SECOND ADMIRATEUR DE LA REICHSPOST : La guerre a aussi ses bons côtés. Elle est riche en enseignements pour les peuples qu'elle balaie de sa férule.

LE PREMIER : La guerre dispense aussi des bienfaits, elle réveille les vertus humaines les plus nobles, prométhéenne elle conquiert la lumière et la clarté. Quel trésor de vertus que nous avions crues étouffées dans le marécage du matérialisme et de l'égoïsme la guerre n'a-t-elle pas levé.

LE SECOND : Tu as souscrit à l'emprunt de guerre ?

LE PREMIER : Et toi ?

TOUS DEUX : Nous nous sommes faits aux contraintes que nous impose le dieu Mars. *(Ils sortent.)*

LE VIEIL ABONNÉ DE LA NEUE FREIE PRESSE *(en conversation avec le doyen des abonnés)* : Très intéressant, aujourd'hui, dans le journal : demain l'édition du journal officiel hongrois annoncera que l'on va conférer le titre de conseiller royal à Emil Morgenstern, fondé de pouvoir de Ignaz Deutsch & fils à Budapest.

LE DOYEN DES ABONNÉS : Il s'en passe des choses de nos jours ! *(Ils sortent.)*

UN ESTROPIÉ *(deux moignons et la bouche ouverte, dans une main des lacets, dans l'autre des journaux, d'une voix sourde, comme le son d'une grosse caisse)* : Édition spéciale ! Toute la Serbie à moitié conquise !

LE TROISIÈME OFFICIER : Toute la Serbie — ?

LE QUATRIÈME : C'est rien ça, vous avez entendu, 100 000 morts italiens ont été faits prisonniers !

(Deux invalides passent en clopinant.)

LE DEUXIÈME : Où qu'on regarde, rien que des planqués, même nous on finit par avoir honte de rester à Vienne.

(Des conscrits relativement âgés défilent. On entend : Au pays, au pays, on se reverra *—)*

LE TROISIÈME : Qu'est-ce qu'on se barbe aujourd'hui. Toujours les mêmes souris —

LE PREMIER *(tandis qu'ils sortent)* : Tu sais, pour la Roumanie — c'est vrai, tu ne blagues pas — tu sais, moi je crois que les Allemands vont nous tirer de là — (*Ils sortent.)*

CINQUIÈME CRIEUR DE JOURNAUX : Édition spéciale — ! Victoire sur tous les fronts ! Avancée des Roumains !

(On entend la voix d'un cocher de fiacre : « La guerre c'est dix fois le tarif ! » *)*

(Changement.)

Scène 2

Devant nos positions d'artillerie.

ALICE SCHALEK : N'est-ce pas là-bas un simple soldat, un homme sans nom ? Il pourra me faire quelques modestes confidences, contribuant ainsi à la psychologie de la guerre. Sa tâche consiste à tirer la ficelle du percuteur — en apparence une prestation toute simple et pourtant : des conséquences incommensurables aussi bien pour l'ennemi outrecuidant que pour la patrie se rattachent à cet instant précis ! En est-il conscient ? Est-il en son âme aussi à la hauteur de cette tâche ? Bien sûr, ceux qui sont restés planqués à l'arrière ne savent rien de la ficelle, hormis qu'elle risque de venir à manquer, ils ne se doutent pas non plus de l'héroïsme potentiel dont justement ce simple soldat au front, qui tire la ficelle du percuteur — (*Elle s'adresse à l'un des artilleurs.)* Alors dites-moi, que ressentez-vous quand vous tirez la ficelle ?

(L'artilleur la regarde, surpris.)

Quels sont les enseignements que vous en tirez ? Tenez, vous qui êtes un simple soldat, un homme sans nom, vous devez certainement —

(L'artilleur, penaud, garde le silence.)

Je veux dire, que pensez-vous en pleine action, quand vous faites partir le coup de mortier, vous devez certainement penser à quelque chose. Eh bien, à quoi pensez-vous en pleine action ?

L'ARTILLEUR *(après un temps pendant lequel il a examiné Melle Schalek de la tête aux pieds)* : À rien du tout !

SCHALEK *(déçue, se détourne)* : Et ça se nomme simple soldat. Eh bien ce soldat, c'est simple, je ne le nommerai pas ! *(Elle continue à parcourir le front.)*

(Changement.) [25]

Scène 4

Quartier général.

L'ARCHIDUC FRÉDÉRIC *(lisant un papier)* : — — Je conclurai donc — par ces paroles : pour Sa Majesté, notre suprême chef de guerre, hourra, hourra — (*il tourne la page)* hourra. (*Hourras. Après un temps pendant lequel, ricanant et montrant les dents, il passe en revue un rang de jeunes officiers, son regard se fixe sur l'un d'eux.)* Ah — mais — c'est — Buquoy ! Mais — il a déjà— une décoration ! *(Après un temps pendant lequel son regard poursuit l'inspection avant de se poser sur un autre.)* Et — lui là — c'est aussi — un Buquoy ! Mais — il a aussi une décoration *(Un temps de réflexion.)* Voilà que — deux Buquoy – ont — une décoration !

L'AIDE DE CAMP *(s'avance vers le commandant en chef des armées et annonce)* : Votre Altesse impériale, le recteur de l'université de Vienne, en compagnie du doyen et du vice-président de la faculté des lettres attendent humblement l'autorisation de remettre à Votre Altesse impériale le diplôme de docteur honoris causa de la faculté.

(Changement.)

---

25. Manque ici une courte scène où le célèbre critique berlinois Alfred Kerr (voir note 1 page 19) compose un poème dans un allemand mâtiné de roumain, qui repose sur des jeux de langue, dont l'adaptation française n'aurait pas de sens.

Scène 5

Place du marché à Grodno. La population est rassemblée, en tête un groupe de jeunes filles.

UN OFFICIER CIVIL DU BUREAU DE LA PLACE *(proclame)* : Consécutivement au souhait exprimé par le commandant en chef de la 12e armée, eu égard à son décret du 29 avril 1916, chiffre 6106, répondant à la requête du chef de l'administration allemande, le commandant de la place ordonne que les jeunes filles soient tenues de saluer par une révérence les officiers militaires et civils allemands, ainsi que les respectabilités locales. *(Des respectabilités défilent.)* Faites une révérence ! *(Les jeunes filles font la révérence. Des officiers civils défilent.)* Faites une profonde révérence ! *(Les jeunes filles font une profonde révérence. Arrivent des officiers allemands.)* Faites votre plus profonde révérence ! *(Les jeunes filles font leur plus profonde révérence.)*

(Changement.)

Scène 6

L'abonné et le patriote en conversation.

LE PATRIOTE : Pas de salle de bains à Downing Street ! Que dites-vous de cela ! Et vous savez ce que ça signifie, par déduction logique infaillible ? Les premiers ministres britanniques qui depuis cent ans et davantage résident à Downing Street soit ont renoncé au luxe de prendre un bain, soit ont été obligés de fréquenter les bains publics.

L'ABONNÉ : Ça n'a jamais été dit dans le journal ! Ou auriez-vous lu quelque part —

LE PATRIOTE : Pas que je me souvienne.

L'ABONNÉ : Vous voyez bien !

LE PATRIOTE : Vous savez ce qui serait possible ? D'accord, il n'y a pas de salle de bains à Downing Street. D'accord, il est avéré qu'ils ne se sont jamais rendus dans les bains publics – cela ne signifie pas pour autant qu'ils n'ont jamais pris de bain depuis cent ans ?

L'ABONNÉ : Comment ça ? Vous m'avez l'air d'être du genre sceptique ! Alors, qu'est-ce qu'ils ont fait ?

LE PATRIOTE : Ce qu'ils ont fait ? Même un néophyte l'aurait compris – ils ont envoyé la bonne chercher de l'eau, ils l'ont envoyé chercher un baquet et ils se sont baignés dedans !

L'ABONNÉ *(se bouchant les oreilles)* : Je ne peux pas entendre cela ! Vous m'ôtez les dernières illusions !

LE PATRIOTE : Écoutez, ce n'est qu'une supposition. Je crois plutôt qu'il a raison, moi — soit ils n'ont jamais pris de bain, soit ils ont été obligés de fréquenter les bains publics.

L'ABONNÉ : Et moi je vous dis qu'ils n'ont jamais pris de bain ! Un point c'est tout. Poincaré est effondré et Lloyd George humilié.

LE PATRIOTE : Bien sûr — je sais bien ! Vous savez ce que je crois ? L'édifice se fissure.

L'ABONNÉ : À qui le dites-vous ! Mais pas à cause des conduites d'eau ! Dans toute l'Entente, à ce que j'entends, il n'y a pas de salle de bains.

LE PATRIOTE : Ça, c'est exagéré. Vous n'avez pas lu : la tzarine dans la baignoire ?

L'ABONNÉ : D'accord, mais elle l'a partagée avec Raspoutine, c'est notoire !

LE PATRIOTE : Vous savez ce que je serais curieux de savoir ?

L'ABONNÉ : Non ! Je suis curieux de le savoir.

LE PATRIOTE : Si à Downing Street il y a des WC ! Ou s'ils ont été obligés depuis cent ans soit de renoncer à ce luxe, soit de fréquenter des toilettes publiques.

(Changement.)

Scène 7

Dans un compartiment de chemin de fer.

SECOND COMMIS VOYAGEUR : Je suis représentant de la firme Hindenburg, les tue-mouches au miel de la marque : « Tu n'en trouveras pas de meilleur ». Et vous ?

LE PREMIER : Chocolat de guerre Diana. Présentation à l'effigie de nos chefs de guerre. Goûtez-moi ça — (*Il ouvre sa mallette d'échantillons.)* Auparavant j'étais un as de la vente dans différentes branches.

LE SECOND : Ce n'est pas de refus. *(Il mange.)* Absolument succulent. D'ailleurs je fais aussi dans les préparations nutritives. Par exemple Hygiama —

LE PREMIER : Quoi, Hygiama, c'est vous ? Tous mes respects !

LE SECOND *(ouvre sa mallette d'échantillons)* : Goûtez-moi ça —

LE PREMIER : Volontiers. Ah, avec un mode d'emploi. *(Il mange et lit)* :

Quand tu poursuis au combat un Français ,
Flanque-lui donc une terrible raclée,
Quand tu tombes sur l'Anglais mercenaire,
À coups de pied fais-lui mordre la poussière,
Quand tu vois l'ours qui surgit de Russie,
Sans tarder braque sur lui ton fusil.
(Évite à tout prix sa proximité,
Car des voisins il est accompagné.)

Bien tourné !

Mais si tu veux accomplir ces exploits,
De nos fortifiants tu dois faire l'emploi.
Pendant qu'ils fondent lentement dans la bouche
Tu reprends des forces et tu fais mouche.

Ces vers ne sont pas moins délectables que le produit. Présentation formidable ! Nous autres Allemands, nous sommes le peuple des poètes, là contre ils ne pourront jamais rien.

LE SECOND : N'est-ce pas ? Qu'ils essaient d'en faire autant ces Britanniques avec leur mentalité d'épicier ! Ça, c'est *made in Germany*, même si exprès ça n'est pas marqué dessus. Il y a tout ce qu'il faut, dans un mélange attractif. Pour la patrie et pour les affaires, quand il s'agit de leur rentrer dedans, même l'art est au service du commerçant. Tenez, je fais des vers sans le savoir.

LE PREMIER : Ces vers délicieux seraient donc de vous ?

LE SECOND : Non, non, mon entreprise ne fait appel qu'à des poètes de tout premier ordre. Je ne suis même pas en mesure là de vous dire à qui.

LE PREMIER : Presber, ou peut-être même Bewer, j'ai deviné juste ?

LE SECOND : Je suis incapable de le dire. En tout cas, ça amuse nos soldats. Quand l'Allemand y va franchement, l'humour a droit de cité lui aussi. Ça aide à tirer, ça conserve la santé. Il y a déjà eu des morts au front dans votre entreprise ?

LE PREMIER : Bien sûr, le fils du patron est tombé en héros pour la patrie. Tenez, voilà le faire-part.

LE SECOND *(lit)* : « Sa vision de l'avenir du commerce lui a fait reconnaître très tôt les grands objectifs de combat et c'est avec joie qu'il partit pour la gloire et la patrie. À présent la Norne a barré le chemin que l'amour fidèle, dans un travail incessant, avait aplani pour lui ». Nom de Dieu ! Présentation magistrale !

(Changement.)

Scène 8

La station thermale allemande Bad Gross-Salze. Au premier plan, un terrain de jeux pour enfants. Perspective d'une allée à l'entrée de laquelle on voit à droite un panneau : « Chaque femme au travail libère un soldat pour le front ! », à gauche un panneau : « Interdit aux invalides ».

À gauche la villa Wahnschaffe [26]*, une bâtisse ornée de créneaux, merlons et tourelles, à son pignon flottent un drapeau noir-rouge-or* [27] *et un autre noir-blanc-rouge* [28]*. Sous le pignon, dans une niche, un buste de Guillaume II. Au-dessus de l'entrée, une inscription : « De tout mon cœur, de toutes mes forces, à Dieu, à l'empereur et à la patrie ! » Un modeste jardinet où se dressent des figurines de chevreuils et de gnomes, avec, au beau milieu, une vieille armure. Devant l'entrée, à droite et à gauche, deux ma-*

---

26. Crédémence.
27. Couleurs du drapeau révolutionnaire de 1848, qui sera celui de la République après 1918.
28. Couleurs du drapeau de l'Empire allemand jusqu'à 1918.

quettes de mortiers, l'une portant l'inscription : « Allons-y gaiement ! », l'autre : « Tenez bon ! » Les fenêtres en tiers-point sur la façade sont garnies de vitres en culs-de-bouteille.

Le conseiller commercial Ottomar Wilhelm Wahnschaffe sort de la villa et entonne la chanson suivante dont les dernières notes de chaque strophe sont accompagnées d'un chœur invisible qui représente les ricanements des pays étrangers.

Je n' crains ni peine ni labeur,
Le jour n'a jamais assez d'heures.
J'ai travaillé le jour la nuit,
Et pour la guerre j'ai tout construit.
J'ai trimé plus qu'un bon chrétien,
Voici la guerre, nous allons bien.
Nous nous battons, quelle violence,
Battons du coup la concurrence.
J'affirme par tous les temps : je suis allemand !

La guerre nous sert à faire des armes
C'est nous maintenant les vrais gendarmes.
Nous luttons pour la nourriture
Et avalons d' la pourriture.
Nous commerçons tout en priant,
Négoce et art servent le marchand.
Le bon vieux temps, maintenant tintin !
Walhalla est un magasin.
Les idéaux comptent tant pour un Allemand !

Quand nos affaires vont moyennement
L'agence Wolff jamais ne ment.
Mais quand le vrai nous fait défaut,
Nous y remédions aussitôt :
Un mot d'emprunt qu'il faut rayer,
Comme par exemp' « succédané »,
On le remplace grand bien nous fasse
par l'alémanique mot « ersatz ».
Soit dit en bon allemand : je suis allemand !

D'une seule chose je suis sûr :
Les Allemands ont la culture.
C'est d'entre tous nos autres dons
Le plus précieux que nous ayons.
Nous admirons les chefs de guerre
Et sommes aussi de grands penseurs,
Aimons à Goethe et à Schiller
Nous référer dans nos prières.
Car la culture est l'ornement de tout foyer allemand !

Le cœur allemand, allemand l'esprit :
Pour Dieu, pour Krupp, pour la patrie !
Que Hindenburg sauve la nation,
À l'arrière, je tiendrai bon.
Nous autres avons trop de chance ;
Quand nous r'culons en conséquence,
Toujours victorieux, nous prenons
À l'arrière nos prop' positions.
Hourra ! crie là dans son élan le brave Allemand !

Beaucoup d'ennemis, beaucoup d'honneur,
Dit-on chez nous du fond du cœur.
C'en est fini des petits fours,
Le monde s'enflamme plus chaque jour.
La science allemande est à l'affaire,
Et l'aide divine : car l'Angleterre sera punie ;
Dieu créa l'homme seulement
Pour qu'au combat il aille gaiement.
À son image Dieu créa seulement l'Allemand ! *(Il sort.)*

Après sa sortie apparaît son épouse, Mme Auguste Wahnschaffe avec ses enfants qui vont tout de suite se perdre sur le terrain de jeux pour jouer à la guerre.

MME WAHNSCHAFFE : Je n'ai que deux enfants qui hélas ne sont pas encore bons pour le service, d'autant plus qu'à notre très grand regret l'un des deux est une fille. Il me faut donc avoir recours à un subterfuge en imaginant que mon garçon a déjà été au front et que bien entendu il y a trouvé la mort en héros, car s'il en avait été autrement, par exemple s'il m'était revenu indemne, j'en serais morte de honte. En aucun cas je ne voudrais qu'il restât à l'arrière, bien que, même là, une balle vienne facilement se perdre. Quant à la nourriture, là aussi, en bonne ménagère, j'ai recours à mon imagination. Aujourd'hui nous avons eu un délicieux potage à partir de cubes crème cacao « Excelsior », un savoureux succédané d'alouettes sans tête avec un succédané de navets, des galettes de pommes de terre cuites dans la paraffine et une bouillie à la paysanne, le tout préparé, il s'entend, dans une poêle « Sanbeur », et pour finir un succédané de barquette à la chantilly qui nous a ravi le palais. Une ménagère allemande sait ce qu'en cette heure grave mais non moins grande, elle doit à son mari. Bien sûr, mon époux a fait des manières parce qu'il n'avait pas ses pâtes aux œufs maison. Il n'y en a pas ; il a bien fallu qu'il se résigne. Ce qui nous a beaucoup fait défaut au début ce fut le succédané de margarine, mais comme nous nous servons de poêles « Sanbeur », plus rien ne nous manque. Une fois le déjeuner terminé, commence le souci du dîner. Pour dîner, aujourd'hui comme tous les jours, le plat unique, mais pour changer, du pâté de foie à base de colle d'amidon et des légumes colorés en rouge, et comme succédané de fromage de la caillebotte à la berlinoise avec un succédané de paprika, et aujourd'hui nous allons aussi goûter à cette « Toutyest » qui est sur toutes les lèvres, un succédané d'œuf, le jaune instantané à base de craie gustative et de levure en poudre, et un peu de vinaigrette instantanée, un ingrédient délicieux que je préfère de loin à la « Saladine » et au « Saladoil ». En effet, pour la table familiale allemande, le mieux est tout juste assez bon et nous, nous avons tout, ce n'est pas comme chez les pauvres. Pour le goûter, hier, nous avons essayé le thé instantané de chez Deutscher avec l'arôme de rhum, et fûmes agréablement surpris. Mon époux a eu son eau-de-gland qui est aussi exquise, ou presque, que le café « tutti-gusti » de la marque « Spécial-tranchées », à présent introuvable. Il nous a fallu hélas nous passer de saccharine liquide, de sorte que le gicleur est resté vide sur la table. Poussée par une inspiration subite j'ai voulu le remplir avec un succédané liquide hydrogéné pour que mon époux garde l'illusion ; c'eût été le tromper, et quand on a fait un écart, bientôt on en fait un second. Aussi ne l'ai-je pas fait. L'heureuse époque est bien révolue où il suffisait d'une giclette pour sucrer le succédané de café de guerre. Mais comme sans cela nous ne saurions même pas qu'il s'agit à présent de tenir bon, nous payons bien volontiers de notre personne pour ces petites privations. D'autant plus volontiers qu'à présent nous ne pouvons rien nous payer d'autre, de sorte que nous sommes en mesure de mettre de côté tout l'argent que gagne mon époux. La paix pourrie arrivera assez tôt pour qu'on le dépense à nouveau à des futilités. Espérons que la guerre durera assez pour amener là aussi une amélioration. À la dernière assemblée du parti pour la patrie, mon époux a présenté la proposition suivante : cette guerre que la convoitise britannique, le revanchisme français et l'avidité russe nous ont imposée devra continuer même après la paix, proposition acceptée à une écrasante majorité. À présent il s'agit de tenir et plus c'est long, plus c'est bon. Nous réussirons. Je partage le point de vue de la merveilleuse Anny Wothe : dans son roman, une éblouissante femme de soldat fait annoncer à son mari la naissance d'un beau garçon en ces termes : « Dieu merci, encore un soldat ! Le petit s'appellera Guillaume, il sera aussi costaud que notre empereur et se jettera tête baissée dans la mêlée. Nos autres garçons prient tous les jours pour que tu massacres plein de Français. Moi aussi je prie, mais pas pour ta vie. Elle est dans les mains de Dieu. Je prie pour que tu fasses bien ton devoir, que tu ne vacilles pas quand la balle arrivera et que, s'il le faut, tu meures en silence pour notre patrie et notre empereur, sans penser à nous. Et si tu peux mourir pour ton capitaine ne pense pas non plus à nous. » — Mon Dieu, si je ne puis écrire comme ça à mon mari c'est uniquement parce qu'hélas il n'est pas au front, il est heureusement indisponible. Ne pouvoir se sacrifier pour la patrie est un sacrifice dont nous dédommage la réussite commerciale. Wahnschaffe vient de faire une invention de guerre vraiment intéressante ; en Allemagne et dans l'Autriche-Hongrie combattant épaule contre épaule à nos côtés, le brevet a déjà été déposé et la distribution confiée à des hommes efficaces contre une forte commission. Il s'agit de la « tombe du héros au foyer », à la fois reliquaire et porte-photo, non seulement une jolie décoration pour la maison mais encore une élévation de l'âme. Je déplore de n'avoir pas l'occasion de pratiquer moi-même en chambre un culte des morts aussi actuel. Mes enfants ne sont pas en âge, hélas, de mourir pour l'empereur ou de se sacrifier d'une autre manière pour la patrie, et présentent en outre l'inconvénient de ne pas être venus au monde après le début de la guerre. Sinon mon garçon je l'aurais appelé Varsovie et ma fille Zeppeline ! Qu'un garçon s'appelle Guillaume, ça allait de soi bien avant la guerre, je ne vois pas là un hommage particulier à la patrie. Ah, les voici qui arrivent en courant, ces petits chenapans ! Que se passe-t-il ? Vous ne jouez pas à la guerre mondiale ?

PETIT GUILLAUME *(pleurant)* : Maman, Marie, elle veut pas être morte ! J'ai bombardé avec succès sa position, et maintenant elle veut pas être morte !

PETITE MARIE *(pleurant)* : Non, pas vrai, c'est un mensonge de l'ennemi, Reuter tout craché ! J'ai repoussé l'attaque sans peine et maintenant il dit —

PETIT GUILLAUME : Marie, elle ment ! Sa contre-attaque a été brisée par notre feu.

PETITE MARIE : Nous avons rapporté des prisonniers.

PETIT GUILLAUME : Nous avons atteint nos cibles.

PETITE MARIE : Et quoi encore ! Crâneur !

PETIT GUILLAUME : Attends, je me battrai jusqu'à saigner à blanc.

PETITE MARIE : T'es qu'un homme de couleur, un Anglais, un Français ! *(Elle le frappe.)*

PETIT GUILLAUME : Ce sont les succès habituels au début de chaque offensive. *(Il la frappe.)*

PETITE MARIE : Les conséquences militaires sont minimes.

PETIT GUILLAUME : Qui est-ce qui a commencé ?

PETITE MARIE : C'est pas moi non plus !

MME WAHNSCHAFFE (*qui écoutait jusque là, les yeux brillants)* : Mon petit Guillaume ne ferait pas de mal à une mouche, il protège son bien autant qu'il peut. Il mène une sainte guerre défensive.

PETIT GUILLAUME *(pleurant)* : Je n'ai pas voulu cela.

PETITE MARIE : Qui alors ?

PETIT GUILLAUME : Allons-y gaiement ! *(Il la frappe.)*

PETITE MARIE *(le frappe)* : Viens te prendre dans mon étau !

MME WAHNSCHAFFE : Arrête, ma poupée !

PETIT GUILLAUME : Attends un peu, je prends mon lance-flammes !

MME WAHNSCHAFFE : Mon petit Guillaume, reste humain ! N'oublie pas ta bonne éducation ! *(Elle s'approche de Marie avec un mouchoir.)*

Allez les enfants, regagnez vos positions
Mais d'abord je vais t'essuyer le visage.

PETITE MARIE *(pleurant)* :

Sur ma sucrerie il lance son aviation
Et de gaz toxiques, ce voyou fait usage !

(Elle se lève et met en fuite petit Guillaume.)

PETIT GUILLAUME : Cette retraite est purement stratégique. *(En courant.)* Hourra, je prends position sur la ligne Siegfried !

(Deux invalides passent en clopinant, se dirigeant vers l'allée.)

MME WAHNSCHAFFE : Encore ! Ça commence vraiment à bien faire ! S'ils ne respectent pas le panneau je porte plainte devant les autorités locales.

(Les deux invalides s'immobilisent devant le panneau et s'en retournent.)

L'UN : Où aller ?

L'AUTRE : Retournons au front. Là, on a le droit d'y aller. *(Ils sortent en clopinant.)*

(Entre une bonne avec un garçon de trois ans, un doigt dans le nez.)

LA BONNE : Tu n'as pas honte, Fritz ? Attends, je vais le dire à Hindenburg !

(Fritz, terrorisé, retire le doigt de son nez.)

(Hans Adalbert, trois ans, rencontre Anne-Marie, deux ans et demi.)

HANS ADALBERT : J'apprends que tu as souscrit à l'emprunt de guerre.

ANNE-MARIE : Certes, je m'en sentais le devoir. J'ai déduit des conversations entre adultes toute l'importance de l'emprunt de guerre et j'ai exigé *(elle frappe du pied et fait de grands gestes)* de ne plus seulement jouer à l'emprunt de guerre mais d'y souscrire pour de bon. À ma pressante requête mes parents ont vidé ma tirelire de tout son contenu, 657 marks, et —

HANS ADALBERT : Avec ou sans nantissement ?

ANNE-MARIE : Avec, bien sûr !

HANS ADALBERT : Chapeau !

ANNE-MARIE : Que ça te serve d'exemple, ainsi qu'à tout le monde.

HANS ADALBERT : Honni soit qui pense autrement ! *(Ils sortent.)*

(Entrent Jochen et Susanne.)

SUSANNE : D'ici deux mois l'Angleterre sera à genoux.

JOCHEN : Tu crois ? Je ne suis pas trouillard, mais les Américains, qu'est-ce que tu en dis.

SUSANNE : On les connaît, ces oiseaux-là !

JOCHEN : Chez nous l'ambiance est grave, mais —

SUSANNE : — optimiste ! *(Ils sortent.)*

(Entre une bonne avec une fillette de trois ans, un doigt dans le nez.)

LA BONNE : Minette— attends, si l'état-major te voit !

(Minette, terrorisée, retire le doigt de son nez.)

(Une mère avec sa fillette, à côté d'elle un monsieur.)

LA MÈRE : Eh bien, Elsbeth, tu ne veux pas jouer ?

LA FILLETTE : Non.

LA MÈRE : Va jouer, mon enfant.

LA FILLETTE : Non.

LA MÈRE : Quelle drôle de mentalité elle a, cette enfant ! Pourquoi pas ?

LA FILLETTE : C'est pour ça qu'on est en avance sur les Anglais, et voilà pourquoi ils sont jaloux de nous.

LA MÈRE : Mais écoutez-la — comment ça, mon enfant ? Pourquoi les Anglais sont-ils jaloux de nous — dis voir à l'oncle là, ma petite Elsbeth !

LA FILLETTE : Les Anglais sont jaloux de nous parce que nous sommes en train de monter et eux de décliner. Ça vient de ce que les Allemands après le travail continuent à travailler alors que les Anglais s'amusent à des jeux et à des sports.

LA MÈRE : Paroles en or, Elsbeth. On ne te forcera plus à jouer, Elsbeth. Une enfant pareille, ça vous fait rougir.

LE MONSIEUR : Des mots d'enfants.

LA MÈRE : Je vais écrire ça à la *Berliner Zeitung* !

LE MONSIEUR : Non, mieux vaut l'envoyer au recueil « L'Enfant et la guerre ». *(Ils sortent.)*

(Un père avec son fiston.)

LE FILS : Papa, dans le *Berliner Tagblatt* il y a un communiqué de l'agence Wolff comme quoi la guerre a entraîné un phénomène heureux, une baisse de la mortalité des nouveau-nés, tout au moins dans les villes allemandes ; il n'existe pas encore de statistiques équivalentes pour la campagne mais on peut bien penser que les conditions y sont encore plus favorables. La guerre est devenue une source de rajeunissement. Papa, que la guerre n'ait pas considérablement réduit le nombre des nouveau-nés, je veux bien le croire puisqu'ils ne sont pas encore en âge de se rendre utiles pour la patrie, mais explique-moi, papa, comment se fait-il que la guerre ait carrément abaissé la mortalité des nouveau-nés ?

LE PÈRE : La diminution du nombre de naissances causée par la guerre —

LE FILS : Ne dis pas de bêtises, dans ce cas il devrait y avoir moins de nouveau-nés, pas plus —

LE PÈRE : Ferme ton clapet. La diminution du nombre de naissances causée par la guerre a été compensée, du moins partiellement, par une meilleure alimentation de la jeunesse.

LE FILS : Absurde, en temps de guerre, on a une économie de misère, comment la jeunesse serait-elle mieux alimentée qu'en temps de paix ? D'où sortez-vous le lait ?

LE PÈRE : Tu vas te taire, haut comme trois pommes et — !

LE FILS : Eh, oh ! Tu n'as pas le droit de me traiter comme ça —

LE PÈRE : Tu vas te — et pourquoi pas ?

LE FILS : Trois pommes ! Nom d'un petit bonhomme, à mon âge, même une seule, j'ai oublié la hauteur que ça fait !

(Le père lui donne une gifle. Ils sortent.)

(Un autre père avec son fiston.)

LE PÈRE : Oui, fiston, gaiement — comme dit si bien Schiller, rejoins la patrie, ta chère patrie !

LE FILS : Papa —

LE PÈRE : Eh bien ?

LE FILS : Papa, la patrie aussi elle est plus chère maintenant ?

LE PÈRE : Impayable, fiston, impayable !

(Changement.)

Scène 9

Pendant la bataille de la Somme. Portail d'un parc attenant à une villa. Une compagnie passe au pas de route en direction de la première ligne de tranchées, sur les visages la certitude de la mort.

LE KRONPRINZ *(au portail en tenue de tennis leur fait signe avec sa raquette)* : Hardi, les petits gars !

(Changement.)

Scène 10

Hiver dans les Carpates. Un homme attaché à un arbre.

LE CHEF DE COMPAGNIE HILLER : Combien de degrés il peut faire ?

UN SOLDAT : Dans les trente.

HILLER : Bon, vous pouvez le détacher. *(Les soldats s'exécutent. L'homme, le fusilier Helmhake* [29]*, s'effondre évanoui. Hiller lui*

29. Crochecasque.

donne plusieurs coups de poing au visage.) Foutez-le dans ce trou-là ! *(On s'exécute.)* Est-ce qu'il est assez humide et puant ?

LE SOLDAT : Oui, mon lieutenant.

HILLER : Déjà une bonne fièvre, hein ?

LE SOLDAT : Oui, mon lieutenant.

HILLER : Placez deux gardes — allez, du nerf — il n'aura rien à bouffer, ce porc, ni à boire. Et pas le droit d'y aller, ni de jour ni de nuit. *(En riant.)* Il n'en aura pas besoin, de toute façon. Même topo qu'hier. Celui qui est contre, je l'écrase ! *(Il sort avec ses hommes. Deux soldats restent en faction devant le trou dans la terre. On entend des gémissements.)*

LE DEUXIÈME SOLDAT : Tu ne crois pas qu'on agirait plus chrétiennement si au lieu de celui-ci — le lieutenant, on le —

LE PREMIER : Oui.

LE DEUXIÈME : Deux sont morts déjà. Thomas qu'il a contraint à se mettre nu par un froid semblable, et Müller qui, malade, a dû monter la garde. Et il y a encore cinq autres qu'il a — *(On entend une plainte. Ça ressemble à « Soif ! »)* Allons — ça m'est insupportable ! Je vais approcher une boule de neige de ses lèvres. *(Il se glisse dans le trou et ressort en pleurs.)* Pas même vingt ans — engagé volontaire — ! *(Hiller surgit avec ses hommes.)*

HILLER : J'ai réfléchi. Je vais voir — qu'il sorte de là ! — Ça vient ?

LE DEUXIÈME SOLDAT : Il – n'en est plus capable, mon lieutenant.

HILLER : Qu'est-ce qui se passe ? Qu'il sorte de là, ce fumier ! *(Quelques-uns des soldats extraient Helmhake du trou et l'entraînent, inerte, comme un paquet de viande.)* Ah, c'est ça. Ce salopard fait son grand numéro, voilà tout ! *(Il lui flanque des coups avec le talon de sa botte.)* Tu vas marcher, espèce de porc ! ? Il est pas encore crevé, cette charogne ? !

LE DEUXIÈME SOLDAT *(se penche sur le soldat maltraité, le touche, tend ses mains vers Hiller, comme pour se défendre)* : À l'instant.

(Changement.)

Scène 11

Même lieu, dans l'abri de tranchée de Hiller.

LE MÉDECIN ASPIRANT MÜLLER : Mort par hypothermie. Tentatives de réanimation infructueuses. Le plus grave est qu'il n'ait reçu aucune alimentation.

HILLER : Faut tourner la chose de telle façon que personne ne puisse nous rentrer dedans.

MÜLLER : Pas de doute, le matériau humain est épuisé et malade. Rien que de la soupe en boîte, nuisible en soi pour la santé. On constate une véritable démence due à l'épuisement. Les hommes fouillent dans la neige et gambadent comme des possédés.

HILLER : Je dois avouer moi-même que les affamer, les frapper et les attacher ne suffit plus à remonter le moral des troupes. Que faut-il faire ? Quant à Helmhake, je peux le dire, j'ai fait tout ce qui était possible. Voilà ce que j'écris à son père :

Cher Monsieur,

J'ai le triste devoir de vous informer par la présente du décès soudain de votre fils, le fusilier de la garde Carl Helmhake. Le médecin a constaté une iléite hémorragique.

Durant sa brève maladie, les meilleurs soins corporels et médicaux possibles furent prodigués à votre fils.

Avec le défunt nous perdons un vaillant soldat et un bon camarade dont nous regrettons amèrement la perte. Sa dépouille repose au cimetière de Dolzki.

(Changement)

Scène 12

Au ministère de la Guerre. Une pièce donnant sur le Ring. Un capitaine est assis à un bureau. Devant lui, debout, un civil endeuillé.

LE CAPITAINE : Bon ben, qu'est-ce que vous voulez de plus ? Dans ce genre de cas il est impossible de tenir les listes à jour. Nous ne pouvons tout de même pas savoir si l'homme est mort ou bien blessé et en captivité. Il faudrait aller au ministère de la Guerre italien, cher monsieur ! Bon ben ! Que voulez-vous, on ne peut pas tout faire ! C'est incroyable tout ce que les gens nous demandent !

LE CIVIL : Oui — mais —

LE CAPITAINE : Mon cher monsieur, je ne peux pas vous en dire davantage. En outre il est bientôt trois heures, il faut tout de même comprendre ça, les heures de bureau sont terminées. C'est vraiment extraordinaire. — Bon ben, quoi encore ? – Bon ben, à titre privé je peux vous dire ceci : ça fait six semaines que vous n'avez plus de nouvelles de votre fils, eh bien, ne vous en faites pas, c'est sans doute qu'il est mort.

LE CIVIL : Oui — mais —

LE CAPITAINE : Il n'y a pas de mais. Où irions-nous si dans ce genre de cas — vous pensez bien que ça arrive des milliers et des milliers de fois ! On est en temps de guerre, mon cher monsieur, il faut bien que le citoyen y mette aussi un peu du sien ! Regardez-nous ici dans nos bureaux ! Nous tenons la place ! En outre, cher monsieur — je ne doute pas que vous le sachiez — je vous le dis de nouveau à titre privé et purement indicatif — pour un soldat il n'y a pas de plus grande ambition et de plus belle récompense que de mourir pour la patrie. Alors, j'ai bien l'honneur, bien l'honneur —

(Le civil s'incline et sort.)

(Changement.)

Scène 13

Une usine réquisitionnée par l'armée.

LE DIRECTEUR MILITAIRE : Ligoter, des coups de bâton, les arrêts, et allez, bons pour le service, quoi – on n'a rien de plus, il n'y a rien d'autre. On n'y peut rien.

L'INDUSTRIEL *(au bras duquel pend un fouet à chiens)* : Tant que c'est possible, j'essaie la douceur. *(Montrant le fouet.)* Mais comment s'en sortir si ces chiens de syndicalistes n'arrêtent pas leurs provocations — débat sur la situation des travailleurs, problèmes d'alimentation — comment tenir bon, nous autres, dans ces conditions ! — statut juridique et conditions de travail — refonte du droit du travail en temps de guerre —

LE DIRECTEUR MILITAIRE : Je connais la chanson. Bons pour le service, et si possible, messieurs les députés avec. De toute façon, on a extirpé tout ce qu'on pouvait de la loi sur les réquisitions et de la loi sur la réserve de l'armée. On n'a aucun reproche à se faire. Le plus beau, ça a été en août 14 avec les forgerons et les mécaniciens. Le matin, ils gagnaient six couronnes au travail à la pièce, à midi ils passaient le conseil de révision, on leur a gentiment appris qu'ils étaient devenus soldats, et l'après-midi ils faisaient gentiment le même travail au même poste pour leur solde de nouvelles recrues. Aucun n'a moufeté. Moi je dis, au fond, le conseil de révision est superflu —

L'INDUSTRIEL : Oh, oh !

LE DIRECTEUR MILITAIRE : À mon sens, on aurait dû faire partout comme chez nous, à Klosterneuburg, au dépôt du régiment de train. Je leur ai dit tout simplement : à partir de maintenant, vous êtes recrutés pour le service civil et vous ne toucherez plus que la solde.

L'INDUSTRIEL : Ah, d'accord !

LE DIRECTEUR MILITAIRE : Un jour ils se sont plaints : impolitesse ou quelque chose comme ça. Je les ai convoqués au rapport et leur ai demandé qui les avait informés. Le gars répond : nous sommes des ouvriers syndiqués, nous nous sommes adressés à nos organisations et ils nous ont renvoyés vers deux députés ! Bon, je dis, je vais faire venir ces messieurs, ils vont se mettre à vos côtés et travailler au lieu de vous exciter.

L'INDUSTRIEL : Moi, un jour ils se sont plaints auprès du syndicat pour mauvais traitement et paye insuffisante. Écoutez — 38 à 60 centimes de l'heure ! Bon, j'ai fait venir un des meneurs et je lui dis : Vous vous êtes plaints, mais le fouet est toujours là. Et je lui montre mon bras. Le gars dit : Nous ne sommes pas des chiens. Bon, alors je lui montre mon étui à revolver et je lui dis : Et pour vous, en plus, j'ai un revolver ! Alors il a – il a parlé de dignité humaine ou quelque chose comme ça. Eh bien, ce gars est quand même arrivé à faire dire au bureau des doléances que les salaires étaient insuffisants !

LE DIRECTEUR MILITAIRE : Celui-là, il a été immédiatement —

L'INDUSTRIEL : Oui, bien sûr, il a été incorporé sur le champ, votre prédécesseur était très coulant sur la question. Un gars qui s'est plaint lui aussi d'un salaire trop bas, je l'ai fouetté et votre prédécesseur, pour ça, il l'a collé trois semaines aux arrêts.

LE DIRECTEUR MILITAIRE : L'entrepreneur, de nos jours, n'est pas totalement dépourvu de protection ! Maintenant les contremaîtres veillent au grain eux aussi. Ils foutent pas mal de baffes. Pour les arrêts, j'avais prévu six heures aux fers tous les jours. Et quand on les ramène du travail baïonnette au canon, à travers les rues, ça fait un bel exemple ! Pas de douche avant, on leur tond les cheveux même si on n'écope que de vingt-quatre heures, on retient les frais de pension sur le salaire — ne serait-ce que d'aller de Floridsdorf à la Josefstadt au rapport, ils perdent une demi-journée de salaire, sans compter le manque à gagner quand ils sont aux arrêts et ce genre de plaisanteries, et le plus important, même si ça ne s'applique qu'aux cas les plus graves, c'est l'incorporation ! Là, pas un de ces messieurs n'a eu à se plaindre !

L'INDUSTRIEL : Écoutez, je n'ai rien dit, moi. Je suis connu pour ne venir embêter les autorités militaires qu'en cas d'extrême urgence. Je préfère m'en remettre à moi-même. Moi, je dis : tant que ça peut se passer en douceur — *(Il montre le fouet à chiens.)*

(Changement.)

Scène 14

Dans un bar à Vienne. La nuit suivant la deuxième prise de Czernowitz par les Russes. Officiers, serveuses, noceurs, délégués de la Croix-Rouge, légionnaires polonais, personnel, participants. L'orchestre Nechvatal, une petite formation, et l'orchestre tsigane Miskolczy Jancsi.

ROLF ROLF, LE FAISEUR D'IMPROMPTUS *(chantonnant, est en train de composer un poème à partir de citations de classiques jetées pêle-mêle et d'hommages aux corps d'armée présents)* :

Les légionnaires ont beaucoup accompli —
Ce qui est dans la nature.

(Cris : « Bravo ! » « Bravo ! »)

Et voyez-vous — en contemplant cela —
Mon cœur est soulagé d'un poids —
Quand je dis — à la gente dame là-bas —
Mais tu as des perles et des diamants, toi !
Et ici — à ce noble soldat allemand
Je dis : Deux grenadiers en France s'en allèrent.
Mais — aujourd'hui — braves gens convenez-en —
C'est — plutôt — c'est franchement — emm-bêtant !

Rires. Cris : « Oh, oh ! » « Bravo ! » « Bravo ! » À l'entrée de deux officiers, l'orchestre attaque : Nous sommes du Régiment d'infanterie royal et impérial des Hoch et Deutschmeister n° 4. *Tout le monde chante.*

FRIEDA MORELLI, LA CHANTEUSE *(entre et chante, portant ses mains alternativement de ses seins vers le public)* :

Oui, à Vienne mon cœur appartient !
Mais que c'est beau aussi à Berlin !
Car voyez-vous ce lieutenant —
(se passant le doigt sur la lèvre supérieure)
Si intéressant, si charmant,
Un rendez-vous, et pourquoi pas,
Mais je préfère — m'en tenir là.
Car hélas dans le cas contraire,
Bien vite succombe la chair.
Je dis donc qu'à Vienne mon cœur appartient
Mais que c'est beau aussi à Berlin !

(Cris : « Bravo ! » « Bravo ! »)

UNE VOIX : Rose, on part pour Lodz !

(L'orchestre attaque cet air et passe peu après à la chanson : Ce bon vieux monsieur à Schönbrun.*)*

UN MARCHAND DE BESTIAUX HONGROIS *(au patron du bar)* : C'est vraiment splendide ce qu'on offre ici !

LE PATRON DU BAR : Oui, je peux me vanter d'avoir un orchestre de tout premier ordre. Tout client de mon établissement conviendra que le titre à l'affiche : *La Revue des 42 mortiers* tient sa promesse.

LE MARCHAND DE BESTIAUX : Que oui, 42 mortiers c'est rien à côté de cette revue-là !

LE PATRON : Même l'ennemi le reconnaîtrait, ça fait l'effet d'une bombe.

LE MARCHAND DE BESTIAUX : Comment l'effet d'une bombe ! Les bombes sont des pétards mouillés à côté !

LE PATRON : Monsieur le conseiller commercial, pour vous remercier de votre estime si flatteuse je me permets de vous offrir toute affaire cessante un hommage en particulier.

(L'orchestre attaque la Marche de Rakoczy *et passe, après que le marchand de bestiaux a cassé une bouteille de champagne, à la* Marche de Radetzky, *pendant laquelle un des officiers casse une bouteille de champagne, sur quoi on attaque la* Marche du prince Eugène *avant de passer à l'hymne autrichien. Les clients et les entraîneuses se lèvent tous de leur siège et restent encore debout pendant le* Salut à toi, au front ceint de lauriers *qui suit, et* La Garde du Rhin *qui conclut. Le personnel des vestiaires et la préposée aux toilettes sont entrés dans la salle et participent à l'hommage.)*

UN MARCHAND DE BLÉ *(lance dans la salle)* : Vive la loyauté des Nibelungen !

TOUS : Hourra ! Hourra ! Hourra !

LE PATRON *(à un habitué)* : Connaissez-vous l'homme qui vient de crier ?

L'HABITUÉ : Bien entendu, c'est le conseiller Knopfelmacher [30], voyons !

(Le patron se précipite vers l'orchestre tsigane qui attaque alors : J'avais un camarade.*)*

UN DÉLÉGUÉ DE LA CROIX-ROUGE, IVRE : Vous là — apportez-moi un autre whisky soda et un tra-trabuco avec un fume-cigare. Dis donc — (*Il rote.*)

UN COLLÈGUE : Qu'est-ce qui t'arrive ?

LE DÉLÉGUÉ : Tu vois là-bas, un blessé à nous — demain je l'envoie à la visite —

30. Fabriquant-de-boutons.

L'AUTRE : Laisse-le tranquille !

LE DÉLÉGUÉ : Tu permets — pas question — je te l'envoie — (*Il rote.*) au front !

UN OFFICIER *(à un deuxième)* : Quoi de neuf dans le journal ?

LE DEUXIÈME : Rien de nouveau.

LE PREMIER : Mais enfin, et Czernowitz !

LE DEUXIÈME : C'est pas nouveau, ça.

UN MÉDECIN MAJOR *(à un autre)* : Eh, regarde-moi ça, celui-là, là-bas dans la deuxième loge. Hier je l'ai réformé. Aujourd'hui il fait la noce. Une fichue canaille, si j'avais autant de billets de dix que son père a de billets de mille !

LE COLLÈGUE : Je ne te comprends pas, moi, je m'y prends autrement. Je n'envoie personne au conseil de réforme. Des exceptions de temps à autre, certes. Mais en général, c'est un sentiment qu'on a et qui ne trompe pas quand on voit les gars se mettre à trembler devant vous. Dès qu'il y en a un qui se met à trembler je gueule « bon pour le service ! » Il n'y coupe pas. D'autant que nous ne devons plus passer en dessous de 50 %, de ce fait les exceptions deviennent plus difficiles. Surtout avec la commission des neuf du conseil de révision.

LE MÉDECIN MAJOR : Au fait, je ne t'ai pas raconté. Quelle rigolade hier à l'hôpital. Adèle, l'infirmière qui a toujours une peur bleue quand elle me voit, voilà qu'elle laisse tomber le vase plat du Bosniaque qui a le bassin perforé. À la grande joie des autres, si tu avais vu. Ça ricanait dans tous les coins ! Jusqu'à ce que j'y aie mis le holà ! Il faut savoir en imposer aux femmes. Hier, chez nous, de toute façon, quelle journée —

LE COLLÈGUE : Et chez nous ! Du travail de postier ! J'ai expédié au front cinq tremblements nerveux.

LE MÉDECIN MAJOR : Et moi cinq malformations intestinales et trois tabès. À chacun je dis en face : mystification ! Et comme il est incapable de répondre, la mystification est quasiment établie. *(Le petit orchestre attaque la* Marche du prince Eugène.*)*

LE COLLÈGUE : J'en coince même d'autres maintenant, surtout les fameuses blessures par balle à la main gauche — je ne vois pas comment on pourrait faire autrement quand on a toujours le médecin colonel dans les pattes, et lui le maréchal Teisinger sur le dos.

LE MÉDECIN MAJOR : Oui, un vrai calvaire. Hier j'ai déclaré apte au service armé une magnifique néphrite avec défaillance cardiaque aiguë. Enfin, je n'en ai pas encore vu un seul qui allait à la guerre en chantant. Très animé l'établissement ce soir —

LE COLLÈGUE : Écoute, quand on a vu comme moi en une seule matinée se balancer au bout d'une corde quelques centaines de Ruthéniens au-dessus, et en dessous quelques centaines de Serbes, on s'habitue à tout. Que vaut la vie d'un individu ? Tu connais l'histoire de ce garçon qui écrit à ses parents de ne pas se faire de soucis, en cas de besoin il a toujours un mouchoir blanc dans sa poche — et la lettre arrive avec écrit dessus —

LE MÉDECIN MAJOR : Oui, je sais : Expéditeur passé par les armes, conformément à la loi martiale.

LE COLLÈGUE : Je ne regarde ni à droite, ni à gauche, je regarde droit devant ! On devrait se tuer. Mais on veut vivre.

(Tout le monde s'est levé. Le petit orchestre attaque Oh toi, Autriche chérie *et passe ensuite à* Tenez, voilà mon dernier sou.)

LE MÉDECIN MAJOR : Très animé ce soir cet établissement.

LE COLLÈGUE : Oui, sans doute à cause de Czernowitz.

LE MÉDECIN MAJOR : Comment ça ? Parce que les Russes —

LE COLLÈGUE : Enfin — non — ou plutôt si. Ou plutôt — je ne comprends pas — Regarde donc Paula avec le lieutenant du régiment des Deutschmeister. Je la déclarerais illico bonne pour le service.

LE MÉDECIN MAJOR : Elle t'a tapé dans l'œil ?

(Cris : « Un tango ! » Autres cris : « Bah ! » « À bas le tango ! » « Une valse ! » « C'est un établissement allemand ! » Un cri : « Un boston ! » Réponse : « Tête de con ! »)

UN IVROGNE : Dieu — punisse — jouez une valse, enfoirés, on est à Vienne !

LE PATRON *(avec insistance, à l'habitué)* : Vous savez qui est l'aspirant qui vient d'entrer ? Vous voyez, vous ne le savez pas. C'est lui dont on a dit dans le journal que des soldats russes l'avaient tiré d'un marécage avec des échelles de corde. Maintenant il vient chez nous tous les soirs.

(Changement.)

Scène 15

La nuit. Sur le Graben. Il pleut. Pas âme qui vive. Devant la colonne de la peste. Le regard porte jusque dans une rue adjacente.

LE RÂLEUR *(entre)* :

Une fois de plus la pluie vient d'en-bas.
Endormi, embourbé, l'ancestral laisser-aller
Se drape dans le dialecte mou et avachi
Du dernier Viennois qui est l'amalgame
D'un Viennois et d'un Juif.
Le voici le cœur de Vienne et dans le cœur
De Vienne est érigée la colonne de la Peste.

(Il s'immobilise devant la colonne de la peste.)

Le cœur de Vienne est en or pur,
J'aimerais le donner pour du fer !
Ô monde éteint, voici la nuit
Que seul peut suivre le Jugement dernier.
Engloutie la dissonance de ce massacre
Par l'éternelle harmonie de la musique des sphères.
Le dernier Viennois râle en mesure
Et, soulagement terrestre, laisse son âme,
Dans un grand jet traversant la dernière pluie
De ce monde, s'écouler sur le pavé mouillé.

(Il regarde dans la rue adjacente et aperçoit un ivrogne qui satisfait un besoin naturel en pleine rue.)

Le voici, colonne de lui-même,
Dans sa gigantesque indestructibilité !
Il ne saurait sombrer, monument
Du mensonge, né de la poussière, il survit
À la fin de toute création, sachant
Que lui seul restera de tout cela,
Mourir, ça n'est pas ses oignons,
Il lui faut satisfaire son plus profond besoin,

Restera la trace de son séjour sur terre
Et c'est là le fin mot de l'affaire
Avidement je guette ses dernières volontés
Il a à l'univers encore une chose à dire —

L'IVROGNE *(toujours dans la même position, ne cessant de répéter en rythme)* :

Quel pied ! — Quel pied ! — Quel pied !

Acte IV
Scène 1

Devant chez Sirk. Larves et lémures. Tout le monde apparaît bras dessus, bras dessous, par groupes de cinq. Une gaieté sans fondement alterne avec un silence pesant. Ils sont là, enchevêtrés deux par deux, tels des boucs front contre front, les yeux dans les yeux, comme liés par un secret. Quand la foule est en mouvement elle traverse une haie de civils, d'estropiés, d'invalides, dont la tête et les membres sont en proie à des tressaillements incessants, de débris et de zombis de toutes sortes, de mendiants et de mendiantes de tous âges, d'aveugles et de voyants qui, le regard éteint, contemplent ce vide bigarré. Çà et là des silhouettes courbées sur le trottoir à la recherche de mégots.

UN CRIEUR DE JOURNAUX : Édition spéciale — ! Défaite écrasante des Italiens.

DEUXIÈME CRIEUR DE JOURNAUX : Édition spéciale — ! La note américaine de Wilson !

UN OFFICIER *(à trois autres)* : Salut Novotny, salut Pokorny, salut Povolny, dis donc — toi qui t'y connais en politique, que dis-tu de l'Amérique ?

LE DEUXIÈME *(avec une canne)* : Plouf !

LE TROISIÈME : Tu sais — c'est évident.

LE QUATRIÈME : Tout à fait mon avis — hier j'ai bamboché — !

LE PREMIER : Tu sais, à mon sens, ça n'est rien d'autre qu'une opération publicitaire des Américains, ou quelque chose dans ce genre.

LE QUATRIÈME : Ils veulent faire des affaires, c'est tout, c'est dans le journal. Pour leur bisenesse.

LE DEUXIÈME : Et puis tu sais, même s'ils traversent — leurs divisions, un seul de nos régiments en vient à bout, haut la main, mais haut la main, mon ami — couic, liquidées.

LE TROISIÈME : Vivement que ce soit la paix.

LE DEUXIÈME : Permets !

LE TROISIÈME : Qu'on puisse retourner au *Gartenbau* qui est toujours un hôpital.

LE DEUXIÈME : Ah bon, c'est autre chose.

LE PREMIER : Dis, c'est vrai ça que la trahison de la Bohème c'est la faute aux socialos ? — Dis — j'ai l'impression — je la connais cette souris, regarde — *(Il sortent.)*

TROISIÈME CRIEUR DE JOURNAUX : *Tagblatt* ! L'irrésistible avancée de nos troupes !

UN INTELLECTUEL *(à celui qui l'accompagne)* : Je vous l'assure, tant que les ennemis auront cette mentalité — (*Ils sortent.)*

(Passent des vieillards. On entend le chant : Au pays, au pays, on se reverra — *)*

UN TRAFIQUANT BERLINOIS *(un cigare* Importe *aux lèvres, à celui qui l'accompagne)* : Ah, nos gars surmontent ces impressions haut la main. Un de nos plus éminents professeurs a constaté que le revirement psychique s'opère dès la garnison. À l'arrière vous êtes plus pouilleux que nous au front ! Non mes enfants, vous ne semblez pas trop croire à une paix victorieuse ! Qu'est-ce que c'est que cette ambiance dans votre chère Vienne ? Là, vous m'en bouchez un coin. Non, si je m'attendais à ça. Faux frères, vous en faites un cirque pour la paix, comme si vous n'en pouviez plus de l'attendre — ! (*Il sort.)*

(Un passant se dirige, les bras levés, vers un autre et montre le mégot que celui-ci a aux lèvres.)

UNE FEMME D'OFFICIER *(à celui qui l'accompagne)* : Là-bas, ils font déjà la queue pour demain matin. Si ça ne tenait qu'à moi la guerre pourrait durer encore dix ans, mon mari m'envoie tout ce dont j'ai besoin et le reste on le trouve au marché noir — (*Ils sortent.)*

UN OLIBRIUS : Voyez-vous, hier j'ai fait un excellent repas, là, dans cette rôtisserie. Mais quand le nom « Bristol » va-t-il enfin disparaître ? Il faut épurer notre langue de ces noms latins ! Autrefois, oui, là je prenais 10 %, mais à présent, par principe, je ne prends que 40.

CELUI QUI L'ACCOMPAGNE : Comme vous avez raison. Tenez — Regardez celle-là —

L'OLIBRIUS : Eh bien si vous avez envie de flirter, pardon, de lier connaissance — suivez-la, elle vous donnera peut-être ses coordonnées. *(Ils sortent.)*

LA VOIX D'UN COCHER DE FIACRE : La guerre, c'est vingt fois le tarif !

(Une dame corpulente en uniforme de la Croix-Rouge avec un face-à-main descend d'une automobile électrique.)

LENZER VON LENZBRUCK [31] *(en uniforme de capitaine de cavalerie)* : Mes hommages, très chère baronne — Comment pas encore sur vos terres ? Une sensation pour Vienne ! Je ne trouve pas les mots pour vous le dire : cet uniforme vous va à ravir !

MME BACK VON BRÜNNERHERZ [32]: À vous de même ! Vous entrez prendre le petit-déjeuner ? Mon mari m'attend.

LENZER VON LENZBRUCK : Votre divin époux ? Follement aimable ! Que vous ayez décidé de prodiguer des soins, cela a fait la plus grande sensation à Vienne !

MME BACK VON BRÜNNERHERZ : Je suis très contente, ainsi nous pouvons conserver la voiture, mon mari s'est battu deux ans pour ça, et en définitive j'ai décidé d'entrer à la Croix-Rouge. À vous je peux le dire, c'est surtout pour la forme et pour le bon ton. En effet je soigne —

LENZER VON LENZBRUCK : Ah, tout de même !

MME BACK VON BRÜNNERHERZ : Comment ! Je soigne ma réputation, et je n'y vais que lorsque j'en ai envie. À présent que de toute façon la guerre touche à sa fin, ça n'en vaut plus la peine. Hier Annonziata m'a parlé —

LENZER VON LENZBRUCK *(joint les mains)* : L'archiduchesse, je vous en prie, je vous en prie, baronne, racontez — !

MME BACK VON BRÜNNERHERZ : Je n'aime pas me vanter, mon mari vous racontera. À propos, j'ai lu que vous aviez été nommé capitaine de cavalerie, félicitations. Savez-vous que vous êtes bien plus beau qu'en civil ? C'est sans doute pour ça que vous vous promenez en uniforme ? Ai-je deviné juste ? Ah, les hommes !

---

31. Printemps de Pont-de-printemps.

32. Back de Cœur-de-Brno.

LENZER VON LENZBRUCK *(flatté)* : Vous trouvez ?

MME BACK VON BRÜNNERHERZ : Et la croix du mérite ! La *Sigilaudis* ! Voyez-vous ça !

LENZER VON LENZBRUCK *(faisant le modeste)* : Sans importance.

MME BACK VON BRÜNNERHERZ : Il ne vous manque que — en fin de compte, vous seriez capable d'aller au front ! Vous y êtes déjà allé ?

LENZER VON LENZBRUCK : Comment le pourrais-je ?

MME BACK VON BRÜNNERHERZ : Pourquoi ?

UNE MARCHANDE DE FLEURS : Mes violettes !

LENZER VON LENZBRUCK : Le conseil d'administration ne me laisse pas ! J'ai fait un foin du diable — *(Tous deux sortent.)*

UN MONSIEUR : Au fait, dites-moi, que devient votre ami le peintre ? Il fait un service moins astreignant, non ?

UN SECOND MONSIEUR : Si on veut oui. D'abord il dessinait des croix pour les tombes —

LE PREMIER : Vous voyez !

LE SECOND : Mais un beau jour, terminé le paradis, il aurait dû rejoindre un bataillon en marche vers le front —

LE PREMIER : Aie, et alors — ?

LE SECOND : Alors il y a eu un tournant heureux. Il s'est avéré que le capitaine avait la fibre de l'art.

LE PREMIER : Et alors ?

LE SECOND : Alors maintenant il dessine des femmes nues pour le capitaine.

LE PREMIER : Vous voyez !

(Changement.)

Scène 2

(Deux conseillers commerciaux sortant de l'hôtel Bristol. Une mendiante avec une jambe de bois et un bras amputé se tient devant eux.)

PREMIER CONSEILLER COMMERCIAL *(regardant autour de lui)* : Pas de voiture ? Un scandale !

TOUS DEUX *(pointant leurs cannes vers une automobile qui passe)* : Hep — ! On a des places pour Piccaver —

LE PREMIER : Tout récemment encore il a fallu que je m'explique avec ma femme, elle n'arrête pas de maugréer : ah, si la guerre était finie ; et les soldats dans les tranchées lui font pitié. Moi, je dis toujours, il leur en restera au moins quelque chose : la gloire posthume dans les annales. Et nous ? Nous avons l'impôt sur les profits de guerre ! Ça, les gens l'oublient toujours.

LE SECOND : Sans parler des risques de paix — ? !

LE PREMIER : Mieux vaut ne pas y penser. Vous savez — quand il y en a un qui revient et qui se met à raconter — c'est toujours la même chose — d'accord, ils ont dégusté, mais on le sait déjà ! Je ne peux plus écouter ça, c'est d'un ennui.

LE SECOND : On en a assez de ces horreurs.

(Un invalide passe en clopinant.)

TOUS DEUX *(pointant leurs cannes vers une voiture qui passe)* : Hep — !

(Changement.)

Scène 3

Congrès de médecins à Berlin.

UN PSYCHIATRE : — Messieurs ! Cet homme est le cas le plus singulier qu'il m'ait été donné de rencontrer à ce jour. Une bonne fortune me l'a amené tout droit de la détention préventive. Étant donné qu'il n'y aura jamais assez d'années de prison pour la peine à laquelle cet homme doit s'attendre en raison de ses crimes, il a fallu bon an mal an en appeler à la psychiatrie. Afin que vous puissiez apprécier pleinement l'irresponsabilité de notre patient, je vous ferai seulement remarquer, messieurs, que cet homme a déclaré *coram publico* que la situation alimentaire de l'Allemagne serait mauvaise ! *(Remous.)* Mieux encore — cet homme affirme l'inutilité de la guerre sous-marine à outrance, voire même de la guerre sous-marine en soi — j'ai en effet tout de suite pu me persuader qu'il rejetait cette arme en tant que telle, et ce non seulement parce qu'il la tiendrait pour inutile mais aussi pour carrément immorale ! *(Clameurs.)* Messieurs, nous autres hommes de science avons le devoir de garder notre sang-froid et d'affronter l'objet de notre indignation simplement comme objet de recherche, *sine ira*, certes, mais *cum studio. (Hilarité.)* Messieurs, j'accomplis le triste devoir d'esquisser devant vous un tableau complet du trouble mental de notre patient, je vous prierai de ne tenir pour responsable ni ce malheureux ni moi-même à qui incombe par hasard la démonstration d'une forme effroyable de démence. Sa responsabilité à lui est levée par la maladie, la mienne par la science. *(Cris : « Très juste ! »)* Messieurs, cet homme souffre de l'idée fixe qu'une « idéologie criminelle », comme il appelle le noble idéalisme de nos autorités, accule l'Allemagne à sa ruine, il estime que nous sommes perdus si, à l'apogée de notre course victorieuse, nous ne nous déclarons pas vaincus, et que notre gouvernement, que nos chefs militaires — et non bien sûr les Anglais *(Cris : « Oh, oh ! »)* — seraient coupables de la mort de nos enfants ! *(Cris : « Bouh ! »)* L'affirmation que nos enfants meurent et que notre situation alimentaire serait donc mauvaise prouve tout net à elle seule le trouble mental de cet homme *(Cris : « Très juste ! »)* Si j'ai développé ce cas devant vous, mes très chers confrères gastro-entérologues, c'est pour que vous tentiez d'influer sur notre patient en donnant communication de vos informations sur l'état de santé de la population allemande pendant cette guerre. J'espère que sa réaction permettra de compléter le constat clinique, voire même de le corriger dans le sens où il serait éventuellement possible d'établir la responsabilité criminelle, puisqu'il faut tout tenter — *(Un cri : « On va en prendre soin, du petit chéri ! »)*

LE DÉMENT : Si parmi vous se trouve l'un des 93 intellectuels, je quitte la salle ! *(Cris : « Oh, oh ! »)*

LE PSYCHIATRE : J'espère, messieurs, que vous considérerez cet éclat moins comme une insulte que comme un symptôme. Vous le savez tous, j'ai moi-même signé cette lettre de protestation qui restera dans les annales comme la marque d'une grande époque, et j'en suis fier. Puis-je à présent demander à notre cher confrère le professeur Boas, de tenter une expérience avec notre patient.

LE PROFESSEUR ROSENFELD-BRESLAU : En dépit de toute sous-alimentation, notre population a recouvré une meilleure santé. Il s'est avéré que le régime de guerre n'a diminué la résistance du peuple ni contre l'écrasante majorité des maladies, ni contre les infections, ni contre la fatigue dans une mesure tant soit peu quantifiable.

LE DÉMENT : Sauf contre l'hypocrisie des professeurs !

(Vifs cris d'indignation.)

UNE VOIX : Bon à rien !

UNE DEUXIÈME VOIX : Sortez-le !

UNE TROISIÈME VOIX : Il faudrait un agent de police !

LE PRÉSIDENT DU COMITÉ DES MÉDECINS DU GRAND BERLIN : Je profite de l'opportunité de ce scandale pour vous adresser un appel solennel. Mes chers confrères ! Vous êtes les confesseurs de vos malades, vous avez le devoir patriotique d'encourager les gens à tenir bon en leur faisant entendre raison, oralement ou sous tout autre forme. Les timorés, vous devez les contrer avec une extrême vigueur ! Réfutez les rumeurs mauvaises, infondées et souvent répandues par malice ou légèreté ! Un mode de vie et un régime simple, de la mesure dans l'absorption des protides et des lipides ont profité à la santé du plus grand nombre.

LE DÉMENT : Aux usuriers et aux médecins ! *(Cris : « Grossier personnage ! » « Sortez-le ! »)*

LE PRÉSIDENT DU COMITÉ DES MÉDECINS DU GRAND BERLIN : Les médecins scolaires ont constaté de manière irréfutable —

LE DÉMENT : — que l'Allemagne a été avec succès couverte de mensonges ! *(Cris : « Ferme ça ! » « Mauvais patriote ! »)*

LE PRÉSIDENT DU COMITÉ DES MÉDECINS DU GRAND BERLIN : La mortalité infantile a régressé. Récemment un spécialiste de tout premier plan a démontré que les nourrissons ne se sont jamais aussi bien portés que maintenant. Les hôpitaux sont moins surpeuplés qu'avant.

LE DÉMENT : Parce que tous sont morts ! *(Brouhaha.)*

UNE VOIX : Qu'il le prouve !

LE DÉMENT : Les comptes rendus des médecins de certains établissements ont des accents de désespoir quand ils décrivent la famine des pensionnaires qui essaient d'ingurgiter des trognons de chou jetés aux ordures et toutes sortes de choses indigestes pour apaiser les douleurs de la faim. Un compte rendu demandé à un hospice d'incurables dit laconiquement : nos pensionnaires sont tous décédés. — Mais les vivants assemblés ici ont été missionnés pour procéder à des expertises et ils ne trouveront le courage de la vérité qu'après l'inévitable écroulement du mensonge ! Car la science allemande est une catin, ses hommes sont ses souteneurs ! Ceux qui sont assemblés ici, commandés par le grand état-major au service du grand mensonge pour contester la mort des enfants, pour blanchir la noire réalité, ont plus de sang sur les mains que ceux qui l'ont rougie ! Ces 93 intellectuels qui se sont écrié « Ce n'est pas vrai ! » et « Nous protestons ! », qui, par leur protestation contre l'honneur allemand, ont inauguré le pathos du mensonge, ils mentent ! Sous l'action de ces médecins-là le monde qui craint d'être contaminé par l'âme allemande n'en guérira certainement pas — et la patrie se meurt sous la férule des professeurs, voilà une rime bien de chez nous ! *(Un immense brouhaha s'élève. On entend des cris : « Ce n'est pas vrai ! » et « Nous protestons ! » Quelques-uns des professeurs veulent s'en prendre au dément, d'autres les retiennent.)*

LE PSYCHIATRE : Messieurs ! Nous venons d'être témoins d'une éruption des plus sauvages de haine envers la patrie, il est impossible qu'elle ait poussé en terre allemande. La réaction du patient aux expérimentations de nos chers confrères Boas, Zuntz et Rosenfeld-Breslau, et notamment aux observations si riches et si lumineuses de notre cher président du comité des médecins du Grand Berlin, dont je remercie encore chaleureusement notre cher confrère, cette réaction m'a clairement prouvé que cet homme n'est pas malade mental mais appointé par l'Entente. Déjà le poison du pacifisme a trouvé à s'infiltrer dans des cerveaux sains, et l'idéalisme exagéré des opposants à la guerre encourage les mauviettes et les tire-au-flanc à se comporter d'une façon qui relève des pires maux dont est atteint le peuple allemand dans son corps. C'est l'esprit du défaitisme qui consolide l'ennemi et nous paralyse dans une guerre défensive que la convoitise britannique *(Interpellation : « La mentalité d'épicier des Britanniques ! »)*, le revanchisme français *(Interpellation : « Et l'avidité russe ! »)* — et l'avidité russe nous ont imposée. Nous voilà devant un cas typique. Je ne puis m'empêcher de souligner que d'emblée cet homme m'avait inspiré des doutes, et à présent j'ai acquis la conviction que nous avons affaire à un très gros calibre. Un malade mental ne parle pas ainsi, messieurs, ainsi parle un traître à la patrie ! Je peux d'ailleurs vous dévoiler, messieurs, que cet homme par son manque de repentir pendant sa détention préventive où il a persisté dans ses attaques contre tout ce que l'Allemand a de sacré et où il s'est même laissé aller à une remarque désobligeante sur l'Agence de presse Wolff *(remous.)* — a attiré l'attention des milieux les plus éminents et qu'une personnalité que nous vénérons tous *(l'assemblée se lève.)* — Sa Majesté le prince héritier a eu ce mot : Foutez-lui sur la gueule. *(Cris : « Hourra ! »)* Il dépendra des résolutions de la plus haute instance concernée que pareil remède, envisageable par exemple sous forme d'aggravation de peine, soit appliqué. Il nous incombe à nous, messieurs, de nous déclarer tout net incompétents, étant donné que la science médicale n'a rien à voir avec ce cas, et de le livrer à la bonne garde des autorités criminelles. *(Il ouvre la porte et appelle.)* Monsieur l'agent !

L'AGENT BUDDICKE *(apparaît)* : Au nom de la loi — allez, amenez-vous !

(Il sort avec le dément. Les congressistes se lèvent et entonnent La Garde du Rhin.*)*

(Changement.)

Scène 4

Quartier de la presse de guerre.

UN CAPITAINE *(à un des journalistes)* : Mon petit vieux, aujourd'hui vous n'y couperez pas, aujourd'hui vous allez écrire un article, je vous dis que ça, à savoir des considérations hygiéniques. Bien, notez-en les grandes lignes. *(Il lit.)* La campagne victorieuse en Galicie et la conquête de Lemberg furent déterminantes, entre autres, pour le développement constant de l'hygiène dans notre armée. Hein, ça vous épate !

LE JOURNALISTE : Lemberg est déjà de nouveau encore en notre possession ?

LE CAPITAINE : À vous de voir comment vous traiterez cela. Tant que la rude bataille fit rage dans les Carpates, il y eut tout naturellement moins de possibilités d'organiser en détail le travail d'hygiène. Tout le monde avait des poux. Mais à présent ! À présent, l'heure est à l'épouillage. Toutes les quatre semaines environ chaque homme a été plongé dans un bain, ou même, tenez, une semaine sur deux. Avec le temps, le front a pris des allures de villégiature. Bien souvent les hommes ont séjourné dans des contrées boisées et ensoleillées, ils auraient pu se baigner et se dorer au soleil, et il fut même question de parfaire cette institution par des cours, de la musique, bibliothèque, sport, théâtre. Le projet est toujours en attente de réalisation ! Le contact, la camaraderie toujours bienveillante entre officiers, médecins et hommes de troupe crée un terrain favorable à l'épanouissement.

LE JOURNALISTE : À l'épanouissement des maladies vénériennes, mon capitaine ?

LE CAPITAINE : Ne rigolez pas avec ça. *(Ricanements.)* La réussite de notre lutte contre ça est le problème le plus important que nous ayons eu à affronter à ce jour. Et pourtant, que notre lutte contre les maladies vénériennes soit en apparence désespérée ne nous donne pas le droit de nous mettre les mains dans les poches. *(Hilarité.)* Nous avons donc créé une institution grâce à laquelle nous pourrons agir spécifiquement, inébranlablement, pour la conservation de l'homme de troupe et la régénérescence du peuple, une institution où les jours ensoleillés de la reconquête de Lemberg ont largement porté leurs fruits : nous avons institué des bordels, avec du matériel impeccable, sous le contrôle militaire le plus strict.

(Changement.)

Scène 5

Groupe d'instruction militaire Wladimir-Wolinsky.

UN CAPITAINE *(dictant à un secrétaire)* : Ordre de communiquer pendant trois jours consécutifs à tous les hommes de troupe que les maladies vénériennes seront assimilées par les tribunaux militaires à une automutilation.

Pour les cas récents, il a été décidé que les soldats concernés auront à subir un châtiment corporel et que la peine fixée au début à cinq coups de bâton sera relevée d'un coup chaque jour et administrée jusqu'à disparition des symptômes de la maladie.

(Changement.)

Scène 6

Un hôpital militaire.

Convalescents, blessés de tous grades, agonisants.

UN MÉDECIN DE L'ÉTAT-MAJOR GÉNÉRAL *(ouvrant la porte)* : Ah, les voilà gentiment assemblés, ces messieurs les tire-au-flanc. *(Quelques malades sont pris de graves crises de nerfs.)* Allez, allez, pas de théâtre ! Ça sera vite réglé – minute ! *(À un médecin.)* Alors, ça vient ? Qu'est-ce que vous foutez avec le triphasé ? Dépêchez — qu'on repère les simulateurs et les tire-au-flanc. *(Les médecins s'approchent de quelques lits avec les appareils. Les malades sont pris de tressaillements.)* Lui là-bas, c'est un cas on ne peut plus suspect, le cinq ! *(Le malade se met à hurler.)* Il n'y a qu'un remède contre ça, on ne l'administre qu'en cas extrême. Feu roulant ! Oui, le mieux serait de fourrer tous les névropathes dans un caisson commun et de les soumettre à un joli feu roulant. Ils en oublieraient leur mal et redeviendraient aptes au front ! Ils finiront bien par passer, vos tremblements nerveux ! *(Il claque la porte. Un malade meurt. Apparaît le commandant, le lieutenant-colonel Vinzenz Demmer Edler von Drahtverhau* [33]*.)*

DEMMER VON DRAHTVERHAU : Ah, pour changer, aujourd'hui on salue encore n'importe comment ! Eh oui, ces messieurs, à l'arrière, se la coulent douce dans leur lit. C'est précisément la raison de mon apparition aujourd'hui parmi vous. Médecin-chef, faudra ragaillardir ces gaillards, qu'ils m'écoutent, j'ai une communication importante à faire qui a valeur d'exemple. Il s'agit du nouveau règlement concernant le salut, pas le salut ici à l'hôpital, mais quand ils seront de

33. Vincent Crépuscule baron de Barbelé.

nouveau sur pied, qu'entre-temps ils s'habituent avant d'être de nouveau bons pour le service. Ouvrez vos oreilles ! *(Il lit.)*

« Directive concernant les marques de respect :

Le salut se fait toujours au garde-à-vous en respectant l'attitude réglementaire ; le salut réglementaire s'effectue face à tout gradé d'un rang supérieur lorsque celui-ci se trouve à moins de trente pas du gradé de rang inférieur. Il s'effectue en levant spontanément le bras droit vers la tête, la paume de la main tournée vers le visage du côté de l'œil droit de telle façon que les bouts des doigts joints touchent la visière du couvre-chef (en cas de casquette sans visière le bord de la casquette). Lors de la rencontre de celui qui est à saluer ou lorsque celui qui est à saluer passe devant celui qui doit le saluer, le salut s'effectue de manière à commencer à trois pas de celui qui est à saluer et à s'achever dès que celui qui a été salué s'est éloigné de trois pas. Le soldat portant quelque chose dans la main droite, saluera de la gauche, s'il a les deux mains occupées, le salut s'effectue par un mouvement net de la tête. Le soldat rencontrant un gradé de rang supérieur évitera de passer à moins d'un pas de celui-ci. Sont strictement interdites les autres formes de salut malencontreusement propagées telles la paume de la main droite tournée à l'extérieur vers la droite, les doigts écartés, l'index qui touche la visière de la casquette de préférence devant le nez, le salut effectué la cigarette, le cigare (la courte pipe, dite chauffe-nez) à la main voire même à la bouche, ensuite le salut effectué en s'inclinant en plein air la tête découverte, la casquette à la main. Les militaires contrevenant au règlement concernant les marques de respect ou omettant de saluer pour une raison quelconque subiront de sévères punitions, les permissionnaires, outre le rapport à leur commandant, seront renvoyés au front. — »

Bon, mettez-vous ça dans le crâne : quiconque ne lève pas spontanément le bras droit vers la tête, la paume de la main tournée vers le visage du côté de l'œil droit de telle façon que les bouts des doigts joints touchent la visière du couvre-chef (en cas de casquette sans visière le bord de la casquette), peut y être contraint par la force ! Mettez-vous ça dans le crâne ! Ça a valeur d'exemple ! Pour ce qui est des autres règlements concernant le salut, c'est-à-dire ceux qui sont en vigueur dans l'hôpital, tant que vous traînerez encore ici vous devez vous aussi donner le bon exemple. Je n'ai pas besoin de vous rappeler qu'en dépit de vos maladies attitrées, chacun doit effectuer le salut réglementaire à l'entrée d'un supérieur. Présentement vous ne portez pas de casquette, mais chacun possède encore un front. Par conséquent il ne lui sera pas difficile de porter la main à son front s'il a toujours une main, compris ? Bon — regard à droite ! Ho, qu'est-ce qui se passe là-bas — lui là, le lit numéro 5 — drôlement pressé d'intégrer le bataillon disciplinaire, j'ai l'impression — *(Le médecin du régiment lui communique une information.)* Ah bon — d'accord — si vous voulez — mais de manière générale — bon, que la prochaine fois tout soit en règle ! Et vous, médecin-chef, dépêchez-vous de mettre ces gens dehors ! De toute façon, vous êtes mal noté là-haut — ne faites pas de simagrées et pas d'excès d'humanité ! Prenez exemple sur le docteur Zwangler [34]. Il a fourré un chiffon dans la gueule d'un trembloteur et en deux chocs électriques, il l'a rendu apte au service civil. Ou encore le docteur Zwickler [35] ! Quelle ambition ! On sait que l'idée de faradiser les parties génitales vient de lui, c'est qu'il veut obtenir des succès les plus nombreux et rapides possibles, et il y parvient ! Prenez exemple ! Faut en mettre un coup maintenant. Les Allemands, ils ont le courant sinusoïdal – on est des enfants de chœur nous autres, à côté ! Humanité par ci, humanité par là, c'est bien beau tout ça, mais comment ça rime avec le patriotisme ? On est en guerre et le devoir suprême du corps médical est de donner le bon exemple en comblant le déficit en matériaux humains. Le médecin-général se plaint de ce que vous privilégiez le point de vue médical. Il a tenté de vous faire comprendre amicalement qu'un inapte au service armé a sa place dans les tranchées, il dit que c'est toujours la croix et la bannière avec vous. Je vous pose la question — avez-vous envie de vous retrouver dans un hôpital de typhiques en Albanie ? Vous voyez ! D'un point de vue médical, je veux bien que vous ayez raison — comme l'autre jour quand vous vous êtes braqué

34. Docteur Forceur.
35. Docteur Tenailleur.

pour cet hémoptysique père de famille etc. — mais ici, seul compte le point de vue militaire ! La responsabilité, nous nous en chargeons ! Ou l'autre néphrétique — ce qu'on a rigolé — qu'est-ce que ça peut vous faire ! L'homme de troupe, il faut qu'il tire ses cinquante coups, et puis il peut crever. Le Service Suprême exige que tous ceux capables de marcher ne traînent pas ici au lit plus que nécessaire — les scrupules, vous vous les gardez pour la paix ! — À présent, les adjudants vont faire les exercices de salut avec vous, et qu'ils n'aient pas à se plaindre ! Personne à ce jour n'a eu à se plaindre de moi — mais si, à ma place, Medinger von Minenfeld [36] était le chef ici ou Gruber von Grünkreuz [37], aïe aïe aïe ! Qu'est-ce que vous voulez ? Vous avez à manger, de la soupe, de bons petits légumes déshydratés, et un bol de thé avec ça, personne ne s'en est jamais plaint. D'accord, le temps vous paraît long avant de sortir pour bien vous battre. Et c'est pour cette raison qu'il y a les exercices de salut ! Et ceux qui n'auront pas cette chance, qui ne pourront plus sortir pour bien se battre, se battre pour la patrie, la patrie les a pris en charge de manière exemplaire. Six centimes par jour, sans être obligé de travailler, ce n'est rien peut-être ? Et celui qui est bien sage, il aura même une prothèse, et ensuite, s'il donne le bon exemple, il sera réincorporé dans son corps de réserve. On est des enfants de chœur, nous autres. Deux trois petits saluts avant de sortir, ça n'a jamais tué personne — soyez contents qu'on ne soit pas chez les Allemands, sinon vous devriez être couchés au garde-à-vous ! *(Il sort.)*

(Près d'un lit, l'adjudant fait exécuter des exercices de salut. Près d'un autre, l'aumônier s'affaire.)

(Changement.)

---

36. Chambard de Champdemines.

37. Duval de la Croixverte. Croix verte est le nom donné à un gaz toxique, comme Croix jaune et Croix bleu évoqués à l'acte V.

Scène 7

Le front de l'Isonzo. Le commandement d'une brigade. Après le repas.

ALICE SCHALEK *(debout entourée d'officiers)* : Pas à pas j'ai parcouru le front de l'Isonzo, j'ai longé tout le secteur de Gorizia. Ils m'ont tout montré ! J'en ai vu des choses ! Ceux qui sont à l'arrière n'en ont pas la moindre idée. Après avoir longuement insisté je fus autorisée à les accompagner. J'ai senti que je leur pesais d'autant plus que j'étais volontaire. Le dilemme vient de ce que je ne suis pas obligée d'y aller. À l'heure dite, à cinq heures de l'après-midi, je me présente au général, en ordre de marche. J'insiste pour accompagner un homme qui de toute façon doit aujourd'hui rejoindre sa position. Personne à cause de moi ne doit être exposé au danger sans que le service ne l'y oblige ! Un sous-lieutenant dans la fleur de la jeunesse, l'âme réjouie par cette mission inhabituelle, bifurque avec moi au pied de la montagne que nous contournons pour l'attaquer de front. Auparavant j'ai reçu l'ordre de me retrouver au point de départ à 9 heures tapantes. Pfiou, pfiou, pfiouuu — voilà que ça siffle d'un côté. Tout en bavardant nous sommes rentrés tranquillement au clair de lune. Mais ensuite ! Je me suis assise auprès du guetteur d'artillerie de la Podgora attendant, le souffle coupé, ce qui allait se passer dans mon secteur. Eh bien, on a assisté à une affirmation des instincts, à un raffermissement de la personnalité comme jamais auparavant elle n'aurait eu le loisir de se manifester. De l'autre côté du mur d'enceinte du château on m'a tiré dessus ; Nous restons là, debout, impassibles. Tant pis si l'ennemi nous voit ! Nous n'avons pas encore échangé un seul mot. Je le dévisage. Il est mince, pâle. Tout juste vingt ans. C'est étrange ce qui m'arrive. Je dévisage le sous-lieutenant ; il est instituteur dans un village hongrois. Et telle une lumière aveuglante monte en moi l'intelligence de ce moment. Pendant le feu roulant sur le San Michele une nouvelle compréhension illumine chaque circonvolution de mon cerveau. Le sous-lieutenant ne se doute pas combien son attitude influe sur mon intelligence du moment. Il me dévisage, il sourit. Il sent que ma pensée rejoint la sienne, nos nerfs vibrent à l'unisson durant le feu roulant. Ça sonne comme un solo dans l'orchestre. Tc, tc, tc — c'est parti. Le sous-lieutenant est toujours debout. Un rossignol nous envoûte, le parfum des acacias nous enivre. Et voilà que ça part de l'autre côté ; non plus avec la vélocité d'un coup de fouet mais dans un lent rugissement, presque un chant moqueur. Le sous-lieutenant m'entraîne contre le mur. Vouh — vouh — vouh — — Un tir manqué. Il ne nous viendrait pas à l'idée de nous arrêter ou de nous mettre à couvert. À neuf heures au rapport, c'est l'ordre. Pour la première fois je peux sentir avec la troupe. Comme l'ordre rend les choses faciles ! Avec quelle merveilleuse facilité on traverse le feu quand l'ordre vous l'enjoint. Bienheureux le peuple qui pourrait se régler sur un ordre, confiant, certain que cet ordre est juste car conçu par les meilleurs d'entre les meilleurs ; tout comme l'est ici, sur l'Isonzo, l'ordre qui nous pousse en avant, coupe toute retraite, et protège notre propriété ! Des blessés nous rattrapent. L'un d'eux est devenu sourd-muet. Il nous fait signe et nous montre ce qui lui est arrivé. Les combats s'achèvent. Nous pouvons donc nous en aller. Le lendemain je me dis, allons, pour cette fois laisse tomber le Monte San Michele. Aujourd'hui mon chemin me conduit vers la division voisine, les unités hongroises de l'armée. Une odeur de cadavre flotte sur la route. Nul boulevard de grande ville n'est aussi animé que cette route balayée par les obus. Depuis huit à dix mois gisent ici des cadavres transpercés, complètement momifiés. Les tranchées sont étroites, tout juste la largeur d'un homme et les soldats y dorment à même le sol, couchés de tout leur long. On les enjambe, ils ne se réveillent pas. Nous dénombrons six impacts et réussissons une rapide prise de vue. On me laisse jeter un coup d'œil depuis une plaque blindée et contempler l'entonnoir. Chez le commandant du bataillon on me donne un verre de liqueur aux œufs. Ça fait du bien. Mes nerfs vibrent encore de ces éternelles détonations tout autour. Six tirs — six fois dans le mille. J'impressionne d'images une plaque après l'autre pour les temps futurs. Puis de retour ici. Chez le brigadier, un petit-déjeuner nous attend ; je l'accepte de bon cœur. Quel petit-déjeuner — ! Puisque Cadorna m'a cette fois encore épargnée, puisque l'obus a eu cette fois encore un petit quart d'heure de retard, il y eut une bouteille de champagne, du vrai, et en récompense spéciale une boîte d'authentique caviar. Des croissants croustillants et des fleurs de toutes les couleurs, des radis et une nappe damassée — des contrastes pareils, ça n'existe qu'au front !

LES OFFICIERS : Puisque Cadorna l'a cette fois encore épargnée, puisque l'obus a eu cette fois encore un petit quart d'heure de retard —

Il y eut de belles fleurs, du caviar, des croissants,
C'est comme ça qu' ça doit être, c'est bien évident.

Car de l'état-major nous sommes les mandarins,
Nous menons une belle vie, nous ne manquons de rien.

Les tranchées, non merci, nous n'y allons jamais,
Le champagne, il faut dire, ils n' savent pas ce que c'est.

Au lieu de caviar et de bons croissants chauds
On ne trouve là-bas que la mort en héros.

Ripaillons, ce sont eux qui le paient de leur vie.
Qu'il est beau de tomber, n'est-ce pas, pour la patrie.

Chacun sait c' qui se passe dans nos états-majors :
Quand nous autres tombons, c'est qu'nous sommes
[ivres morts.

Cadorna une fois d' plus nous aura épargnés.
[: Des contrastes pareils ça n'existe qu'à l'armée :]

(Changement.)

Scène 8

Commandement de division.

UN COMMANDANT : Votre Excellence, cette entreprise était vouée à l'échec à cause d'une carence de l'artillerie. L'ennemi a carrément fait un carton sur les pontons qu'on avait mis à l'eau et sur leurs équipages. Des centaines de cadavres ont disparu ce jour-là dans les flots du San et pour finir nous avons dû renoncer à franchir le fleuve. Nous voilà à présent dans la même situation.

KAISERJÄGERTOD [38] : Il nous faut tenir coûte que coûte.

LE COMMANDANT : Votre Excellence, les troupes meurent de froid dans des trous glacials, envahis par la nappe phréatique.

KAISERJÄGERTOD : À combien estimez-vous les pertes prévisibles ?

LE COMMANDANT : À quatre mille.

---

38. Mortdeseshommes, surnom donné au maréchal Ludwig Fabini.

KAISERJÄGERTOD : Les troupes seront sacrifiées, conformément aux ordres.

LE COMMANDANT : Quand ils sortiront de leurs trous ils pataugeront jusqu'aux genoux dans la neige et vous voudriez qu'ils attaquent une position ennemie sur les hauteurs.

KAISERJÄGERTOD : Vous n'avez donc pas d'aumônier pour ragaillardir vos hommes ? Il ne faut à aucun prix retarder l'offensive !

LE COMMANDANT : Votre Excellence, il y a tellement de neige qu'un régiment entier se ferait anéantir.

KAISERJÄGERTOD : Un régiment ? Qu'ai-je à faire d'un régiment !

LE COMMANDANT : Les hommes sont dans l'eau, le ventre vide. Ils opposent une résistance désespérée aux assauts puissants et ininterrompus des Russes.

(On appelle Kaiserjägertod au téléphone.)

KAISERJÄGERTOD : Quoi ? La relève ou bien du renfort ? Colonel, il vous faut tenir jusqu'au dernier homme, je n'ai pas de troupes disponibles et la retraite c'est pas mon genre, quel qu'en soit le prix ! Quoi ? Vous voudriez un jour de répit pour faire sécher les vêtements. Que dites-vous ? Vos braves Tyroliens se font tuer, leurs cadavres jonchent la rive et le fleuve ? *(Hurlant.)* C'est pour se faire tuer qu'ils sont là ! Terminé ! — Bon, et vous, je n'ai rien d'autre à vous dire. Les troupes tiendront leurs positions, il y va de mon existence ! *(Il sort.)*

(Changement.)

Scène 9

Une division allemande de réserve.

UN COLONEL *(dictant)* : — venons-en au dernier point de l'ordre du jour. Notez ! La laverie masurienne de Lötzen a rendu au général von Schmettwitz [39] trois cols droits,

---

39. Nom à consonance slave germanisée, signifiant approximativement Blague tonitruante.

blancs, marque Maingau, taille 42, sans initiales, qui ne lui appartiennent pas. Manquent en revanche trois cols droits blancs, taille 43, dont deux avec les initiales v. Sch., et pourvus tous trois d'un fil gris à la boutonnière arrière. Prière de procéder à l'échange.

(Changement.)

Scène 10

Trois Allemandes à la mode en train de feuilleter un journal de mode allemand.

PREMIÈRE ALLEMANDE À LA MODE : Regarde, 4393, ensemble « nymphe au carillon », en soie lilas clair. Jupe bouffante, bordure dentelée ; coiffe en forme de cloche — c'est l'idéal pour le carnaval !

DEUXIÈME ALLEMANDE À LA MODE : Non non, 4389, ensemble « canon de mortier », en satin lustré avec des motifs de mortier; la coiffe en forme de grand mortier — ça c'est l'idéal. Et nous sommes en plein carnaval !

TROISIÈME ALLEMANDE À LA MODE : Et qui plus est, on consent à un sacrifice. D'un ensemble cloche, on fait un ensemble mortier.

(Changement.)

Scène 11

L'abonné et le patriote en conversation.

LE PATRIOTE : Que dites-vous de l'exagération dont font montre les pays ennemis à l'égard de cette mutinerie avortée de trois, je dis bien trois marins allemands ?

L'ABONNÉ : La seule réponse possible : une grande mutinerie au sein de la flotte anglaise.

LE PATRIOTE : Où ça, pourquoi ?

L'ABONNÉ : À Spithead in the Nore.

LE PATRIOTE : Vous m'en direz tant — là, une mutinerie ?

L'ABONNÉ : Et comment ! Mutinerie, c'est peu dire ! La mutinerie s'est étendue à la quasi totalité de la flotte de l'amiral Duncan. Les mutins ont bloqué la Tamise avec vingt-six bâtiments.

LE PATRIOTE : Ça alors, c'est écrit où, c'était quoi cette mutinerie ?

L'ABONNÉ : Cette mutinerie semblait le prélude d'une révolution.

LE PATRIOTE : Vous m'en direz tant ! Quelle révolution, quelle mutinerie ?

L'ABONNÉ : Quelle mutinerie ? La mutinerie que rappelle cet honorable lecteur dans son courrier !

LE PATRIOTE : En effet — mais c'était quand ?

L'ABONNÉ : Vers la fin.

LE PATRIOTE : Mais on n'en a jamais entendu parler ? Et c'est maintenant qu'on l'apprend ? Dites-moi, je vous en prie, c'était quand ?

L'ABONNÉ : 1797.

LE PATRIOTE : Ben, c'était la fin de quoi ! ?

L'ABONNÉ : La fin du XVIIIe siècle !

LE PATRIOTE : Ben — quel intérêt ?

L'ABONNÉ : Ben — on en parle !

LE PATRIOTE : Ben, pourquoi pas, si c'est vrai en plus ! Vous savez, si ça peut avoir une influence sur le moral de l'Entente, ça me ferait plaisir, surtout si en France, par exemple —

L'ABONNÉ : Ben, que voulez-vous de plus — la Révolution a bel et bien éclaté en France !

LE PATRIOTE : Ça alors — c'est écrit où ? !

(Changement.)

Scène 12

Gare de marchandises à Debrecen. Un wagon gardé par des sentinelles. Inscription à la craie : 40 hommes, 6 chevaux. Des curieux tout autour.

UNE SENTINELLE *(à la population)* : Allez-vous en !

LE LIEUTENANT BEINSTELLER [40] : Ça fait combien de temps qu'ils sont accrochés là-dedans ?

LE SOUS-LIEUTENANT SEKIRA [41] : À peine une heure et demie.

BEINSTELLER : Donc encore une demi-heure ! Il y en a combien ?

SEKIRA : Vingt.

BEINSTELLER : Donc on peut encore en mettre vingt ! Ils ne dégustent pas assez, ces troufions.

SEKIRA : Pourtant je les ai fait raser à sec et après je les ai giflés. Si un jour on n'a plus le droit de les attacher, je sais ce que je fais. Je te fourre les gars dans une guérite — je te les enveloppe de barbelés, et ils resteront au garde-à-vous !

(Changement.)

Scène 13

À l'hôtel de ville de Vienne.

L'OFFICIER MUNICIPAL *(au demandeur qui se tient devant lui)* : Eh bien, si vous voulez partir à la campagne — on va voir ça tout de suite, il suffit de vous conformer au règlement que voici, écoutez bien. (*Il lit, soulignant avec une animation particulière certains mots tout en effectuant avec l'index de la main droite un geste ininterrompu qui semble couper court à tout espoir.)* « Les personnes qui en 1917 changent passagèrement de domicile pour s'installer dans une station thermale ou, pour une durée d'au minimum quatre semaines, dans un lieu de cure ou de villégiature, sont tenues de déclarer leur départ avant le premier juin au plus tard auprès des autorités administratives de leur domicile fixe, au moyen du formulaire officiel qu'ils pourront y retirer et où ils inscriront leur nom, leur domicile fixe, le lieu de leur séjour estival, le jour probable de leur arrivée, le nombre d'accompagnateurs et la

---

40. Crocenjambe.
41. Cassepieds.

durée prévue du séjour ; ils enverront un deuxième exemplaire, identique, de cette déclaration de départ aux autorités administratives du lieu de séjour choisi. Ces personnes sont tenues avant leur départ de se procurer auprès du bureau d'émission de cartes de pain un bul-le-tin-d'in-va-li-da-tion-des-car-tes-d'a-li-men-ta-tion, et de faire invalider par une attestation du détaillant concerné, portée sur le bul-le-tin-d'in-va-li-da-tion-des-car-tes-d'a-li-men-ta-tion, leur droit aux aliments dont la vente est sectorisée. Le détaillant d'aliments sectorisés est tenu d'établir une liste où il inscrira nom, domicile, jour du départ et nombre d'accompagnateurs des déclarants, de même que la quantité d'aliments ainsi récupérée ; cette liste sera présentée à la fin de chaque semaine au bureau chargé de l'octroi des aliments par secteurs. À la station thermale, au lieu de cure ou de villégiature, ces personnes, aussi bien à leur arrivée qu'à leur départ, sont tenues de se présenter au bureau d'émission de cartes de pain, munies de leur bul-le-tin-d'in-va-li-da-tion-des-car-tes-d'a-li-men-ta-tion. *(Le demandeur s'éclipse.)* Les cartes d'alimentation ne seront délivrées sur les lieux du séjour estival aussi bien qu'après le retour au domicile fixe que sur présentation du bul-le-tin-d'in-va-li-da-tion-des-car-tes-d'a-li-men-ta-tion portant les mentions des bureaux respectifs. Les responsables politiques locaux ont été habilités à sectoriser l'achat d'aliments par les non-résidents et en outre à réglementer la distribution des repas dans les salles de restauration des stations thermales, des lieux de cure et de villégiature. En règle générale, les restaurants n'auront droit à l'octroi d'aliments supplémentaires destinés à la subsistance de ceux qui fréquentent les bains, les cures et les villégiatures qu'à condition de fournir la preuve de leurs besoins accrus en présentant les coupons prélevés sur les cartes des consommateurs. Pour les voyageurs de passage dans les stations thermales, les lieux de cure et de villégiature, aucune mesure particulière de subsistance ne peut être envisagée. En outre, afin d'empêcher l'accaparement de denrées alimentaires, les responsables politiques ont été habilités à interdire à ceux qui fréquentent les stations thermales, les lieux de cure et de villégiature, d'acheter certains aliments directement chez le producteur. » Bon, voilà, vous êtes au courant, vous n'avez plus qu'à — *(Il lève les yeux.)* Il est passé où, celui-là ? *(Il cherche par terre.)* Monsieur, attendez votre bulletin d'invalidation des cartes d'alimentation ! *(Secouant la tête.)* Drôle de bonhomme. Les gens se croient tout permis ! *(Il continue à chercher, puis se relève.)* Trop pressé pour attendre, celui-là. Si ça se trouve, il est déjà à la campagne !

(Changement.)

Scène 14

Cinéma. Au programme : Hélas, Amélie, qu'as-tu fait ? *et le film policier à succès* Personne ne m'échappe. *On entend l'air* Ma petite poupée, astre de mes yeux.

LE RÉGISSEUR DE LA SALLE *(s'avançant)* : Et maintenant la toute première projection du grand film sur la Somme. Les scènes de la terrible bataille de l'automne 1916 qui enterra le grand espoir de nos ennemis se déroulent en trois parties. Les pas imposants des colonnes de réservistes allemands résonnent à perte de vue. — Les monstres modernes des machines de guerre ouvrent grand leurs gueules étincelantes, les armes les plus effroyables de l'ère de la technique donnent la cadence. — Franchissant les champs de mines, les obstacles, traversant les ruelles de la mort grosses d'explosifs, ils se jettent dans un brûlant corps à corps ! — Et fauche la grenade !... De tranchée en tranchée, ils s'engouffrent dans la position-clé. L'artillerie, la nôtre, reprend haleine et sème l'épouvante dans les réserves ennemies.

UNE VOIX DE FEMME : Bas les pattes, Émile !

(Changement.)

Scène 15

L'abonné et le patriote en conversation.

L'ABONNÉ : Que dites-vous de ces rumeurs ? À Vienne on répand la rumeur qu'il y a des rumeurs en Autriche. Elles se répandent même de bouche en bouche, mais personne ne peut vous dire —

LE PATRIOTE : On ne sait rien de précis, ce ne sont que des rumeurs. Il doit pourtant y avoir du vrai, si même le gouvernement fait savoir qu'il y a des rumeurs.

L'ABONNÉ : Le gouvernement met explicitement en garde ceux qui croient ces rumeurs ou les répandent, et exhorte tout un chacun à contribuer de la manière la plus diligente et la plus énergique à la répression de ces rumeurs. Eh bien, je fais ce que je peux, partout où je vais, je dis : qui attache de l'importance aux rumeurs ?

LE PATRIOTE : Eh bien, le gouvernement hongrois dit lui aussi qu'à Budapest on répand la rumeur qu'il y a bien des rumeurs en Hongrie, et il met en garde lui aussi.

L'ABONNÉ : En un mot, les rumeurs sont répandues dans toute la monarchie, ça en a tout l'air.

LE PATRIOTE : Je crois bien. Vous savez, si on ne l'avait appris que par une vague rumeur — mais le gouvernement autrichien le dit explicitement, et les Hongrois aussi.

L'ABONNÉ : Il doit y avoir du vrai. Mais qui attache de l'importance aux rumeurs ?

LE PATRIOTE : Ça va de soi. Quand je rencontre quelqu'un de ma connaissance avant toute chose, je lui pose la question : avez-vous entendu parler de ces rumeurs, et s'il dit que non je lui dis qu'il ne faut pas les croire, mais, en cas de nécessité les combattre immédiatement de la manière la plus diligente et la plus énergique. C'est bien le moins de ce qu'on peut exiger —

L'ABONNÉ : Il doit y avoir du vrai, sinon les trois députés, vous savez, ceux qui sortent toujours ensemble, ne seraient pas intervenus auprès du Premier ministre pour attirer son attention sur les rumeurs en circulation.

LE PATRIOTE : Eh bien, vous voyez ! Mais le Premier ministre a répondu que les rumeurs en question actuellement en circulation étaient parfaitement connues de lui.

L'ABONNÉ : Eh bien, vous voyez ! Vous savez ce que je crois ? Je vous le dis en toute confidence — ces rumeurs concernent la Maison —

(Il s'interrompt net, mettant le journal devant sa bouche.)

LE PATRIOTE : Que me dites-vous là ! J'en sais même plus. Ceux qui répandent ces rumeurs veulent saper la foi que la population a en Elle !

L'ABONNÉ : Qu'est-ce que vous dites ! Et il paraît même que ces rumeurs s'entendent simultanément dans des lieux différents, et que donc —

LE PATRIOTE : — on a raison de supposer que l'on a à faire à une organisation des rumeurs.

L'ABONNÉ : C'est ce qu'on dit ! Mais finalement ce ne sont que des rumeurs, qui peut affirmer si clairement — allons donc, simultanément à des endroits différents !

LE PATRIOTE : Ne dites pas cela. Vous savez ce qu'on dit ? On dit que ces rumeurs sont une nouvelle manifestation des tentatives en provenance des rangs de nos ennemis pour semer le trouble chez nous. Mais ce sont des efforts bien vains !

L'ABONNÉ : Je l'ai entendu aussi. On dit même que ces rumeurs font partie de l'arsenal de nos adversaires qui ne reculent devant aucun moyen pour ébranler l'édifice de la monarchie et pour desserrer les liens d'amour et de vénération qui nous attachent à la Maison — *(Il s'interrompt net, mettant le journal devant sa bouche.)*

LE PATRIOTE : Que dites-vous là ! Eh bien — ils vont tomber sur un os !

L'ABONNÉ : Vous savez quoi ?

LE PATRIOTE : Eh bien — ?

L'ABONNÉ : J'aimerais savoir ce qu'il y a de vrai dans ces rumeurs !

LE PATRIOTE : Je peux vous le dire, moi : il n'y a rien de vrai, la meilleure preuve en est qu'on ne sait même pas ce que c'est comme rumeurs. Vous savez quoi ?

L'ABONNÉ : Eh bien — ?

LE PATRIOTE : J'aimerais savoir ce que c'est comme rumeurs !

L'ABONNÉ : Eh bien, que voulez-vous que ce soit, ces rumeurs ! De belles rumeurs ! Elles se répandent de bouche en bouche, mais personne ne peut vous dire —

LE PATRIOTE : On en est réduit à se fier à des rumeurs !

(Changement.)

Scène 16

Commandement militaire.

UN CAPITAINE *(dictant un texte)* : Secret militaire ! – Un prisonnier de guerre qui pour des raisons futiles s'est enfui de son lieu de travail et a été rattrapé, sera pour toute punition attaché au moins une fois pendant deux heures — *(Le téléphone sonne.)* Qu'est-ce qu'il y a ? — Ah bon — oui, bien sûr — 20 kilos de farine extra-fine — bon, je verrai — salut ! — On en est où ?

LE SECRÉTAIRE : — attaché au moins une fois pendant deux heures —

LE CAPITAINE : — et après accomplissement de sa peine, renvoyé au plus tôt sur son lieu de travail. Les commandements des camps de prisonniers, en appliquant tout l'éventail des punitions autorisées et en attribuant les travaux les plus pénibles au camp de prisonniers de guerre, tâcheront de contrarier autant que faire se peut le séjour du prisonnier qui s'était enfui, a été rattrapé et réaffecté au camp de prisonniers. — *(Le téléphone sonne.)* Quoi encore ? — Ah bon — oui, bien sûr — inapte au service armé — 5 kilos de lard — dis-lui qu'on verra ce qu'on peut faire — Note tout sur la liste — Attends, un instant, n'oublie pas, le rédacteur du journal, rappelle-lui les billets pour *Sang de Hussards*, téléphone-lui, tu entends — J'arriverai un peu plus tard, salut, ma vieille ! — On en est où ?

LE SECRÉTAIRE : — contrarier —

LE CAPITAINE : — autant que faire se peut — le séjour. On observera qu'en général, les mesures de privation de liberté semblent peu appropriées pour diminuer les cas de fuite sauf si elles sont appliquées avec les aggravations autorisées les jours consacrés réglementairement au repos ou considérés comme fériés. — Voilà — il va être quatre heures. Bonjour, Messieurs, passez de bonnes nuits !

(Changement.)

Scène 17

Ministère de la Guerre.

UN CAPITAINE *(lisant un texte)* : Secret militaire ! – Eu égard au million ou presque de prisonniers de guerre russes qui au cours des mois à venir quitteront la monarchie austro-hongroise pour regagner leur pays, les sentiments avec lesquels ces prisonniers se rappelleront le temps passé dans notre patrie sont d'une importance capitale. Une action déclenchée par nos soins au moment opportun semble donc hautement souhaitable afin d'atténuer leurs impressions et expériences malheureuses en captivité et de raviver et d'affermir celles qui furent agréables et réjouissantes. Afin d'obtenir un effet durable sur les prisonniers russes, la propagande auprès des prisonniers russes ne se limitera naturellement pas à la tenue de conférences. Au contraire, il sera nécessaire, jusqu'à l'évacuation définitive, d'agir favorablement sur les prisonniers russes par d'autres moyens, à tous points de vue, autant que faire se peut. — À la ligne.

Avec une conviction jaillie de la plus profonde sincérité, c'est en Autriche-Hongrie justement que l'on peut sans arrière-pensée donner aux Russes rentrant chez eux l'assurance que notre patrie n'a nullement voulu la guerre et ardemment souhaité la paix — c'est pas mal qu'il souligne ça, on est des enfants de chœur, nous autres, de toute façon —

LE SECRÉTAIRE : Comment ? On est —

LE CAPITAINE : Non, ça vous ne l'écrivez pas ! – donc, souhaité la paix, que l'on regrette expressément, franchement les rigueurs incontestablement liées au sort des prisonniers en captivité et que tous les torts subis — allons, allons ! — par les prisonniers ne sont nullement le fait de ressentiments, de mépris ou pire de haine à l'égard du peuple russe, mais proviennent uniquement des difficultés accumulées en raison de la durée prolongée du conflit. — À la ligne. Nous en arrivons maintenant au cœur du problème. É-co-no-mique-ment : Dans la mesure où les faits prouvent que l'on ne surmontera les grandes difficultés nées partout de la durée prolongée de l'état de guerre et de troubles que grâce au déploiement maximal de toutes les forces de travail disponibles et grâce à la mise en route parallèle, rapide et généreuse, dépassant les frontières des États, de l'échange des biens, les russes rentrant au pays finiront par comprendre tout à fait la nécessité absolue de nouer rapidement et sans réserve des relations commerciales avec la Monarchie.

Le commandant du camp visitera les différentes unités d'habitation et liera des contacts personnels avec les prisonniers russes. *(D'une voix chaleureuse.)* Il se servira des plaintes au sujet de l'alimentation et de l'habillement pour prouver aux Russes que ce n'est pas notre faute mais celle de nos ennemis à l'Ouest et que nous donnerions avec joie davantage tout spécialement aux prisonniers russes si nous disposions de plus. À présent les Russes, eux, ne sont plus nos ennemis. *(Encore plus chaleureux.)* D'ailleurs nous ne les avons jamais considérés comme ennemis, ainsi que le prouvent les nombreuses guerres antérieures qui virent Russes et Austro-hongrois se battre vaillamment côte à côte. Le commandant du camp se rendra de temps à autre aux cuisines quand la viande ou les poissons sont sur le point d'être distribués. Il en prendra un, deux ou quatre à l'instant où —

LE SECRÉTAIRE : Comment ?

LE CAPITAINE : — à l'instant où avec leur gamelle ils vont du lieu de distribution à leur couche. *(Avec zèle.)* Poser la gamelle, apporter la balance, peser la viande ou le poisson. Plus il a de public, mieux c'est. Ensuite, le livre de comptes, combien de viande a été achetée au total, ce jour-là ? Retrancher 25 % pour les os, 20 % pour la cuisson, diviser le reste par le nombre de portions et *(Menaçant.)* s'il manque ne serait-ce que dix grammes sur une portion – eh bien, sur 200 portions, par exemple, deux kilos de viande ou de poissons auront été volés. *(Sévèrement.)* Qui a fait ça ? Commission d'alimentation, cuisiniers, chargés d'inspection, au rapport ! — À la ligne ! *(Avec sensiblerie.)* Les cœurs russes s'ouvriront grand, de plus en plus grand lorsque le colonel lui-même leur dira de temps à autre les dernières nouvelles de Russie qu'il vient de glaner dans le *Morgenblatt*. *(Prenant la pose.)* Avec droiture et obéissance, ils l'accueilleront d'un salut —

UN ASPIRANT *(entrant)* : Mon capitaine, avec votre permission, le colonel demande le rapport sur les prisonniers de guerre russes.

LE CAPITAINE : Le décret sur la propagande ? Je m'y consacre, justement.

L'ASPIRANT : Pas sur la propagande, sur les morts de faim.

LE CAPITAINE : Les morts de faim ? Où est-ce qu'ils sont encore morts de faim ? On l'a ici, ce dossier ?

L'ASPIRANT : Il s'agit du cas de ce Russe qui dormait sur une couche avec deux autres et qui est mort de faim. Il était déjà en état de décomposition quand l'inspecteur est entré dans la pièce, et les deux autres étaient si faibles qu'ils n'ont pas pu se lever ni appeler.

LE CAPITAINE : Minute – dis au colonel que je vais de suite consulter les arrivages mais pour l'instant je m'occupe de la propagande, tu sais, pour atténuer les impressions malheureuses des prisonniers de guerre et qu'on puisse de nouveau nouer des relations commerciales et qu'ensuite ils nous envoient des vivres, les Russes, une fois qu'ils sont rentrés chez eux, etc.

(Changement.)

Scène 18

Gouvernement provincial à Brno.

LE GOUVERNEUR : J'ai une idée ! *(À son secrétaire.)* Parmi les enseignements les plus importants que nous pouvons, que nous devons tirer de cette guerre mondiale meurtrière et des sacrifices qu'elle exige de la part de la population tout entière, le moindre n'est certainement pas l'importance de l'éducation dans l'esprit patriotique qu'il faut transmettre à notre jeunesse dès l'école, de la connaissance et de l'amour de la patrie, dans ses limites les plus étroites et les plus larges, qu'il faut lui inculquer, et de tous ces germes qu'il faut planter dans l'âme enfantine et dont naîtront ces magnifiques qualités viriles qui rendront le jeune homme apte à satisfaire en tant que patriote enflammé, animé par l'amour et par le sens du devoir et de la fidélité envers la Maison impériale — —

(Changement.)

Scène 19

Kragujevac, tribunal militaire.

LE PROCUREUR-LIEUTENANT *(criant vers une autre pièce)* : Qu'ils aillent se faire pendre ! *(Au greffier.)* Vous avez mis au propre les trois condamnations à mort ? Les trois gars de Karlova qui avaient des fusils.

LE GREFFIER : Oui, mon lieutenant, mais *(Avec hésitation.)* je — je voudrais faire remarquer un point, j'ai — j'ai fait une découverte — à savoir qu'ils n'ont que dix-huit ans —

LE PROCUREUR-LIEUTENANT : Et alors ? Où voulez-vous en venir ?

LE GREFFIER : Euh — ils ne peuvent pas — selon le code militaire, être passés par les armes— il faut commuer la condamnation — en travaux forcés —

LE PROCUREUR-LIEUTENANT : Donnez ! *(Il lit.)* Hum. Nous n'allons pas modifier la condamnation, mais leur âge. De toute façon, ils sont costauds, les gars. *(Il trempe sa plume.)* Au lieu de dix-huit on va mettre vingt et un. (*Il écrit.)* Voilà, on va pouvoir les pendre tranquille.

(Changement.)

Scène 20

Commissariat.

L'INSPECTEUR : Ah, encore une de ces traînées syphilitiques ! Et pleine de poux !

UN AGENT : Je la connais. Elle a déjà un casier pour vol et elle a fait de la tôle pour vagabondage. Elle est déjà passée à l'hôpital.

L'INSPECTEUR : Quel âge tu as ? À qui tu es, toi ?

LA FILLE DE DIX-SEPT ANS : Mon père est mobilisé, ma mère est décédée.

L'INSPECTEUR : Depuis quand tu mènes cette vie-là ?

LA FILLE DE DIX-SEPT ANS : Depuis 1914.

(Changement.) [42]

Scène 22

Assemblée générale de guerre du comité de soutien social-démocrate dans l'immense circonscription du Grand Berlin : Teltov-Beskov-Storkov-Charlottenburg.

LE CAMARADE SCHLIEFKE (de Teltov) : — — En tant qu'orateur général de l'assemblée générale de guerre du comité de soutien social-démocrate de la circonscription du Grand Berlin Teltov-Beskov-Storkov-Charlottenburg, je résumerai donc : quand des sociaux-démocrates prussiens acceptent l'invitation du ministère impérial de l'Intérieur et que le Kaiser participe à cette réunion, cela ne constitue pas une atteinte aux principes fondamentaux de la social-démocratie. Le camarade David, pour sa part, a réagi avec justesse en acceptant l'invitation du Kronprinz. La social-démocratie est un parti révolutionnaire *(Cris : « Oh oh ! »)* — par conséquent, quand des circonstances nouvelles l'exigent, il lui faut aussi rompre avec de vieilles traditions.

INTERPELLATION : Avec les traditions de la Cour ?

SCHLIEFKE : — Je veux dire avec ses traditions à elle ! Il lui faut être révolutionnaire dans ses propres rangs. C'est en effet un parti entièrement voué à la révolution ! (*Vive approbation.)*

(Changement.)

Scène 23

Au village de Postabitz.

UNE FEMME *(écrivant à une table)* :

42. Manque ici une scène dans un bar berlinois, qui repose sur des spécificités et des expressions locales ; adaptée en français, elle n'a pas de sens.

Mon époux adoré !

Je t'aprend que j'ai fauter. J'y suis pour rien, cher époux. Tu me pardone tout ce que je t'aprend. Je suis tombé enceinte à cause d'un autre. Je sais que tu est bon et que tu me pardone tout. Il m'a embobiner, il disait que n'importe comment tu reviendra pas du front et en plus j'avais mon moment de féblesse. Tu connai la féblesse des femmes et tu ne peut rien mieux faire que de pardoner, de toute façon la chose est arrivé. Je me disai aussi qu'à toi aussi il a du t'ariver quelque chose, parceque ça fesait trois mois aussi que tu n'a plus rien écris. Je me suis toute effrayé quand j'ai reçu ta lettre, et que tu es encore vivant. Je t'en félicite, mais pardone-moi, mon Franz, peut-être l'enfant va mourrir et après tout est pour le mieux. Je n'aime plus ce gars parce que je sais que tu es encore vivant. Chez nous tout es très cher, c'est bien que tu est parti, au front au moins le mangé ne te coute rien. Les sous que tu m'a envoyer, j'en ai grand besoin. Je t'embrasse encore une fois, ta femme inoubliée,

Anna

(Changement.)

Scène 24

Une ruelle. Sous un porche un soldat avec deux médailles sur la poitrine. Son calot est profondément enfoncé sur son visage. À ses côtés sa petite fille qui l'a conduit jusque là et qui à présent se baisse pour ramasser sur le trottoir un mégot qu'elle lui met dans la poche. Dans la cour de la maison, un invalide avec un orgue de Barbarie.

LE SOLDAT : C'est bien, il y en a assez. *(Il sort une pipe en bois que la fillette bourre avec le tabac des mégots.)*

UN SOUS-LIEUTENANT *(qui vient de passer, se retourne, cassant)* : Vous ne m'avez pas vu ?

LE SOLDAT : Non.

LE SOUS-LIEUTENANT : Comment ? — Ah, je vois — *(Il s'éloigne. Le soldat, conduit par l'enfant, s'éloigne dans la direction opposée. L'orgue de Barbarie joue la marche* Vive Habsbourg !*)*

(Changement.)

Scène 25

Grand Quartier Général.

UN COMMANDANT *(à un autre)* : Les fronts, vraiment, ça ne crée que des embêtements. Voilà encore de ces fichus rapports dont on ne sait que faire. Si je les remets à Waldstätten il sera furieux, si je ne les lui remets pas il sera tout aussi furieux. Bon, que faire alors ? Tiens, regarde :

« Dans de nombreux régiments, une augmentation des rations alimentaires s'impose de toute urgence afin de maintenir l'allant des troupes sur le plan physique. Dans une division, le poids moyen du soldat est de cinquante kilos. » Tu vois ! — Et ça :

« N'importe quel déserteur à l'arrière, même obligé de vivre caché dans les forêts, parvient à mieux se nourrir que l'homme au front ». Déserteur ! Comment ose-t-il écrire ça ! « Quant à l'habillement, souvent on ne dispose plus d'uniforme complet, il manque la chemise ou le caleçon ou tous les deux. Les uns n'ont plus de manches à leur chemise, aux autres il manque le dos et d'autres encore ne possèdent plus qu'une moitié de caleçon et ont aux pieds des fragments de chiffons. Ceux qui souffrent de malaria doivent attendre tout nus que leurs hardes soient lavées et séchées. » Leurs hardes ! Quel ton se permet le front à notre égard ! Comme si nous étions responsables, il ne manquerait plus que ça ! » Dans un autre régiment, un homme sur trois n'a pas de manteau. Il existe même aux avant-postes des hommes avec casque et manteau mais sans pantalon. » Eh ben, ça doit être drôle à voir. « Il ne s'agit même plus de l'honneur du soldat, c'est la simple dignité humaine qui est blessée. » Allons, il ne faut pas exagérer. Ils nous parlent sur un ton ! Ces gens au front ne connaissent ni les nécessités impératives de la guerre ni les formes qui conviennent à l'égard du G.Q.G. Comme si c'étaient nous qui avions commencé cette guerre ! Qu'est-ce qu'ils ne vont pas inventer. Tiens regarde :

« Afin de remonter le moral, il conviendrait de répartir les membres les plus jeunes de la très haute Maison impériale dans des troupes de combat et dans des secteurs du front particulièrement difficiles. » Alors là, permets — c'est carrément offenser les membres de la Maison impériale ! Non, mon brave monsieur, nous ne remonterons pas le moral à ce prix-là — nous allons le leur remonter autrement, ils vont voir ! C'est du défaitisme pur et simple — Envoyer au front des membres de la Maison impériale ! Manquerait plus que ça !

L'AUTRE COMMANDANT : Pourquoi tu t'énerves ? Tu crois qu'ils iraient ?

(Changement.)

Scène 26

Après l'offensive d'hiver sur les Sette Communi. Place d'armes dans le cantonnement. Les résidus d'un régiment. Les hommes sont tous d'une maigreur squelettique. Avec leurs uniformes en hardes, leurs chaussures en lambeaux, leurs sous-vêtements encrassés, on dirait à première vue un ramassis de mendiants malades et déguenillés. Ils se lèvent avec peine, s'entraînent à manier les armes et à saluer.

LE PREMIER CORRESPONDANT DE GUERRE : Comme ils seront radieux quand ils apprendront que le chef suprême qui séjourne en ce moment au front auprès de ses valeureuses troupes daigne passer en revue le régiment victorieux.

LE SECOND CORRESPONDANT DE GUERRE : Il séjourne encore au front, à Gries près de Bozen, mais il ne va plus tarder. J'ai le sentiment qu'ils savent déjà.

UN SOLDAT *(à un autre)* : Il fallait qu'il se ramène, ce peigne-cul !

LE DEUXIÈME SOLDAT : C'est pas au feu qu'on le verrait !

LE PREMIER CORRESPONDANT DE GUERRE : L'empereur jouit d'une confiance aveugle parmi ses soldats.

LE SECOND CORRESPONDANT DE GUERRE : Rien qu'un sourire impérial et ils sont heureux, ces braves.

UN CAPITAINE : Saperlotte, de la prestance, Sa Majesté arrive ! Bien sûr, une permission — vous auriez apprécié. C'est pas parce que vous êtes revenus au cantonnement que vous allez avoir une permission. Des clous. Sa Majesté vient passer en revue son glorieux régiment, pas un homme ne manquera, tas de vauriens !

LE PREMIER CORRESPONDANT DE GUERRE : Regardez donc, très intéressant ce qui se passe. Ils se changent. Un équipement tout neuf de la tête aux pieds.

LE SECOND CORRESPONDANT DE GUERRE : Que fait-on de leurs vieilles hardes ?

LE PREMIER : On les leur restituera quand l'empereur sera parti.

LE SECOND : Regardez, ce qu'ils font — c'est quoi ?

LE PREMIER : Quelle question ! On met au premier rang les hommes décorés et qui présentent le mieux, ils changent de place, quoi.

LE SECOND : Je le vois bien, mais qu'est-ce qu'ils font à leur visage ?

LE PREMIER : Ce qu'ils font à leur visage ? Pauvre niais, vous ne le savez donc pas ? Il se frottent le visage avec de la neige afin que chaque homme ait de bonnes couleurs aux joues, même les malades.

LE SECOND : Excellente idée ! Regardez donc leurs mines florissantes ! Mais que se passe-t-il maintenant ? Il y a une distribution.

LE PREMIER : Des cartes à l'effigie de l'empereur. En contrepartie, ils auront moitié moins de pain.

LE SECOND : Ils seront nombreux à se réjouir de cet échange, les vaillants soldats ! — Mon Dieu, les voitures — vous n'entendez pas ?

(Arrivent les automobiles. Des personnages corpulents en descendent. Parmi eux, un plus chétif enveloppé d'épaisses fourrures avec de gros protège-oreilles. On n'en distingue guère que deux lèvres charnues.)

LE PREMIER : Tenez, vous avez la chance d'y assister en personne : le chef suprême inspecte au front les troupes qui s'en rentrent victorieuses de la bataille, et engage la conversation avec le plus humble de ses hommes.

LE SECOND : Sa présence les charme, regardez, tous les cœurs lui sont acquis.

LE PREMIER : Il les électrise.

LE SECOND : Si seulement on pouvait entendre ce qu'il dit, que dit-il ?

LE PREMIER : Rien, mais il sourit.

(À présent on perçoit, passant d'homme en homme, de section en section, à un intervalle régulier de cinq secondes soit « Ah ! Très beau ! » soit « Ah ! Très bien ! » soit « Ah ! Très fort ! » soit « Ah ! Continuez ! » Cela dure deux heures. Il prend congé des officiers. Les automobiles repartent.)

LE CAPITAINE *(aux soldats)* : Ce que vous avez eu la chance de vivre aujourd'hui vous pourrez le raconter à vos enfants et encore aux enfants de vos enfants, si vous voulez ! Mais d'abord — enlevez-moi tout de suite ces uniformes neufs !

LE PREMIER CORRESPONDANT DE GUERRE : Est-ce que ça en valait la peine ? Ce n'est vraiment pas une partie de plaisir, par moins 28 !

LE SECOND CORRESPONDANT DE GUERRE : Qu'est-ce que je vous disais ? Ce genre de missions, très peu pour moi, et ça ne date pas d'hier ! Mon domaine, c'est le théâtre — Il va falloir que je parle au général de division de cette histoire de théâtre au front. L'idée l'avait emballé.

LE PREMIER : Du théâtre au front ? Mais ils enlèvent déjà leur maquillage !

(Changement.)

Scène 27

La Hofburg. Service de presse.

LE CAPITAINE WERKMANN [43] *(dictant)* : Très honorée rédaction ! Vous m'obligeriez beaucoup en publiant, si possible sans coupures, l'article sur la revue des troupes par Sa Majesté. Il n'est pas trop long et doit paraître aujourd'hui. J'aimerais insister tout particulièrement sur le récit de l'hommage apporté à Sa Majesté. Je fus personnellement témoin de cet accueil réellement bouleversant et n'en ai certainement pas trop dit dans mon article. Veuillez agréer d'avance l'expres-

43. Hommedepeine.

sion de ma profonde reconnaissance ainsi que ma très haute considération —

(Changement.)

Scène 28

Cantonnement du Grand Quartier Général. Un cabaret. Des officiers d'état-major, des profiteurs de guerre, des entraîneuses. L'orchestre joue la Marche du Prince Eugène, Quand le dernier tram s'en va, le gentleman se rend au bar *et* La Garde du Rhin.

À une table à droite, Kohn, un trafiquant viennois, sur ses genoux une fille, derrière, un groupe de serveurs attentifs à ses désirs. À une table à gauche, Fettköter[44]*, un trafiquant berlinois, sur ses genoux une fille, derrière, un groupe de serveurs attentifs à ses désirs. Au centre, une table où sont assis des officiers d'état-major et des filles.*

La scène suit à peu près la mélodie ci-dessous :

u. s. f.

UN OFFICIER D'ÉTAT-MAJOR, IVRE *(soutenu par ses camarades, tapant sur la table)* :

Le front dit-on vacille toujours !
Alors mon sang ne fait qu'un tour.
Le patriote, inébranlable,
Voit bien garnies toutes les tables.
Au front ne manque rien du tout,
L'Autriche-Hongrie restera debout.
Jamais ne vacillera le trône –

LE CHŒUR DES SERVEURS :

Une coupe de champ' pour monsieur Kohn !

LA FILLE À DROITE :

Pourquoi tu fais si grise mine ?

KOHN :

Demain peut-être la guerre s'termine !

---

44. Grosclébard.

L'OFFICIER D'ÉTAT-MAJOR IVRE :

Ce brouhaha me turlupine !

FRITZI-SPRITZI *(donnant une tape sur la main d'un des officiers d'état-major)* :

Pas touche — à moins de vingt kilos d' farine !

LE PATRON *(aux serveurs à droite)* :

Encaisse les militaires dare-dare !
C'est à l'honneur de ces soiffards.

(Aux serveurs à gauche.)

Si le bonhomme se trouve à sec
Surtout j' veux pas d' salamalecs.
Un officier allonge les sous !

L'OFFICIER D'ÉTAT-MAJOR IVRE :

Avec Habsbourg restons debout –

(Il s'écroule sous la table.)

LA PRÉPOSÉE AUX TOILETTES ET LE PERSONNEL DU VESTIAIRE :

Avec Habsbourg restons debout.

FETTKÖTER *(à la fille sur ses genoux)* :

Eh bien — quand Hindenburg saura
Les Autrichiens dans cet état.
C'est un scandale ! On croit rêver !

LA FILLE À GAUCHE :

On a bien l'droit de rigoler !

LES OFFICIERS D'ÉTAT-MAJOR :

Lève-toi, c'est le *Prince Eugène* qu'on joue !

L'OFFICIER D'ÉTAT-MAJOR IVRE *(sous la table)* :

L'Autriche-Hongrie restera debout —

LA PRÉPOSÉE AUX TOILETTES ET LE PERSONNEL DU VESTIAIRE :

L'Autriche-Hongrie restera debout.

FETTKÖTER :

Vous êtes ici dans de beaux draps,
Vot'chère Autriche est flagada.
Vous êtes alliés aux braves Allemands
Mais pour c'qui est du règlement… !

LA FILLE À GAUCHE :

Écoute, mon chou, ferme donc les yeux !

FETTKÖTER :

Voilà, tu flanches, c'est désastreux !
Chez nous, même les réservistes,
Tout le monde est grave mais optimiste !
Garçon, vite l'addition pour moi !

LA FILLE À GAUCHE :

Ne fais donc pas ton rabat-joie.

LA FILLE À DROITE :

Grand Dieu, comme c'est devenu rare
Quelqu'un qui t'offre du caviar.
Je m' laisse pas souvent entreprendre —

KOHN :

Tiens donc, qu'est-ce qu'il ne faut pas entendre.

FETTKÖTER *(voudrait partir)* :

Depuis hier que j' suis arrivé
J'suis pas allé au GQG !
J'ai tardé plus que de raison—
Il faut qu' j' m'acquitte de ma mission !
Si j'perds ici encore du temps
La victoire finale me passera devant.
Mais aujourd'hui j'ai grande envie
D'une vraie Viennoise, et bien jolie.

LA FILLE À GAUCHE *(faisant signe aux serveurs)* :

Pas vrai, mon chou, t'as les moyens ?

LE CHŒUR DES SERVEURS :

Un autre champagne, monsieur ? Ça vient !

(Ils remplissent à nouveau les verres.)

LE PATRON ET LES SERVEURS :

Quelle chance qu'il ne soit pas d'ici —
Qu'il boive la coupe jusqu'à la lie.

KOHN :

Ma belle, je trouve assez fâcheux
Que quand je paye t'allumes monsieur !

LA FILLE À DROITE :

Est-ce de ma faute, les officiers
Ils n'arrêtent pas de me zieuter —

KOHN :

Tu n'as pas honte, friponne, va,
De faire du gringue à des soldats !

UN OFFICIER D'ÉTAT-MAJOR :

Ce n'est pas un si grand malheur
Si nous perdons, il reste l'honneur.
On gagne, on perd, c'est bien ainsi
Et moi j' suis fou d' la p'tite Fritzi !

LE CHŒUR DES OFFICIERS D'ÉTAT-MAJOR :

Au front il n' manque rien du tout,
L'Autriche-Hongrie restera debout.
Même quand on est dans le pétrin
Grâce aux Allemands, on n' craint rien.
Garçon, vite une nouvelle tournée !

FETTKÖTER :

La guerre, ben c'est la guerre — Santé !

(Changement.)

Scène 29

Bad Gastein. L'abonné et le patriote en conversation.

L'ABONNÉ : Je suis persuadé que par un affermissement de l'alliance —

LE PATRIOTE : Je ne doute pas qu'alors l'affaiblissement de la haine —

L'ABONNÉ : Probablement la baisse de l'alliance serait —

LE PATRIOTE : Je crois que grâce à la montée des prix —

L'ABONNÉ : Sans doute l'affaiblissement des prix pourrait —

LE PATRIOTE : Il me semble que pour cela, une montée de la haine —

L'ABONNÉ : Je crois cependant qu'un affermissement des prix —

LE PATRIOTE : Je pense qu'ainsi la baisse de la haine —

L'ABONNÉ : Probablement une montée de l'alliance serait —

LE PATRIOTE : Il me semble qu'ainsi l'affermissement de la haine —

L'ABONNÉ : D'un autre côté je suis persuadé que par l'affaiblissement de l'alliance —

LE PATRIOTE : on pourrait provoquer sans difficulté une baisse des prix.

(Changement.)

Scène 30

Champ de bataille à Saarburg.

LE CAPITAINE NIEDERMACHER [45] : Nos gaillards hésitent sans arrêt. Chacun d'eux sait depuis belle lurette que le général Ruhmleben [46] lors d'une réunion sur la situation a donné l'ordre catégorique de rectifier à coup de crosse de fusil ou de revolver les prisonniers blessés ou non et d'abattre les blessés sur le champ de bataille comme l'affirme la propagande mensongère de nos ennemis.

LE MAJOR METZLER [47] : Ruhmleben agit conformément à l'adage de notre chef suprême : Pas de quartier, pas de prisonniers ! D'autant que Sa Majesté a ordonné aussi de couler les navires hôpitaux, à terre on ne va pas s'en laisser remontrer par la marine !

NIEDERMACHER : J'ai passé aux compagnies de bouche à bouche l'ordre donné aux brigades de liquider les prisonniers de guerre. Mais nos gars hésitent sans arrêt.

METZLER : C'est ce qu'on va voir, voilà justement une occasion. *(Il touche du pied un sous-officier français apparemment mort.)* Tiens, il ouvre encore les yeux celui-là. *(Il fait signe à deux soldats d'approcher. Ils hésitent.)* Vous n'êtes pas au courant de l'ordre donné aux brigades ? *(Les soldats tirent.)* En voilà un d'accroupi – il me semble même qu'il boit du café.

---

45. Réctifieur.
46. Viedegloire.
47. Massacreur.

(Il fait signe à un soldat de s'approcher.) Écoute Niedermacher, tâche de liquider l'affaire en attendant, il faut que j'aille voir si tout se passe bien de mon côté. *(Il sort. Le blessé tombe à genoux devant Niedermacher et brandit les mains en signe de supplication.)*

NIEDERMACHER *(au soldat, qui hésite)* : Pas de prisonniers !

LE SOLDAT : À l'instant même je l'ai soigné et nourri, mon capitaine — !

NIEDERMACHER : En récompense, il va te crever les yeux et trancher la gorge. *(Le soldat hésite. Furieux.)* Eux, ils tirent sournoisement dans le dos et par en haut. Tirez-les comme les moineaux sur la branche, a dit le général. Il faut tous leur tirer dessus, a dit le général. Tu veux que je t'en donne l'ordre, mon gaillard ? On en a descendu vingt aujourd'hui, et toi mon gaillard, tu as des scrupules ? Es-tu un soldat allemand ? Il faudra que tu en répondes ! Faut-il qu'on mette toujours soi-même la main à la pâte, à cause de pétochards comme vous ? Tiens – regarde comment on fait ! *(Il abat le blessé agenouillé.)*

(Changement.)

Scène 31

À Verdun. Des prisonniers allemands sont alignés. Des sous-officiers français distribuent coups de poing, de cravache et de crosse. On les force à repartir. Des blessés s'écroulent, exténués. L'un d'entre eux a du sang qui coule de la bouche et du nez. Après le passage de la petite troupe, apparaît le général Gloirefaisant [48]. *Il fait un signe et des officiers prisonniers défilent au pas cadencé devant lui. Un officier français tape avec sa cravache sur les cuisses de l'un d'eux.*

LE GÉNÉRAL GLOIREFAISANT *(à un capitaine)* : Trop de prisonniers ! Mes nettoyeurs se la coulent douce. Ce qui nous manque, c'est un Roland Campbell, cet instructeur exemplaire pour le maniement de la baïonnette. Le sang de la

---

48. Les noms français sont de Karl Kraus.

jeunesse se fige devant l'éloquence qu'il met à décrire les méthodes d'attaque pour percer le foie, les yeux et les reins de l'ennemi. On ne peut compter que sur nos nègres. Leurs sacs à dos bourrés d'oreilles et de têtes coupées dont font état les récits mensongers des boches sont des trophées irréfutables. On ne va pas s'en laisser remontrer par la coloniale. *(Il sort.)*

LE CAPITAINE DE MASSACRE : Jamais content, celui-là.

LE COLONEL MEURTRIER : Quoi ? Si peu de prisonniers ? Vingt ? Je croyais que vous en aviez toute une compagnie !

DE MASSACRE : J'en avais une. Mais les autres ont crevé là-bas dans la tranchée. J'ai donné l'ordre à mes hommes d'en rectifier cent quatre vingt à la baïonnette. Ils ont hésité, c'est vrai, les braves gars, mais je les ai menacés de la cour martiale, et comme par miracle, ils n'avaient plus de problème pour les égorger et les éventrer.

MEURTRIER *(contrarié)* : Cent quatre vingt ? C'est trop ! Même pour le général, ça serait trop ! Je vous conseillerais de ne pas ébruiter l'affaire si vous ne voulez pas courir le risque d'être rayé de la liste des préposés à la Légion d'honneur.

DE MASSACRE *(imbu de sa personne)* : Je pense au contraire, mon colonel, que dans quelques jours je la porterai, cette croix de la Légion d'honneur ! Et ensuite on m'octroiera le régiment de Corse. Mes hauts-faits m'ouvrent la voie, mon but sera le point de départ de la gloire.

(Changement.)

Acte V
Scène I

Devant chez Sirk. La pluie vient d'en bas. Regards fixes et muets du troupeau de boucs. Haie des blessés et des tués.

LA VOIX D'UN CRIEUR DE JOURNAUX : *Abend* — Édition de huit heures !

UN OFFICIER *(à trois autres)* : Salut Novotny, salut Pokorny, salut Povolny, dis donc — toi qui t'y connais en politique, que dis-tu de la Bulgarie ?

OFFICIER *(avec une canne)* : Tu sais, moi je dis, on n'est pas sans l'ignorer !

LE TROISIÈME : Tu sais — c'est évident.

LE QUATRIÈME : Tout à fait mon avis — hier j'ai bamboché — !

LA VOIX D'UN CRIEUR DE JOURNAUX : L'Entente recherche la paix !

LE TROISIÈME : Qu'est-ce qu'on se barbe.

LE PREMIER : Tu sais, aujourd'hui au ministère de la Guerre, Schlepitschka von Schlachtentreu [49] a dit que nous approchons à pas de paix du géant — ou plutôt non, à pas de géant de la paix, c'est vrai ? C'est plutôt optimiste.

LE DEUXIÈME : C'est pessimiste.

LE PREMIER : Pessimiste. Tu sais, il a dit qu'en Turquie il y a un malade, et après c'est notre tour, je ne comprends pas.

LE DEUXIÈME : Il veut parler de la situation et de tout ça.

LE PREMIER : Ah bon.

LE TROISIÈME : Pas la moindre souris aujourd'hui.

LE DEUXIÈME : Aujourd'hui Fallota est de retour.

UN CRIEUR DE JOURNAUX : Recul de l'ennemi. Sanglants corps à corps — !

---

49. Schlepitschka de Fidelaucombat.

POLDI FESCH *(à quelqu'un qui l'accompagne)* : Tu sais, le rasage, j'ai la peau tellement sensible —

(Des vieillards défilent. On entend : Au pays, au pays, on se reverra.)

(On entend la voix d'un cocher de fiacre : « La guerre c'est cinquante fois le tarif ! »)

(Apparaissent Turi et Ludi.)

TURI : Dis-moi, Ludi, est-ce que Rudi Nyari ne passe pas au *Lurion* ? *(Ils sortent.)*

FALLOTA *(entre)* : Salut, vous autres !

LE PREMIER : Salut, héros !

TOUS : Salut, héros !

FALLOTA : Comment ça, héros ? À d'autres !

UNE VENDEUSE DE FLEURS : Mes violettes !

LE QUATRIÈME : Alors, comment c'était ? Tu es content ? Raconte !

LE PREMIER : Viens avec nous, joyeux drille —

LE DEUXIÈME : Alors comment c'était au front ?

FALLOTA : C'était joyeux.

LE TROISIÈME *(songeur)* : C'est mort le trottoir, plus une fille.

LE PREMIER : Alors, comment tu vas ?

FALLOTA : On vit.

(Deux jambes, des moignons dans un uniforme en lambeaux, se mettent en travers du chemin.)

LE DEUXIÈME : Tirons-nous de là, rien que des tire-au-flanc par ici ! *(Ils sortent.)*

LA VOIX D'UN CRIEUR DE JOURNAUX : Édition spéciale — ! Des millions de pertes au sein de l'Entente !

UNE VOIX, DANS UN MURMURE : Viens, j'ai quelque chose à te dire.

Silence. Soudain une clameur mugissante, comme l'écho du tonnerre : Hourra ! Schleschak — ! Cette clameur semble provenir du côté de l'opéra. Une portière de voiture claque. Puis le silence.

(Changement.)

Scène 2

Près d'Udine.

Deux généraux, chacun dans une automobile bourrée à craquer, venant de côtés opposés.

LE PREMIER GÉNÉRAL : C'est mon dernier déplacement. Plus rien à prendre.

LE SECOND : Plus rien à prendre.

LE PREMIER : Dommage, un pays si riche !

LE SECOND : Eh oui, ces Allemands !

LE PREMIER : Une fois de plus nous sommes arrivés trop tard.

LE SECOND : Eh oui, ces Allemands !

LE PREMIER : Ils ont le sens pratique, ne craignons pas de le dire. Ils ont des officiers pour le butin, c'est organisé tout ça. Avec des convois. Nous autres, il nous faut tout ramasser pièce par pièce.

LE SECOND : C'est qu'ils ont de l'organisation. Quand ils sont entrés dans Udine, ils ont immédiatement partagé en deux. Udine S et Udine N. Udine S, c'est-à-dire la soie, donc c'était pour les Allemands.

LE PREMIER : Et Udine N, c'est-à-dire le néant. Donc c'était pour nous.

LE SECOND : Et nous autres, naturellement, nous n'avons pas le droit de franchir la ligne de démarcation.

LE PREMIER : Quelle tristesse.

LE SECOND : Quelle tristesse.

LE PREMIER : Les marchands de soie allemands étaient déjà là bien avant notre avant-garde.

LE SECOND : Et leurs officiers du butin sont plus rapides que chez nous la phtisie galopante. Ça force le respect !

LE PREMIER : Bon, mais les nôtres au moins ont récupéré du vin. Même qu'aujourd'hui il n'est pas encore liquidé.

LE SECOND : Mais les nôtres oui, avec le vin. Une véritable mort-aux-Russes !

LE PREMIER : Tu as trouvé quelque chose ? Des épaves, des objets abandonnés ?

LE SECOND : Rien d'extraordinaire, quelques petits souvenirs du front, tout ce qui n'était pas inamovible.

LE PREMIER : J'ai réquisitionné aujourd'hui trois tapis, 30 kilos de riz, un peu de viande, deux sacs de café, trois panneaux de porte et quatre tableaux de saints, joliment peints, d'après nature !

LE SECOND : Moi, aujourd'hui, j'ai eu un gramophone, 20 kilos de macaronis, un peu de cuivre, 5 kilos de fromage, deux douzaines de boîtes de sardines et quelques petits tableaux, à l'huile ! Adieu. *(Il redémarre.)*

LE PREMIER : Adieu — Qu'est-ce que je vois ? Un de nos fantassins dans le champ là-bas, en train de piquer un épis de maïs ! Attends, mon gaillard, voleur ! *(Il descend de voiture et le gifle.)*

(Changement.)

Scène 3

Le cirque Busch, réunion monstre pour une paix allemande.

LE PASTEUR BRÜSTLEIN *(le bras tendu)* : — À l'ouest : Longwy et Briey ! Et pas question de restituer le littoral flamand ! *(Applaudissements tonitruants.)* À l'est, la fameuse ligne de fortifications qui jamais plus ne menacera la Prusse orientale doit, d'une façon ou d'une autre, rester en notre possession ! *(Vifs applaudissements.)* Pas question de restituer la Courlande et un morceau de la Lituanie ! *(Tonnerre d'applaudissements.)* En outre, il nous faut un grand empire colonial en Afrique ! *(Applaudissements tonitruants.)* Pour nous en assurer, nous avons besoin de bases navales ! La condition indispensable est l'éjection de l'Angleterre de la Méditerranée, de Gibraltar, Malte, Chypre, de l'Égypte et de ses nouvelles conquêtes en Méditerranée ! En outre —

(Changement.)

Scène 4

Dans une école primaire.

Quelques bancs sont vides. Les enfants encore en vie sont sous-alimentés. Tous ont des vêtements en papier.

L'INSTITUTEUR ZEHETBAUER : — — Prenez garde aux rumeurs en circulation et combattez-les avec diligence. Le projet machiavélique des ennemis est de semer le trouble dans vos rangs, mais ils n'y parviendront pas. Fermez votre oreille à leurs allégations comme quoi nous ne pourrions pas tenir bon jusqu'à l'heureux dénouement et comme quoi régnerait chez nous la famine. Qui en est responsable, sinon les ennemis ? Et à présent ils développent même une activité d'empoisonneurs de puits, car — *(Un garçon lève le doigt.)* Que veux-tu Gasselseder ?

L'ÉLÈVE GASSELSEDER : S'il vous plaît, monsieur, alors on n'a le droit de rien boire ?

L'INSTITUTEUR : Assis, tu es un sot, je n'ai pas parlé au sens figuré mais au sens propre ! L'ennemi, incapable de nous vaincre sur le champ de bataille, a l'intention de saper nos forces à l'arrière. Ainsi donc, méfiez-vous des rumeurs. Contribuez de la manière la plus énergique à leur répression. Elles font partie de l'arsenal de nos ennemis — (*Un garçon lève le doigt.)* Que veux-tu, Anderle ?

L'ÉLÈVE ANDERLE : S'il vous plaît, monsieur, nos ennemis aussi ils ont un arsenal ?

L'INSTITUTEUR : Bien sûr qu'ils en ont un, seulement il ne contient que des rumeurs, et ils ne reculent devant aucun moyen pour miner l'édifice de la monarchie, voire même pour desserrer les liens d'amour et de vénération qui nous attachent à la Maison impériale. Kotzlik, tu déranges le cours, répète ce que je viens de dire.

L'ÉLÈVE KOTZLIK : Les ennemis — les ennemis, ils ont — miné l'arsenal — et — nous ne reculons devant aucun lien — qui nous attache à rien —

L'INSTITUTEUR : Assis, mauvais sujet ! Toi, tu finiras la corde au cou quand tu entreras dans la vie, je te le prédis. Assis, bon à rien ! Mais vous autres, soyez fermes. Prenez exemple en cela sur le Soldat de bois. Tant que l'aigle impérial des Habsbourg, symbole défiant les temps, évoluera au-dessus de nos têtes, il restera dressé, comme bâti pour l'éternité. Allez vous en convaincre vous-mêmes, allez sur place et n'hésitez pas à y planter un clou, avec la permission de messieurs vos parents ou tuteurs. En vous y rendant fermez votre oreille aux langues sournoises, nous supportons volontiers les privations que la patrie nous impose tant que la victoire n'est pas définitivement acquise mais fluctue d'un camp à l'autre. Merores, tu parles sans qu'on t'interroge et c'est là un signe que grâce aux menaces de l'ennemi la discipline s'est d'ores et déjà fortement relâchée. Je n'irai pas jusqu'à supposer que vous êtes à la solde de la propagande ennemie qui a ses antennes partout, mais je dois vous dire : alors que la décision finale est à portée de notre main, pareil comportement me paraît hautement suspect. Que se produirait-il si même vous deviez vaciller ? Les ennemis envahiraient le pays et alors malheur à vous, malheur à vos sœurs et à vos promises, malheur à messieurs vos parents ou tuteurs ! *(Un garçon lève le doigt.)* Que veux-tu, Sukfüll ?

L'ÉLÈVE SUKFÜLL : S'il vous plaît, monsieur, mon père il a dit : il serait grand temps que les étrangers arrivent !

L'INSTITUTEUR : Mais non ! Le tourisme est une tendre petite plante qui exige tous nos soins. Est-ce que vous auriez la nostalgie des Ritals ?

LA CLASSE : Oui ! On voudrait avoir quelque chose à manger !

L'INSTITUTEUR : Bah ! Quelle honte ! Que doit penser de vous feu notre vénéré monarque dont le portrait jadis vous contemplait de là-haut ? Jamais il n'aurait pu s'imaginer qu'il en résulterait une telle dépravation lorsqu'il se vit contraint d'entreprendre cette guerre défensive délibérément suscitée, et de tirer l'épée contre des forces supérieures en nombre. Que veux-tu, Zitterer ?

ZITTERER : S'il vous plaît monsieur, la paix !

(Changement.)

Scène 5

À la Fédération du Tourisme.

LE RÉDACTEUR : — — de vous demander quelques déclarations sur l'organisation du tourisme après la guerre : savoir si des mesures ont déjà été envisagées dans ce domaine.

LE RESPONSABLE : Bien évidemment.

LE RÉDACTEUR : L'Adriatique sera toujours nôtre ?

LE RESPONSABLE : En effet.

LE RÉDACTEUR : Quelles seront les attractions que nous pourrons offrir après guerre aux étrangers, ou plutôt que pourrons-nous leur offrir en remplacement des monuments éventuellement détruits par la guerre ? Pour l'Adriatique vous avez très justement établi un pronostic favorable. Mais qu'avons-nous à offrir en plus ?

LE RESPONSABLE : En plus, les pays alpins, avec leurs superbes souvenirs de guerre, constitueront un pôle d'attraction pour le public touristique des empires centraux.

LE RÉDACTEUR : Quel genre de souvenirs de guerre seraient envisagés dans ce domaine ?

LE RESPONSABLE : Nous caressons l'espoir que le recueillement sur les tombes de nos héros et dans les cimetières militaires entraînera la venue de nombreux voyageurs. Sur ce point justement nous en appelons à la collaboration de la presse puisqu'il nous incombe de mettre à profit les attractions que recèle chaque époque, et que les tombes de ceux qui sont morts au champ d'honneur semblent faites tout exprès pour autoriser l'espoir d'une reprise du tourisme.

(Changement.)

Scène 6

Un Café sur le Ring. L'après-midi. Toute une faune de personnages assis ou debout, engagés dans de vives discussions. Les conversations tournent autour des sujets les plus divers, le riz, le sucre, le cuir et même des paris sur les courses de trot attelé ; qui de déballer une peinture à l'huile, qui de montrer une bague de brillants qu'un groupe en effervescence est en train d'évaluer. Au milieu des trafiquants se trouvent aussi des gens en uniforme, un petit lieutenant qui donne des « tuyaux » à un agent d'une stature gigantesque. Au milieu de tout ça, dispersées sur les banquettes latérales, des filles en costume d'insectes. Des serveurs et des serveuses qui apportent les boissons. Un vendeur du programme des courses. Des tatous traversent la salle. L'air est rempli de chiffres et de miasmes.

Celui qui entre là est accueilli par un grand brouhaha dont il ne perçoit tout d'abord que des sons inarticulés, puis, sur tous les tons, des mots criés, hurlés, sifflés, râlés, signifiant le plus souvent une confirmation. Ce n'est qu'en dressant l'oreille, qu'on parvient à mieux distinguer.

LE BROUHAHA : — M'a dit ! — Lui a dit ! — Entre nous soit dit ! — Vous dis-je ! — Dites-vous ! — Puisque je vous dis ! — Je vous dis que ça — ! — Que dites-vous là ! — Dit-il ! — De lui je dois vous dire ! — Je vais vous dire une bonne chose — Que voulez-vous que je vous dise ? — Vous a dit ! –

MAMMOUTH [50] : Dites — hé — vous avez du chocolat ?

UN SERVEUR : Interdit depuis la semaine dernière.

MAMMOUTH : On n'a plus rien ! Rien — bon, rien, d'accord. Mais rien du tout ? *(À son voisin.)* Alors comme je vous le dis, à cause de ça, aujourd'hui, je suis dispensé !

MUSCARDIN : Remerciez Dieu tous les matins.

MORSE : — Laissez-moi tranquille, moi je ne mise pas sur Hindenburg, je ne mise pas sur Primadonna, je vais vous le dire, moi, sur quoi je mise, je mise sur Doberdo ! —

HAMSTER : — Finies les embrouilles, il se débrouille tout seul. Je suis très intime avec Kornfeld, de chez Oezeg, je suis donc monté les voir à la Miag, je leur ai dit, me voici, Zalo Hamster —

---

50. Tous les noms de personnage dans cette scène ayant un sens imagé, nous les avons systématiquement transposés en français pour faciliter la lecture.

RHINOCÉROS : — Qui va croire les rumeurs ? Ce n'est pas pour des rumeurs que je vais m'arracher la tête ! Pourquoi ? Parce que paraît-il dans la presse certains commencent à flairer la paix ? Quelle idée ! Je vous le dis, moi, une affaire en or ! —

TAPIR : — Que voulez-vous de moi, je suis Ludendorff, peut-être ? —

CHACAL : — Qu'est-ce que vous lui voulez à Siegfried Hirschl, je ne mettrai pas un sou sur un type affecté aux bureaux ! Vous auriez dû voir l'accueil qu'ils m'ont fait au ministère de la Guerre, quelle réception ! Je ne vous dis que ça ! —

IGUANE : — Des lires, tant que vous voudrez ! —

CAÏMAN : — Sans permis d'exportation, rien à faire — c'est Julius Caïman qui vous le dit —

BABOUIN : — L'Albanie ? Pas la peine d'en parler, une guerre de gorilles ! —

CONDOR : — On ne vous a pas attendu, vous ! Je faisais déjà de l'argent que vous n'étiez pas encore né ! Il y a cinq minutes, si vous aviez écouté au téléphone — quatre-vingts quintaux avec cinquante mille sur parole ! Immédiatement disponibles au départ de Vienne ! Jetez-vous sur le sucre, avec les pansements vous allez au casse-pipe ! —

LION : — Peut-on encore vivre ? —

CERF : — Tous les jours je le hurle à ma femme —

LOUP : On va s'arracher le journal ce soir ! Mais ce n'est sûrement pas vrai ! —

PASSEMENTIER : — Est-ce que je sais ? Le comte Burian dit qu'il a flairé la paix ! —

BEDAINE : Hé — un chocolat — ou plutôt non, vous savez quoi, apportez-moi —

VILENIE : — Le brillant, entre frères, il vaut —

VOIX DE PERSONNES ENTRANT RAPIDEMENT : Moi, je vous dis, ce n'est pas vrai ! — Aussi vrai que je vis, de source on ne peut plus autorisée, c'est vrai ! — Mais puisque je vous dis que ça n'est pas vrai ! ? — Et moi, je vous dis, c'est bel et bien vrai, un point c'est tout ! — Ce n'est pas vrai, on parie ? !

(On vole une fourrure. Cela provoque un grand tohu-bohu.)

VERTUA : Qui a besoin de fourrure maintenant ?

TAILLECOLLET : La question — ! Mundi Rosenberg !

MAMMOUTH *(râlant)* : J'aurais encore deux wagons —

MASTODON : — De la graisse ? Où prendrais-je de la graisse ? Moi, courir des risques ? —

BANDITCHEC : — Ils sont mabouls avec leurs prix forts. Je vais vous dire une bonne chose — qu'il monte les voir en uniforme, et il en aura ! —

EXCELLENT : — Vous savez quoi ? Avec du savon je vous fais une percée ! Le fil à coudre, je le passe aux profits et pertes.-

BIENVEILLANT : — Un grand homme à présent ! Il a ses deux millions sur parole ! Qu'est-ce que vous voulez, un article de premier choix ! —

FRANC : — Aussi vrai que je vis, parole d'honneur, il a montré la signature du Titien sur le tableau et il a dit : une occase ! Et après, quand je lui prouve que ça n'est pas un authentique Titien, il dit sans façon : « Je n'y étais pas, moi, quand Titien l'a peint ! » C'est des affaires, ça ?

CONSTANT : Eh bien, s'il ne garantit pas que c'est un authentique Titien — ? !

UTILE : C'est à n'y rien comprendre, maintenant il raconte qu'il lui a donné le Titien contre quatre chevaux de course, comment est-ce possible ?

LA PRÉPOSÉE AUX TOILETTES *(crie en direction de la salle)* : Monsieur Pollatchec, téléphone ! *(Pollatchec sort précipitamment.)*

GUILLERET : Vous voyez — ? Courez-lui après —

Apparaît un invalide, atteint de tremblements. Il secoue constamment la tête. On l'éloigne.

Au fond, affalé, comme brisé, est assis un vieux trafiquant. Des amis s'occupent de lui. Une femme a une main posée sur son épaule. Une fille tente de le réconforter. Des curieux et des compatissants se joignent à eux.

UN AMI : Mais — ! Ce n'est pas forcé que ce soit vrai ? !

UN DEUXIÈME : Écoute — je ne sais pas, tu me fais penser à — tu ne vas quand même pas — tu es bizarre — !

LE VIEUX TRAFIQUANT (gémissant) : Laissez-moi — laissez-moi — je le savais — je n'ai jamais eu de veine — mon Dieu — mon Dieu — quand pour une fois dans sa vie, on a — il n'y a pas de — j'ai des Skoda — j'ai des Skoda.

SA FEMME : Bernard — reprends-toi — qui te dit que c'est vrai — tu es dans un tel état d'énervement, à cause de la guerre —

SA FILLE : Ne l'excitez pas encore davantage — tout le monde vient voir — !

SA FEMME : Mon Dieu — son cœur !

LE VIEUX TRAFIQUANT : Laissez-moi — laissez-moi — le cœur — le journal — j'ai des Skoda —

SA FILLE : Ah, il se frotte les mains, Weitzner — Ça lui ferait trop plaisir — ! Mon oncle, dis-lui de s'en aller — Papa s'énerve rien qu'à voir sa figure !

L'ONCLE : Tu m'excuseras — on ne peut pas interdire à un client, dans un établissement public —

LA FEMME : Il ne manquait plus que toi !

L'AMI : Moldave — écoute — je croyais — dis-moi, tu es quelqu'un de raisonnable — je ne te reconnais plus —

LE VIEUX TRAFIQUANT : Mais si — c'était vrai — je le sais, moi — mon — Dieu — j'ai des Skoda —

L'AMI : Ça n'est pas vrai, on parie — qu'est-ce qu'on parie ? — Je fais une bonne affaire — ah, que tu vas être heureux de payer — !

(Le vieux trafiquant éclate en sanglots convulsifs. Tous, la mine angoissée, s'affairent autour de lui.)

UN USURIER RELATIVEMENT JEUNE *(se fraye un chemin)* : Il a des wagons — ? Combien de wagons a-t-il ? ? Je déclare solennellement que je suis prêt à —

L'ONCLE : Allez-vous en, espèce d'insolent !

LE VIEUX TRAFIQUANT *(geignant faiblement)* : — Skoda — —

LE GÉRANT *(apparaît)* : Que s'est-il passé — ? Mais qu'est-il arrivé à M. de Moldave — ?

L'AMI : Rien — Rappaport entre en trombe et lui dit — que lui, il sait — comme par hasard — Rappaport sait !

LE GÉRANT : Mais — quoi donc ? Grand Dieu, il est étendu là, sans la moindre réaction ! Que s'est-il passé — ?

L'AMI : Rien — on cause — et il prend ça trop à cœur.

LE GÉRANT : Ah — et de quoi cause-t-on ?

L'AMI : Eh bien — ! De la paix !

(Changement.)

Scène 7

Train de montagne en Suisse.

Deux gigantesques boules de graisse dont les formes indescriptibles ne correspondent à aucune mesure humaine occupent toute la banquette. L'une, en pantalons de ski et en chaussettes de laine, laisse apparaître deux masses de chair distinctes ; ses immenses joues ont un reflet bleuâtre, la moustache taillée brille sous des yeux lunaires, tel un bosquet noir, et laisse entrevoir deux boursouflures rouges. L'autre énergumène est recouvert d'un paletot d'hiver élimé ; c'est l'associé qui vient juste d'arriver en visite. Pas de cou : un quadruple menton fait la transition entre la boule du corps et la boule de la tête, l'ensemble étant totalement dépourvu de structure et ressemblant à un hérisson de mer. Tous deux ont des bâtons ferrés ; l'un a une épouse, assise en face, qui porte une broche avec l'inscription « Dieu punisse l'Angleterre ». Ce sont les géants Gog & Magog. Un radieux paysage de neige, avec un ciel bleu foncé, constitue la toile de fond.

GOG : Tout ce que je peux encore désirer maintenant, ce sont de beaux tableaux. Pas forcément un Rembrandt ou un Böcklin —

MAGOG : J'en ai déjà une centaine.

GOG : Un beau tableau, c'est vraiment beau. Hein, pas vrai, Elsi ? Fais-moi un gros bisou. *(Il l'embrasse.)*

MAGOG *(après un temps)* : Celui qui ne s'enrichit pas pendant cette guerre ne mérite pas de la vivre.

GOG : Et comment !

MAGOG : À présent, je me spécialise dans les miniatures, de préférence du XVIe, les Gobelins aussi, les tabatières, les recueils d'armoiries, toutes ces bricoles m'amusent. D'une manière générale, j'essaie de dégoter de la culture ancienne.

GOG : Ah, et vos bouquins alors, qu'est-ce que ça donne ? Votre fiston est un des bibliophiles les plus distingués que nous ayons dans l'empire —

MAGOG : Oui, on rafle tout ce qui existe en éditions numérotées sur vergé blanc. Bientôt il n'y en aura plus. Avant de quitter Berlin, j'ai acheté des livres pour la rondelette somme de 60 000 marks, tous reliés cuir. Mon tirage préféré, c'est Enschadé en Zonen sur vergé van Gelder fait main. Le vergé blanc doit être fait main.

GOG *(jette un coup d'œil sur le journal)* : Qu'en dites-vous : agence Wolff — « En l'espace de 24 heures, 60 000 kilos de bombes ! — Dunkerque en flammes ! Nos escadrons de bombardiers font des merveilles. Même sur Londres, cette forteresse, leur effet est incontestable. »

MAGOG : À l'ouest l'affaire sera vite réglée.

GOG : Pilote de chasse, quel bonheur ça doit être. Ça ne se comprend qu'après la lecture de Richthofen, son livre chez Ullstein ! Il les a canardées, les gares des Rouskoïs — quel bonheur ça doit être : on a tout là, en dessous, et on peut tout bousiller — comme un roi, chargé de bombes, comme un Dieu !

MAGOG : Les sous-marins non plus c'est pas de la gnognote.

GOG : Bien sûr. *(Il jette un coup d'œil sur le journal.)* : Qu'en dites-vous : agence Wolff — « Peu de gens s'imaginent la formidable performance que représente pour nos sous-marins les seize bâtiments coulés entre hier et aujourd'hui. »

MAGOG : Nos cols-bleus auront le dessus.

GOG : Je vais vous dire, moi, rien qu'avec nos gros calibres, ils apprendront à bien se tenir. Ce tir dans l'église l'autre jour, en pleines festivités, ils finiront bien par comprendre leur malheur !

MAGOG : D'ici deux mois au plus, l'Angleterre se mettra à genoux. Trois à l'extrême limite. Ils peuvent compter sur nous.

GOG : Regardez-moi ça — toujours le même blabla ! Des négociations, toujours cette vieille rengaine ! L'agence Reuter nous reproche de manœuvrer pour éviter un accord clair et net sur les bases d'un futur statut juridique. Avez-vous déjà entendu des foutaises pareilles ?

MAGOG : Statut juridique ? On a le gaz !

ELSI *(montrant par la fenêtre)* : Mon amour, regarde-moi ce — !

GOG : Bien sûr. Tant que la volonté destructrice de nos ennemis ne sera pas brisée —

MAGOG : Ah, épargnez-moi ces piètres mensonges de l'Entente. Une paix négociée, toujours le même baratin !

GOG : Ça, j'en ai plein le nez !

MAGOG : Qu'ils ne viennent pas nous enquiquiner !

GOG : Du chiqué, d'un bout à l'autre. L'affaire est on ne peut plus simple : grâce au coup phénoménal de Brest-Litovsk nous avons pu dégager une masse formidable de troupes. Oui, et si la Russie est finie, tout le reste coule de source. Alors là, ça sent le roussi pour les petits copains. Et alors là, qu'il vienne l'Oncle Sam, qu'il le traverse, l'Atlantique.

MAGOG : En tout état de cause nous avons la Belgique en gage. Il nous faut une base navale conséquente, une base aérienne performante, il nous faut des colonies, et il nous faut aussi le bassin minier. Pas besoin de mentionner tout ce dont nous avons encore besoin. Ah, comme je dis toujours — patience et pieds au chaud. Les gars ouvriront de grands yeux quand nous autres, Berlinois, en deux temps trois mouvements, on sera à Bagdad. En express.

GOG *(regardant par la vitre)* : Eh bien ? On sera bientôt arrivé ? — Alors ? Déjà plus de vapeur ? — Bon Dieu ! —

MAGOG : Que dites-vous de nos courageux compatriotes à Lugano, ils ont réussi à déloger de l'hôtel les consuls ennemis, l'hôtelier a été obligé de céder.

GOG : Ça n'arrive pas assez souvent. Nous devons épurer la Suisse ! L'autre jour à Zurich il y en a un qui a parlé français dans le tramway ! Tout de suite j'ai fait un scandale et je lui ai dit en face qu'il portait atteinte à la neutralité. Oui, et Elsi à Berne, dans une pâtisserie, a insisté pour que la vendeuse dise *Sahne* au lieu de crème. La crème, il n'y en avait plus, c'est vrai, mais Elsi n'a pas lâché prise. Pas vrai, Elsi ? Hein, fais moi un gros bisou. *(Il l'embrasse.)*

ELSI : Oui, mon petit nounours adoré.

MAGOG : Hélas, ce ne sont que des cas isolés. Notre ambassade devrait intervenir beaucoup plus énergiquement. Nous faisons beaucoup trop peu pour gagner les sympathies des neutres.

GOG : Notre propagande fait chou blanc. D'accord, ça et là on dépose des bombes — mais pour la campagne d'explication, c'est râpé.

MAGOG : On n'est pas au bout de nos peines — un jour on le paiera cher. Certes, après la guerre, nous, les vainqueurs, on nous craindra, mais il faudrait dès à présent sonder le terrain et à tout prix faire en sorte qu'on nous aime.

GOG : Oh, il n'y aura pas de grands changements, quoi qu'il arrive.

MAGOG : Et que croyez-vous qu'il y aura comme différence entre avant la guerre, comprenez-moi bien, et après la guerre — comme ça, en général ?

GOG : Très simple, avant la guerre on travaillait de huit heures à sept heures, et après on travaillera de sept à huit.

MAGOG : Bien sûr. La cupidité britannique —

GOG : — nous a imposé cette guerre.

MAGOG : Permettez, l'étranger est un facteur à ne pas sous-estimer ! Réduire la haine — voilà ce dont devrait se charger une propagande digne de ce nom. Et même saignés à blanc — ces lascars ne devraient jamais oublier que nous sommes le peuple de Goethe ! *(Du compartiment voisin s'élève une chanson française.)*

GOG : Quelle impertinence ! Dans un pays neutre ! Ils vont voir ce qu'ils vont voir !

GOG : *(il entonne* : L'Allemagne, l'Allemagne au-dessus de tout ! *Magog et l'épouse font chorus. Le chant à côté cesse.)*

MAGOG : Enfin — nous y voilà ! *(Ils s'extirpent du compartiment.)*

GOG *(une fois descendu)* : Eh bien, que dites-vous de ce soleil, de ce ciel ?

MAGOG : C'est très animé ! Oui, et cette neige, ça n'est pas rien non plus !

GOG : Bon Dieu, et ce glacier non plus ce n'est pas de la gnognote !

MAGOG : Oui, et cet air — !

GOG : Bon Dieu, pas besoin de masque à gaz ! Ah — fontaine de jouvence ! Enfin l'Allemagne a sa place au soleil ! C'est bon ! C'est bon ! *(Chantant à moitié)* Ils ne l'auront pa — a — as — ! Eh bien, Elsi ? contente, hein, que bonhomme ne soit pas obligé de défendre la patrie ?

ELSI : Oui, mon petit Siegfried.

(Alors que le groupe se met en marche on a l'impression un instant que la gigantesque silhouette d'une tache noire voile l'univers rayonnant de blanc et de bleu.)

(Changement.)

Scène 8

À 3 000 mètres d'altitude.

UN ASPIRANT *(dans un demi-sommeil)* : Quatre années — grand Dieu, grand Dieu, à quoi bon — tout — ça — Hélène — ah — où — es tu —

(Apparaît Alice Schalek.)

ALICE SCHALEK : Eh bien, que ressentez-vous à présent, à quoi pensez vous, vous devez quand même penser — (*Salve d'artillerie.)*

(Changement.)

Scène 9

Une ruelle déserte. La nuit tombe. Soudain, de toutes parts, des silhouettes chargées chacune d'une pile de papiers imprimés accourent hors d'haleine, montent et descendent la ruelle en trombe, hurlent comme si elles annonçaient un assassinat. Les cris sont inintelligibles. Certaines semblent quasiment exhaler leurs paroles. C'est comme si la souffrance de l'humanité était tirée d'un puits profond.

— spéciale — ! tionspéciale — ! ditionspéciale — ! Faits, commentaires ! Faits et tai — res — ! dition spéciale — !

Éditiale — ! tai — res — ! spéciale — ! ciale — ! ale — !

(Elles disparaissent. La ruelle est déserte.)

(Changement.)

Scène 10

Le Râleur à son bureau.

Du dehors, de très loin, le cri : « — — ale ! »

Il est donc cinq heures. La réponse est là. L'écho de ma démence sanglante, plus rien d'autre ne monte de la création brisée que ce cri par lequel des millions de mourants m'accusent de vivre encore, moi qui avait des yeux pour voir le monde, moi dont le regard l'a touché si juste qu'il est devenu comme je l'avais vu. Non que vous ayez dû mourir — non, que vous ayez dû vivre cela, voilà ce qui désormais fait de tout sommeil et de toute mort dans un lit un péché. Ce n'est pas votre mort — c'est votre vie que je veux venger sur ceux qui vous l'ont infligée ! J'ai dessiné les ombres qu'ils sont et qu'ils voulaient par esprit de mensonge transformer en apparence ! Je les ai dépecés de leur chair ! Mais les pensées nées de leur bêtise, les sentiments nés de leur malignité, l'effroyable rythme de leur inexistence, je les ai affublés de corps et je les laisse se mouvoir ! Si on avait conservé les voix de cette époque dans un phonographe la vérité extérieure aurait démenti la vérité intérieure, et l'oreille n'aurait reconnu ni l'une ni l'autre. Ainsi donc, le temps rend la substance méconnaissable et il pourrait accorder l'amnistie au plus grand crime jamais commis sous le soleil, sous les étoiles. J'ai sauvegardé la substance, et mon oreille a découvert la résonance des actes, mon œil le geste des discours, et ma voix, chaque fois qu'elle citait, a retenu la note fondamentale, jusqu'à la fin des jours.

Et laissez-moi dire au monde qui l'ignore
Comment tout ceci advint ; vous apprendrez
Des actes charnels, sanglants, contre nature,
Des verdicts hasardeux, des assassinats aveugles,
Des meurtres dus à la violence et à la perfidie,

Et des projets qui, échoués, retombent
Sur ceux qui les conçurent : de tout ceci je vous ferai
Le récit véritable.

Et quand les jours n'entendraient plus, il y aurait au-delà une oreille pour l'entendre ! Je n'ai fait que comprimer cette mortelle quantité qui, incommensurable, se réclamerait de l'inconstance des jours et des journaux. Tout leur sang fut seulement encre — à présent tout sera écrit avec du sang ! Voilà la guerre mondiale. Voilà mon manifeste. J'ai-tout-mû-re-ment-ré-flé-chi. J'ai pris sur moi cette tragédie qui se décompose en autant de tableaux de l'humanité en décomposition afin que l'entende l'esprit qui prend pitié des victimes, eût-il renoncé à jamais à tout lien avec une oreille humaine. Qu'il reçoive la note fondamentale de ces temps, l'écho de ma démence sanglante qui me rend, moi aussi, coupable de ces bruits. Qu'il l'admette comme rédemption !

(Changement.)

Scène II

Agapes au commandement d'un corps d'armée. Le tableau colossal « La Grande époque » emplit tout le mur de la salle face au spectateur. On sert une « danse du cochon » [51]. *L'orchestre joue* Le vieux Noé le savait bien, le plus beau boa ne chauffe pas ton sein. *Le festin touche à sa fin. Des officiers des armées alliées trinquent. Au loin, canonnade. Un lieutenant des hussards lance une coupe à champagne contre le mur.*

LE COLONEL PRUSSIEN (*à côté du général, chantonnant, dodelinant)* : Ce bon vieux Noé, ça il le savait bien — Allez, prost !

LE GÉNÉRAL *(se lève sous les hourras et fait sonner son verre)* : Messieurs — voyez-vous — après que notre corps des officiers, dans une lutte sans pareille de quatre années — contre le monde entier supérieur en nombre — en a réchappé — voyez-vous, je place ma confiance dans mon état-major — convaincu que je suis — que dans l'avenir aussi — témé-

51. Plat de charcuteries variées servi après l'abattage du cochon.

raires — diligents — nous serons à la pointe de la tête. Intrépides, nos héroïques soldats — ces petits gars — marchent vers de nouvelles victoires — nous ne chancelons pas — l'ennemi touché jusqu'à la moelle — nous saurons le toucher où qu'il se trouve — et le jour d'aujourd'hui — messieurs — le jour d'aujourd'hui — sera à marquer d'une pierre blanche — dans l'histoire de notre armée glorieuse à jamais ! *(Cris : Hourra !)* — En avant, marche. Mais de vous à qui incombe la tâche la plus difficile dans ce combat sans pareil — tout comme de nos hommes fidèles dans la détresse comme dans la mort, et que contraint un harassant devoir — j'attends de vous tous, voyez-vous — que vous accomplissiez votre devoir jusqu'au dernier souffle de l'homme et de sa monture, avec désintéressement ! Nous sommes tous là, debout, chacun — payant de sa personne — chacun fidèle à son poste pour tenir — là même où notre devoir a placé le soldat — et où le service de Sa Majesté nous a assis *(Cris : Hourra !)* — comme il sied à un officier de carrière ! En cette heure nous nous souvenons de nos proches au pays — qui sont loin et se souviennent fidèlement de nous. Et spécialement des mères qui ont donné l'exemple — en sacrifiant, voyez-vous, joyeusement leurs fils sur l'autel de la patrie ! En vérité, il n'est pas aisé de résumer en cet instant toutes ces pensés — car elles doivent être toujours dirigées vers un même but. Il s'agit — et je prononce ce mot en pleine conscience de ma portée — il s'agit de vaincre ! Vaincre, messieurs — savez-vous ce que cela veut dire ? Voilà le choix offert au soldat — ou mourir couvert de gloire ! À cette fin — je veux m'abandonner à l'espoir — que vous, messieurs — compte tenu et eu égard à ceci, vous ayez un contact plus cordial, plus intime avec elle — avec la troupe, voyez-vous — et que c'est pour une diligente réduction du danger personnel — voyez-vous — que vous vous êtes sacrifiés. *(Cris : Hourra !)* Oh oh ! Notre matériel humain peut encore résister ! *(Cris : Bravo !)* Et nous qui sommes le sang de leur sang, l'esprit de leur esprit — non, mille fois non ! — l'officier vibre avec l'homme de troupe, avec le simple soldat qui en ce jour est le rempart où l'ennemi se jettera tête baissée — et se cassera les dents ! Et ils peuvent dire tout ce qu'ils veulent, ces scribouillards — on n'a pas le droit de généraliser ! *(Il frappe sur la table.)* — en a-t-on le droit ? *(Cris : Non !)* Ces scribouillards — je ne parle pas bien sûr de ces deux messieurs les correspondants de guerre qui aujourd'hui nous ont fait l'honneur — nous ne savons que trop ce que l'armée doit au reportage de guerre bien informé — la presse — qui dans l'accomplissement de son devoir hautement patriotique ravage — ravive — le moral à l'arrière — pourra toujours compter sur notre sympathie ! *(Cris : Bravo !)* Je ne parle pas de ces messieurs et j'espère, messieurs, que vous n'avez pas fait le rapprochement avec ces messieurs — puisque nous rendons hommage pleinement et diligemment à leur activité d'intérêt général. *(Cris : Bravo ! Les correspondants de guerre s'inclinent.)* Je parle — de ces anarchistes, ces défaitistes — qui sèment leur discorde et qui, répandant des bruits, contribuent à les propager ! Voilà les éléments subversifs. Voilà les énergumènes qui pour commencer fouinent et ensuite fomentent des troubles. Et je vous le demande, messieurs — avons-nous besoin de ça ? *(Cris : Non !)* Dans ce corps — où toutes les nations sont représentées, côte à côte, en paix — nous avons dans notre état-major des officiers allemands, et nous avons des officiers de Bohème, nous avons des Polonais et des Croates, et nous avons des officiers roumains, et il y en a même de confession mosaïque. Voyez-vous, personne ne s'est jamais plaint ! On entend toujours — nationalité par ci, nationalité par là. Je vous le demande, messieurs — est-ce qu'on s'aperçoit ici de quoi que ce soit ? Voyez-vous — c'est pourquoi je dis — un plat se mange moins chaud qu'on ne le cuit. Chez nous, tout au moins ! Montrez donc à messieurs nos alliés que nous sommes fiers d'avoir le plaisir de voir ici à notre table — *(cris : Hourra !)* à quel point règne chez nous une totale unité ! Chacun occupe sa place — avec désintéressement — car nous savons tous qu'il faut tenir bon et pourquoi il le faut, tous, sans exception, chacune des nationalités ici rassemblées dans cette guerre défensive qui nous fut imposée, cette guerre de la race germanique contre la race slave ! *(Hourras et vivats.)* Nos armes dans ce combat sans pareil ont pour noms optimisme et discipline ! *(Cris : Bravo !)* Oh, je tiens à la discipline — et de fer qui plus est ! Tous ici — nous en savons quelque chose. Qu'est-ce qu'ils veulent les gens ? Veulent-ils vivre éternellement ? Les circonstances ne sont pas à de telles passions, messieurs — alors que la patrie est en danger, mais que, si Dieu le veut — elle sortira — tel un phénix du bain d'acier de la guerre mondiale ! À présent il faut tenir bon ! *(Bravo, bravo !)* Messieurs, j'abhorre ceci et où j'en vois le moindre signe je le pourchasse sans merci ! La discipline — savez-vous, messieurs, ce que cela veut dire ? La discipline, c'est le dressage de l'homme ! C'est l'autorité — qui est le pain quotidien du soldat ! Si vous minez cela c'est la fin des haricots ! Si ça ne tenait qu'à moi, la censure devrait faire un exemple et pendre tous ces énergumènes ! *(Cris : Bravo !) Auditor et altera parte* ! Voyez-vous, ce genre de courants subversifs, il ne faut pas les laisser voir le jour — sinon ils saperaient tout ! Qui d'entre nous ne se souviendrait des faits quasiment sans pareils par lesquels nos soldats qui n'ont jamais déçu, qui ne craignent pas la mort, nous ont précédé — après avoir suivi fidèlement nos ordres, dans la tourmente et les périls ! Et en vérité — les états-majors qui se sont si souvent sacrifiés conformément aux plans, ont à tout moment endossé la responsabilité et l'ont assumée sans pareils ! Est-ce que nous n'avons pas obtenu de beaux succès ? Des succès qui perdureront dans les annales de notre armée alors que nous-mêmes seront tombés, couverts de gloire. Messieurs, on ne nous a pas rendu les choses faciles. Encirculés que nous sommes par rien que des ennemis et toujours à faire front à une force numériquement supérieure ! Victoire sur victoire, messieurs ! Qui l'aurait cru il y a quatre ans, alors que nous partions vers l'incertain afin d'écraser la Serbie — conformément aux plans, et en chantant le *Prince Eugène* ! *(Cris : Hourra !)* — Est-ce que nous n'avons pas réussi ? Nous l'avons bel et bien écrasée ! *(Cris : Hourra !)* — Messieurs — nous vivons une grande époque et les fruits inestimables pour notre patrie sont encore en train de mûrir — sa réputation dans le monde — et avant tout nous devons à ce bain d'acier le formidable redressement moral auquel nous avons participé. C'est rien peut-être ? À présent nous n'avons plus qu'un pas à faire et, insurmontables, nous aurons atteint les lauriers ! C'est pourquoi je dis — et cela vaut pour l'officier de carrière comme pour l'homme de troupe — la tête froide et le sang froid, messieurs ! C'est de vous que cela dépend en dernier lieu — soyez-en bien conscients ! Vous savez pourquoi nous sommes là ! Pour le service de Sa Majesté *(Cris : Hourra !)* — pour notre très gracieux empereur *(Cris : Hourra !)* à qui chacun doit le meilleur de soi en dépit de la détresse et de la mort, dans la tourmente, les périls et les entreprises de toutes sortes, comme il sied à un brave guerrier ! *(Cris : Hourra !)* Que Dieu nous aide à poursuivre ! Je lève mon verre à la santé de nos alliés tout puissants — que nous voyons ici sous le signe de la loyauté des Nibelungen jamais déçue dans la tourmente, épaule contre épaule, liés à nous à la vie, à la mort ! *(Vivats et hourras.)* Pour Sa Majesté l'empereur d'Allemagne et Sa Majesté notre chef de guerre suprême, notre très gracieux empereur et roi, ainsi que la Maison impériale — hourra ! hourra ! hourra ! *(Une tempête de vivats et de hourras. Tout le monde trinque. Il s'assied)* — Qu'est-ce tu me sers là ?

L'ORDONNANCE : À vos ordres, Excellence, des grenades.

LE GÉNÉRAL *(riant à gorge déployée)* : Ce sont des bombes glacées — chez nous on appelle ça des grenades ! Eh bien, soit — envoyez les grenades !

LE COLONEL PRUSSIEN : Envoyez les grenades ! — Saperlipopette, quels sacrés petits gaillards vous faites, vous autres Autrichiens ! Eh bien nous, récemment, nous avons eu de la soupe de charpie, puis un petit pâté de bataille avec du boudin noir *(hilarité)* et pour finir il y avait des torpilles à la crème. (*Il chante :)*

Qui donc régale ses hôtes
Comme nous, avec bonheur ?
Ça coule, ça pète, ça saute —
Mais dans la bonne humeur !

(Hourras et vivats. Hilarité.)

LE GÉNÉRAL : À la santé du sous-marin allemand !

(Vivats et hourras. On trinque.)

LE COLONEL PRUSSIEN : Excellence, je ne m'étendrai pas en belles paroles, et porter un toast — n'est plus dans mes moyens. Votre vin de Hongrie est vraiment trop bon. *(Hilarité.)* Mais ce que je suis encore en mesure de vous dire — vos paroles sont allées droit à mon cœur d'Allemand ! Là où la discipline fait défaut, le désastre est assuré. L'esprit mou qui chez vous autres, Autrichiens, règne à l'arrière ne manquerait pas de faire chanceler le front — (*Un capitaine s'est écroulé sous la table. Cela provoque une certaine agitation.)*

LE GÉNÉRAL : C'est la faute aux scribouillards ! Mais qu'est-ce qu'ils veulent — on est de vrais agneaux !

LE COLONEL PRUSSIEN : Allons. Vos pleurnicheries de paix étaient inconvenantes. Vous vous êtes fait du tort à vous-mêmes. Et voilà que cet esprit menace d'infester votre front.

LE GÉNÉRAL : Vous entendez ? Il faut de la discipline, on n'y coupe pas !

LE COLONEL PRUSSIEN : Ludendorff vous fait pleinement confiance, Excellence.

LE GÉNÉRAL : Trop flatteur. C'est vrai, je m'occupe du matériel humain — mais aussi de ces messieurs !

LE COLONEL PRUSSIEN : Dites, on dirait que ça va chauffer, aujourd'hui.

LE GÉNÉRAL *(s'essuyant le front)* : Il fait une chaleur à crever là-dedans.

Entre un officier du téléphone, il s'approche de l'officier d'état-major de service et lui remet une dépêche. L'officier d'état-major l'ouvre, se lève, s'avance en titubant vers le général et lui chuchote à l'oreille.

LE GÉNÉRAL : Les abrutis !

LE COLONEL PRUSSIEN : Qu'est-ce qui se passe ?

LE GÉNÉRAL : L'avant-poste est pris. Retraite sur la deuxième ligne. Ça, c'est la faute de Wottawa !

LE COLONEL PRUSSIEN : Quelle tuile ! Avez-vous une fois de plus crié hourra sur le mauvais pied ? *(L'orchestre joue un air viennois.)* Quel délice ! *(Il se met à chanter.)* « Offrons-nous une autre bouteille — Offrons-nous une autre bouteille » — j'ai — les poches — pleines d'oseille — (*Regardant autour de lui.)* En fait, ces messieurs, je ne les connais pas encore tous — (*Il montre un groupe d'officiers.)*

LE GÉNÉRAL *(fait signe de la main)* : Toi ! Toi ! Toi ! *(Les officiers se lèvent.)*

UN LIEUTENANT DES HUSSARDS : Géza von Lakkati de Némesfalva et Kutjafelegfaluszég.

LE COLONEL PRUSSIEN : Drôle de nom. Un joyeux drille.

LE GÉNÉRAL : C'est un diable rouge.

LE COLONEL PRUSSIEN : Un diable rouge — quel cran ! Ah la Honved, quelle milice formidable !

UN CAPITAINE : Romuald Kurzbauer [52].

LE COLONEL PRUSSIEN : Viennois ?

LE GÉNÉRAL : Non, il est de Salzbourg.

UN LIEUTENANT : Stanislas von Zakrychiewicz.

LE COLONEL PRUSSIEN : Croate ?

LE GÉNÉRAL : Polonais, polonais.

LE COLONEL PRUSSIEN : Ah, un noble Polonais !

UN SOUS-LIEUTENANT : Petricic.

LE COLONEL PRUSSIEN : Roumain ?

LE GÉNÉRAL : Non, Croate.

UN LIEUTENANT : Iwaschko.

LE COLONEL PRUSSIEN : Tchèque ?

LE GÉNÉRAL : Roumain.

UN CAPITAINE : Koudjela.

LE COLONEL PRUSSIEN : Italien ?

LE GÉNÉRAL : Tchèque !

UN CAPITAINE DE CAVALERIE DU TRAIN : Officier du train Felix Bellak.

LE COLONEL PRUSSIEN : Ah bon. *(Les officiers présentés se rassoient. Le médecin colonel trinque avec le juge colonel. Le rabbin militaire avec l'aumônier militaire.)* Hardi, les faiseurs d'auréoles ! Ne vous laissez pas abattre ! C'est bien !

UN CAPITAINE : C'est notre vaillant canon antivénérien ! *(Franche hilarité, à laquelle se joint l'aumônier.)*

L'AUMÔNIER : Ça oui, ça oui — je leur en fais baver !

LE COLONEL PRUSSIEN : Il leur en fait — baver ? Quel mot délicieux ! Ça veut dire qu'il les confesse, sans doute ? L'homme vient de la campagne ?

L'AUMÔNIER : Non, mon colonel, de Linz.

LE COLONEL PRUSSIEN : Ah, la belle ville de Linz, dans la verte Styrie !

---

52. Romuald Petitplouc.

LE GÉNÉRAL : Je propose qu'un de mes talentueux jeunes officiers chante quelque chose !

LE SURINTENDANT : Vas-y, Wowes !

LE GÉNÉRAL : Wowes ! Présentez-vous au piano ! Hop ! Hop !

WOWES *(s'assied au piano et chante en s'accompagnant)* :

> Quand je te vois — à ta fenêtre —
> Ça me fait mal — dans tout mon être.
> Je me languis — de tout mon cœur.
> Car tu es — mon seul bonheur.

(Cris : « Bravo Wowes ! »)

WOWES : C'est pas fini !

LE COLONEL PRUSSIEN *(chantonnant et dodelinant)* : Tu es — mon seul bonheur. Jolie prestation ! Épatant, le bougre ! *(Il boit à sa santé.)*

LE GÉNÉRAL : Il compose lui-même ! Oh, et il est aussi magicien. Prestidigitateur ! Il peut vous distraire toute une soirée !

LE COLONEL PRUSSIEN : Ça alors !

LE GÉNÉRAL : Il sait y faire le lascar ! Oh, mais je ne le laisserais pas filer en première ligne. Je l'ai proposé pour le mérite. *(Canonnade.)*

UN OFFICIER D'ÉTAT-MAJOR ALLEMAND : Vive l'hospitalité autrichienne ! *(Hourras et vivats. On trinque.)*

LE MÉDECIN COLONEL : Vive l'organisation allemande ! *(Vivats et hourras. On trinque.)*

LE GÉNÉRAL : Oh oh ! Lui aussi, messieurs ! Lui aussi ! — Oh oh ! Il n'y coupera pas — Lui aussi — il est des nôtres — *(L'orchestre entonne* Il est des nôtres. *Rires et chant au bout de la table.)* Que — qu'est-ce que vous avez ?

UN CAPITAINE DE CAVALERIE *(chantant)* : — il a bu son verre — comme les autres —

LE SURINTENDANT : Mais qui c'est qui c'est qui arrive là ? *(Hilarité.)*

(L'officier du téléphone entre précipitamment, il s'approche de l'officier d'état-major de service et lui remet une dépêche. L'officier

d'état-major se lève, s'avance en titubant vers le général et lui chuchote à l'oreille.)

LE GÉNÉRAL : Quelles andouilles !

LE COLONEL PRUSSIEN : Qu'est-ce qui arrive ?

LE GÉNÉRAL *(lit)* : Position — mitraillée. Les terrains d'approche sont — sous — sous un feu d'anéantissement nourri — Les patates — ! Ils vous gâchent vos plus beaux succès — ! (*Il laisse tomber la dépêche.)* Allons — faut pas s'en faire.

LE COLONEL PRUSSIEN *(la ramassant)* : Réserves engagées. Réserves de secteur totalement épuisées. Batteries obligées de gagner position de repli — tonnerre de Dieu ! *(Canonnade plus intense.)*

L'OFFICIER D'ÉTAT-MAJOR DE SERVICE *(à une ordonnance)* : N'emplissez pas tout le temps mon verre. Aujourd'hui j'ai besoin — d'avoir les idées — claires.

LE COLONEL PRUSSIEN : Il semblerait que vous autres, Autrichiens, réussissiez quand même mieux les offensives de paix. Eh bien, espérons qu'Hindenburg, une fois de plus, saura veiller au grain. Pour finir, ça va encore être à nous de vous sortir du pétrin !

LE GÉNÉRAL : Messieurs — nous sommes fiers — que — épaule contre épaule, nos alliés intrépides — dans leurs armures flamboyantes —

(Vivats et hourras. L'orchestre joue La Garde du Rhin, *puis* Salut à toi, au front ceint de lauriers.)

LE COLONEL PRUSSIEN : Je vous remercie, messieurs — je vous remercie ! Mais, pour changer, laissons là ce grand tralala, si vous voulez bien. Les jubilations on se les garde pour le jour de la victoire finale. Maintenant, pour changer, une de vos délicieuses chansons autrichiennes — de votre splendide Lehar qui nous a apporté tant de joie sur le front de l'ouest. *(Cris : « Bravo ».)*

LE GÉNÉRAL : Jouez *Appelle-moi nounours* !

LE COLONEL PRUSSIEN : Nounours — qu'est-ce que c'est que ça ? Va pour Nounours, épatant ! *(L'orchestre entonne cet air.)*

LE SURINTENDANT : Je propose que les filles chantent en duo ! *(Cris : « Un duo ! »)*

LE LIEUTENANT : Je propose que l'aumônier et le rabbin eux aussi chantent en duo !

UN DEUXIÈME : Le rabbin sait iouler — et l'aumônier — euh — tirer — *(Franche hilarité.)*

UN CAPITAINE PRUSSIEN : Sensationnel !

UN TROISIÈME LIEUTENANT : Tu es un vieux de la vieille, toi. (*Violente canonnade.)*

L'OFFICIER D'ARTILLERIE : Ils font du bon travail aujourd'hui — Ouh là là — ! Réglé comme du papier à musique !

L'AUMÔNIER *(chantant)* : « Et vlan, on les embroche, et ciao les sales caboches ! Crac, boum, hue — les Ritals sont fichus ! » *(Rires. On chante avec lui.)*

PLUSIEURS : Santé, mon père ! *(On trinque.)*

LE COLONEL PRUSSIEN : Je crains que ça ne chauffe aujourd'hui !

LE GÉNÉRAL *(s'essuyant le front)* : Comme les jours de canicule. *(L'orchestre joue* Sur les bords du Manzanares.*)*

L'officier du téléphone entre en trombe, s'approche directement du général et lui chuchote à l'oreille.

LE GÉNÉRAL : Quoi ? Les minables — quels minables — ces troufions — !

LE COLONEL PRUSSIEN : Qu'est-ce qui arrive ?

LE GÉNÉRAL : Je — ne comprends — pas. Je — j'avais — expressément —

LE COLONEL PRUSSIEN : Eh bien quoi, les enfants — vous n'allez quand même pas flancher maintenant, alors que nous avons la victoire en poche ! *(À l'officier du téléphone.)* Qu'est-ce qui arrive ?

L'OFFICIER DU TÉLÉPHONE *(au comble de l'excitation, balbutiant)* : L'avant-garde des divisions en reflux atteint déjà la position du commandement de corps — toute l'artillerie a été abandonnée — les routes sont bloquées par les équipages surchargés — les troupes démoralisées — la cavalerie ennemie se livre à une poursuite acharnée. (*Il sort.)*

UN LIEUTENANT-COLONEL *(à un colonel endormi)* : Dis donc, colonel !

LE COLONEL AUTRICHIEN *(se réveille)* : Qu'est-ce qu'il y a —

LE LIEUTENANT-COLONEL : Rien ! *(Hilarité.)*

UN LIEUTENANT *(à un autre, assis, rêveur)* : Dis — à quoi tu rêves ? Grand rêveur.

L'AUTRE : Tu sais, je suis en train — en ce moment devant chez Sirk. Ici on perd son temps —

LE PREMIER : Écoute — moi aussi.

LE COLONEL PRUSSIEN : — Dites-moi, les enfants, le célèbre ballet du Théâtre royal-impérial est venu ici ?

LE GÉNÉRAL : Oui — et dans une semaine on aura un cabaret, je vous dis que ça !

LE PREMIER CORRESPONDANT DE GUERRE : Mon œuvre, mon colonel !

LE SECOND CORRESPONDANT DE GUERRE : Comment ? C'est moi qui en ai eu l'idée !

UN LIEUTENANT : — Le colonel se plaint du grondement des canons. Il n'arrive pas à dormir la nuit. Les quartiers, avant, étaient bien mieux. Je l'ai toujours dit, l'emplacement est défavorable. Ça va être encore une de ces nuits ! Il ne peut rien arriver, mais ce boucan la nuit, c'est fâcheux. *(Violente détonation.)*

L'OFFICIER D'ARTILLERIE : Ça a fait un grand boum !

UN COMMANDANT : Vive notre officier d'intendance ! (*Hourras. On trinque.)*

UN GÉNÉRAL DE BRIGADE : Ah oui, Pschierer ! En voilà un qui paye de sa personne ! Douze plats, quel menu — là, je dis, chapeau. (*Il boit à sa santé.)*

LE JUGE COLONEL : J'en ai déjà passé plus d'un par le menu *(Hilarité.)* — mais douze d'un coup, jamais — Prost, Pschierer !

LE COMMANDANT : Dis donc, pas de nouvelles de Haschka ?

LE JUGE COLONEL : Haschka ! Toujours le même, sacré bonhomme. Il a toujours sa marotte. Il se garde les condamnations à mort pour après la soupe ; il est d'une ponctualité parfaite, il regarde l'heure, se lève d'un bond, et dit : « Qu'ils attendent pour le rôti » — et badaboum, les voilà dans la salle de billard pour le verdict. Ben oui, fallait faire un exemple.

LE COMMANDANT : Tersztszyansky, un jour, il n'a même pas traîné. Il n'a même pas fait de procès.

LE JUGE COLONEL : Comment ça ?

LE COMMANDANT : Écoute, il y avait un de ces foutus humanistes — qui refusait de juger un gars selon la loi martiale. Simple affaire disciplinaire, qu'il disait, ou ce genre de simagrées. Et au mess — voilà Tersztzyansky qui entre, qui commence sa soupe — je n'avais jamais vu Tersztszyansky aussi calme ! — et qui dit : mon capitaine, qu'il dit au juge, nous n'aurons plus à faire comparaître votre délinquant. Comment ça, demande-t-il. Eh bien, allez donc le voir dehors dans le jardin — allez donc le voir — dehors sur le gravier. Tersztszyansky avait tout simplement dit au chef de section de trucider le gars à la baïonnette — et couic, badaboum !

LE JUGE COLONEL : Dis, c'est bien vrai, récemment je me suis disputé à ce sujet-là, Tersztszyansky est bien docteur *honoris causa* de la faculté des lettres — non ?

LE COMMANDANT : Je te crois ! — On ne va pas faire de simagrées ! Pas vrai ? Des gars du 92e qui avaient mangé une boite de conserve prise sur les vivres de réserve ont été attachés dehors devant les barbelés pour que les Russes fassent un carton —

LE SURINTENDANT : Ça, s'ils ont pris des vivres de réserve —

LE COMMANDANT : Ma devise : la guerre ce n'est pas seulement contre l'ennemi, il faut aussi que les nôtres s'en ressentent ! Tenez, ça me rappelle : chez nous on les avait fait mettre en rang pour l'exécution. Oui, et comme une marchande de beurre, celle qui fournissait l'état-major, avait dû attendre un peu — on lui avait dit de se mettre là avec eux — oui, et on l'a pendue elle aussi ! *(Franche hilarité.)* — Mais — je vous en prie — il n'y a pas de quoi rire — l'erreur est humaine — ce sont des choses qui arrivent — avec les subalternes ! *(L'orchestre joue* Offrons-nous une autre bouteille ! *Le lieutenant des hussards Lakkati lance une coupe à champagne contre le mur.)*

LE COLONEL PRUSSIEN : — Comment s'appelait-il déjà ce plat ? « Danse du cochon » ? Quelle délicieuse expression ! Vous avez de ces noms, c'est presque à mourir de rire. Ah — vous, les Autrichiens — ! Malheureusement il faut dire aussi qu'il vous manque l'esprit de sérieux nécessaire. La guerre est un bain d'acier ! Depuis la mort de votre vieil empereur, ce vertueux chevalier, l'affaire est un peu délicate. Manque de vigueur, manque de vigueur, trois fois hélas. Mais qu'est-ce qu'il raconte le diable rouge, là-bas ?

GEZA VON LAKKATI DE NEMESFALVA ET KUTJAFELEGFALUSZEG *(à un groupe)* : — Alors là — je me suis tout de suite rendu compte qu'il avait de la crotte au sabot. Le gars me dit : le sabot était propre, ça a dû arriver entre l'écurie et ici ! Eh bien, je prends mon sabre — je gratte la crotte du sabot — et je la fourre dans la gueule de ce porc. *(Hilarité. Cris : « Bravo ».)* Oui, et il y avait là à côté un — un réserviste, un petit roquet — il s'en est mêlé — et j'ai dit à ce maudit chien : vous passerez en cour martiale ! Ah, celui-là, il va voir ce qu'il va voir ! *(Cris : « Bravo ».)*

LE CAPITAINE DE CAVALERIE : Et le gars, l'ordonnance, il a dit quelque chose ?

GEZA VON LAKKATI DE NEMESFALVA ET KURJAFELEGFALUSZEG : Allons — il pouvait pas — il avait de la crotte plein la gueule, voyons — ! (*Franche hilarité. Forte détonation.)*

L'OFFICIER D'ARTILLERIE : Oh, oh ! Tout doux — un beau jour ils vont nous tanner le cuir, à nous aussi !

LE COLONEL PRUSSIEN : — Alors là, vous ne pourrez pas me contredire — votre retraite en Galicie, pas fameux. Votre archiduc —

LE GÉNÉRAL : Excusez — on n'a rien pu faire. Son Altesse Impériale a fait tout ce qui était humainement possible — mais la faible combativité des troupes — et aussi — voyez-vous, les hommes se sont carrément suicidés ! Qu'est-ce que vous voulez, on n'y peut rien. Seuls, à la mitrailleuse, ou en masse, naturellement — vous savez, c'était un corps terriblement faiblard. Parfois ils sont comme ça, les nôtres. Les hommes n'avaient pas assez dormi, et tout ça.

LE COLONEL PRUSSIEN : Ah bon ?

LE GÉNÉRAL : Oui — voyez-vous — Son Excellence le généralissime Borejevitch a dû admettre lui-même, comme il l'a écrit en haut lieu, que les cas de soldats morts de froid pendant leur sommeil engendrent la peur de s'endormir.

LE COLONEL PRUSSIEN : Tiens donc. Alors bien évidemment votre archiduc Joseph n'est pas responsable. Aucune importance. Au moins tâchez maintenant de veiller au grain. Vous avez eu raison d'harmoniser l'offensive actuelle à la saison. La saison n'est pas défavorable. Les revers dans votre secteur du front —

LE GÉNÉRAL : Enfin, chez les autres ça n'est sans doute pas beaucoup mieux —

LE COLONEL PRUSSIEN : Espérons que tout ira pour le mieux. Bien sûr, c'est un coup dur que l'ennemi semble être passé à l'offensive dans cette partie du front. Mais les perspectives de l'encercler n'en sont que meilleures. Nous autres Allemands concentrons toutes nos pensées sur la victoire finale — et tout ce que je peux dire c'est : nous y arriverons.

LE GÉNÉRAL : Oui, oui, on finira bien par y arriver.

(Lakkati lance une coupe à champagne contre le mur.)

UN SOUS-LIEUTENANT PRUSSIEN : Oh, oh — le violoneux s'est endormi !

UN CAPITAINE PRUSSIEN : Jouez-nous *Au cimetière de La Bassée* !

LE COMMANDANT : Non — à mon commandement — jouez *Petite Mizzi, petite Mizzi, sois plus gentille* !

LE CAPITAINE PRUSSIEN : Ah — *Mizzi* ! Oh, c'est formidable !

LE SURINTENDANT : Jouez *Grisés de champagne* ! *(Cris* : « Grisés de champagne *! Bravo ! »)*

LE CAPITAINE DE CAVALERIE : Jouez *Le monde s'écroule en beauté* !

LE JUGE COLONEL : Jouez *La danse était belle mais ils ne la jouent plus* !

(Cris : *« Bravo ! » L'orchestre joue. Les officiers font chorus.)*

LE SURINTENDANT *(répète)* : *— mais ils ne la jouent plus !*

L'officier du téléphone, blanc comme un linge, entre en trombe, se précipite directement vers le général et lui dit quelque chose à l'oreille.

LE GÉNÉRAL : Quoi — ? ! Une mutinerie ? ! Exécutez-moi en masse ces vauriens ! Qu'ils mettent en ligne des régiments frais ! ! Et que ça saute ! ! Vite !

LE COLONEL PRUSSIEN : Qu'est-ce qui arrive ?

(L'officier du téléphone chuchote de nouveau quelque chose à l'oreille du général.)

LE GÉNÉRAL : Quoi ? ! Les obus à gaz ne fonctionnent pas non plus ? ! Quel merdier ! !

COLONEL PRUSSIEN : Alors là vraiment, ça ne devrait tout de même pas être — ! Chez nous, tout de même, ça ne pourrait — !

LE GÉNÉRAL : Quelle — pagaille ! — Quelle poisse ! — Que voulez-vous, on ne peut rien y faire —

LE COLONEL PRUSSIEN : C'est pas une réussite ! Ils mollissent un peu, les chers Autrichiens, ils mollissent un peu !

LE PREMIER CORRESPONDANT DE GUERRE : Regardez le général, qu'est-ce que je disais — ! ?

LE SECOND CORRESPONDANT DE GUERRE : Mon commandant, pourriez-vous me dire où en est la bataille — ?

LE COMMANDANT : L'ennemi a déclenché une offensive.

LE PREMIER CORRESPONDANT DE GUERRE : Aie, aie, aie.

LE COMMANDANT : L'ennemi a quelque peu enfoncé nos positions en première ligne —

LE SECOND CORRESPONDANT DE GUERRE : Il les a enfoncées ?

LE COMMANDANT : Nous espérons que nous réussirons à déjouer cette ruse de guerre. Mais je vous prie de ne pas citer mon nom.

LE PREMIER : La suprématie de notre artillerie —

LE SECOND : Tout, sauf une attaque de flanc !

L'INFIRMIÈRE PAULA : — Aie ! — L'insolent !

LE CAPITAINE DE CAVALERIE : Allons — on a quand même le droit de s'attaquer aux flancs, non ?

L'INFIRMIÈRE LUDMILLA : Arrêtez ! Toujours le même avec ses —

UN CAPITAINE : Ce n'est pas ton petit doigt –

LE CAPITAINE PRUSSIEN : Je le sens bien, Félicien —

LE LIEUTENANT : — Dis donc, qu'est-ce qu'elle devient, ta poupée ! ?

L'orchestre joue une Czardas. Lakkati danse avec une des auxiliaires. Vifs bravos.

LE COLONEL PRUSSIEN : Ah, superbe ! Fameux ! Un véritable diable rouge !

L'OFFICIER D'ÉTAT-MAJOR ALLEMAND : Fichez-moi la paix avec votre gaz. Nous, avec les nôtres, la Croix jaune, la Croix verte, la Croix bleue — nous en avons fait voir de toutes les couleurs aux Français !

L'OFFICIER D'ÉTAT-MAJOR DE SERVICE : Pardon, à Tolmino nos gaz aussi ont été très efficaces. Ils sont tombés comme des mouches, alors là, pardon —

LE SURINTENDANT : Jouez *Beauté farouche de l'Isonzo* ! *(Cris : « Beauté farouche ! » « Bravo ! » L'orchestre joue.)*

LES OFFICIERS *(en chœur)* :

Beauté farouche de l'Isonzo —
Tes yeux allument un brasier en moi,
Beauté farouche de l'Isonzo —
La plus belle — des filles — c'est toi.
Laisse-moi — une dernière fois t'embrasser,
Dans tes bras — je veux encore — m'abandonner,
Beauté farouche de l'Isonzo
Tu es la seule — que j'aie — jamais aimée.

LE COLONEL PRUSSIEN *(chantonnant et dodelinant)* : « Tu es la seule — que j'aie — jamais aimée. » Comme c'est charmant. Dites-moi, de qui est cette merveilleuse chanson ?

LE SURINTENDANT : De Egon Schubert !

LE COLONEL PRUSSIEN : Oui, bien sûr — On devrait le savoir. Ah, votre grand Schubert ! On peut dire ce qu'on veut, vous, les Viennois, avec lui vous nous battez. Et d'une manière générale — votre splendide ville de Vienne ! Eh oui ! Un cocher, un vrai de vrai, avec son fiacre caoutchouté, et qui vous conduit aux guinguettes du Prater — non, là il n'y a rien à redire. Et les blanchisseuses de Vienne — oh oui — je connais ! J'y étais. Et ça chantait tout le temps — (*Il chante en tapant des mains.)* « Parce que je suis un vieux fêtard » — ou quelque chose comme ça. C'était encore la grande époque de Strauss père avec ses frères Gammel — non, comment ils s'appelaient déjà — Schrammel ! Ah ce brave Johann. Enfin, là aussi il a dû y avoir des changements. *(Le bruit du canon diminue de plus en plus.)*

L'OFFICIER D'ÉTAT-MAJOR DE SERVICE : — Pardon, à Tolmino —

L'OFFICIER D'ÉTAT-MAJOR ALLEMAND : Ah, il y a longtemps de ça. En un seul jour nous en avons gazés bien plus que vous pendant toute une année ! Quand nous avons enfumé les derniers nids de résistance des Français, et les Anglais blancs et de couleur et ainsi de suite. Oui — notre fameuse grenade au gaz B ! Le jet toxique se répand et provoque des plaies purulentes avec des sécrétions comme une vraie chaude-pisse. *(Hilarité.)* Eh bien quoi ? C'est scientifiquement établi, sans conteste possible ! Les gars ne passent l'arme à gauche que le lendemain.

L'ORCHESTRE *(joue et chante)* :

Nous on est —
Toujours contents —
Nous on a
Ça dans le sang !

(Les officiers reprennent.)

LE GÉNÉRAL *(balbutiant)* : Nous — on a —

(Le bruit du canon s'est tu.)

DIFFÉRENTES VOIX : Oh oh ! Qu'y a-t-il ? Qu'y a-t-il ?

LES CORRESPONDANTS DE GUERRE : Qu'est-ce à dire — ?

LE GÉNÉRAL *(écarlate, se lève d'un bond et frappe sur la table)* : Nom de Dieu ! ! J'ai pourtant dit expressément — ! ! Ça n'existe vraiment que chez nous — Je — les avais pourtant avertis, ces vauriens ? ! *(Hurlant.)* Si les cartouches viennent à manquer, châtiment cannibale ! — Se jeter sur l'ennemi avec force hourras ! — Lui brûler un dernier coup la moustache à courte distance, et hop, la baïonnette dans les côtes ! — Massacrer sans pitié les récalcitrants. — Et qu'ont-ils fait — ces troufions, ces chiens, ces — ces — (*Geignant.)* Ils vous gâchent tout — ce Wottawa ! — ces scribouillards ! — Pas à cause de l'ennemi, à cause de la faim ! — la faim ! — et c'est là-dessus qu'ils ont attaqué — *(brandissant les poings)* c'est là qu'ils ont sapé — il faut les pendre ! — Je — j'étais celui qui — je l'ai toujours prédit, l'infortune de notre armée — entraînera même mes troupes ! — Cette légèreté sans nom — indéracinable — rien que la bouffe et les filles — c'est démora — (*Il s'effondre.)*

L'OFFICIER D'ÉTAT-MAJOR DE SERVICE *(se lève d'un bond)* : C'est la faute des tire-au-flanc — à l'avant — ces troufions — ces —

LE COLONEL AUTRICHIEN *(se réveillant)* : Qu'est-ce qui s'est passé ?

LE LIEUTENANT : Rien ! On a tiré dans les faubourgs !

LE GÉNÉRAL : Où — étaient les mitrailleuses, pour donner de l'avant ? ! — Qu'est devenue la suprématie de notre artillerie ? ! — Les scélérats ! ! — Après une lutte sans pareille, quatre années durant — contre une — supériorité en nombre — exemplaire — modèle — notre glor — *(Il s'affaisse sur une chaise, gémissant.)* — alors — là — ils finiront — pour finir — par entrer — ici —

LE COLONEL PRUSSIEN : Mais non, Excellence, haut les cœurs ! Messieurs — nous ne devons, ne pouvons nous décourager — juste avant la victoire finale — nous pouvons, nous devons, la tête haute — soyez-en persuadés, messieurs, il ne s'agit là que d'un de ces petits succès au début de chaque offensive ennemie — Interdit d'avoir peur. Il nous reste toujours le retrait stratégique — et un retrait stratégique est toujours couronné de succès ! *(Hourras et vivats isolés.)* Nous nous sommes tout simplement détachés de l'ennemi et ensuite nous le traînerons carrément derrière nous ! Et allons-y gaiement ! Le moral des troupes est imbattable. Messieurs, nous ne vacillerons pas et nous ne reculerons pas ! Plus nous donnerons à l'ennemi l'occasion d'avancer, plus nous aurons de chances de l'user ! Telle est la tactique que nous avons mise à l'épreuve sur les bords de la Somme. Telle est la tactique qui nous réussira aussi sur les bords du Piave. Surtout pas de pessimisme ! Dieu est avec nous ! Nous y arriverons — le monde fût-il rempli de démons ! L'ennemi — soyez-en persuadés, messieurs — l'ennemi se brisera contre nous comme contre un mur d'airain en flammes —

L'horizon est un mur de feu. Brouhaha de panique. De nombreux convives sont étendus sous la table. D'autres se précipitent ou vacillent en direction de la sortie, certains en reviennent, l'air effrayé, le visage grimaçant.

CRIS : Que s'est-il passé ? — Que s'est-il —

LE GÉNÉRAL *(balbutiant)* : Ils — ont — percé — ! Continuez — de — jouer —

Toutes les lumières se sont éteintes. Au dehors, tumulte. On entend éclater des bombes larguées par des avions. Puis, silence. Les convives dorment, sont étendus somnolents, ou, abasourdis, regardent fixement le mur où est accroché le tableau La Grande Époque *et devant lequel montent l'une après l'autre les apparitions suivantes.*

Étroit sentier de montagne conduisant à Mitrovica. Tourmente de neige. Entrent des milliers de carrioles, une masse humaine à perte de vue, vieillards et femmes, des enfants à moitié nus tenus à la main par des mères qui, pour certaines, portent également un nourrisson dans leurs bras. Un petit garçon aux côtés d'une paysanne de la vallée de la Morava tend sa petite main et dit :

Tchitcha, daj mi hleba —

Cette scène est chassée par un autre tableau. Le train des Balkans fuse à travers la campagne. Sa vitesse décroît. On voit le wagon restaurant, les deux correspondants de guerre se penchent par la fenêtre, ils semblent boire à la santé de leurs doubles dans la salle. L'un d'eux s'écrie :

Ça a quand même du beau, la guerre —

Et c'est à nouveau l'autre tableau. Les fayards épuisés, presque morts de froid, sont étendus sur des rochers recouverts de glace. Les lueurs de l'aube tombent sur des visages blêmes, creusés, où s'inscrit encore l'horreur de la nuit écoulée. Un cri : un cheval bascule dans le précipice. Un autre cri, encore plus strident : celui qui le menait a basculé lui aussi. Au bord du chemin, un cheval presque mort d'épuisement, plus loin un boeuf, les entrailles pendantes, un homme, le crâne fracassé. Le convoi se met en route. Des animaux à bout de force restent là, abandonnés, immobiles. Leurs regards d'une mortelle tristesse suit le convoi. Une paysanne, le visage d'une pâleur mortelle, est adossée à un sapin — c'est la femme de la vallée de la Morava — dans ses bras un petit corps sans vie, avec à hauteur de sa tête, une petite bougie à la flamme tremblante.

(L'apparition s'évanouit.)

Le capitaine Prasch debout devant son abri, tout barbouillé de sang, il brandit au-dessus de sa tête une tête empalée sur un bâton. Il parle :

C'est mon premier prisonnier italien, c'est moi qui ai fait ça avec mon propre sabre. Mon premier prisonnier russe, je l'avais fait torturer avant. Mes préférés pour ça, c'est les Tchèques. Je suis natif de Graz. Tous ceux que j'ai rencontrés en Serbie je les ai abattus sur le champ. De mes propres mains j'en ai tué une vingtaine, parmi eux des civils et des prisonniers, et j'en ai fait fusiller au moins cent cinquante. Tout soldat qui tardait à monter à l'assaut ou qui se planquait pendant un feu roulant je l'ai abattu moi-même. J'ai toujours frappé au visage mes subordonnés, qui avec ma canne, qui avec mon poing. Toutefois j'ai aussi beaucoup fait pour eux. En Serbie j'ai violé une jeune Serbe mais ensuite je l'ai abandonnée aux soldats, et le lendemain j'ai fait pendre la fille et sa mère au parapet d'un pont. La corde s'est cassée et la fille, encore vivante, est tombée dans l'eau. J'ai sorti mon revolver et j'ai tiré jusqu'à ce qu'elle coule, morte. J'ai toujours rempli mon devoir jusqu'au dernier souffle de l'homme et de sa monture. Je fus décoré et promu. J'ai toujours été à mon poste. La guerre exige une solide concentration de toutes les forces. Il ne faut pas perdre courage. Haut les cœurs !

(L'apparition s'évanouit.)

Fuite. Il pleut. Le général des agapes est assis dans une automobile et ordonne d'ôter la toile de la civière d'un blessé pour l'étendre sur sa voiture. Il fait un signe de la main à son double et démarre.

(L'apparition s'évanouit.)

Pause de tir sur les bords de la Drina. Un paysan va chercher de l'eau. Sur l'autre rive un sous-lieutenant le met en joue. Il l'abat froidement.

(L'apparition s'évanouit.)

Vendredi saint dans une église à Paris. Un projectile du canon de 120 kilomètres de portée fait mouche.

(L'apparition s'évanouit.)

Une salle de classe sur laquelle tombe une bombe larguée par un avion.

(L'apparition s'évanouit.)

Le désert de la Somme. Incendies. Épaisse fumée formant de gigantesques drapeaux noirs. Des édifices s'écroulent. Des sapeurs dy-

namitent et comblent les puits. Évacuation. Des personnes âgées sont chassées de leurs maisons. Des gens tremblant de froid sur un lieu de rassemblement. Des femmes tombent à genoux devant des officiers. Déportation pour le travail obligatoire.

(L'apparition s'évanouit.)

Les Flandres. Dans une cabane pillée, un masque à gaz assis devant une marmite. Sur ses genoux un masque à gaz plus petit.

(L'apparition s'évanouit.)

Baraquement en Sibérie. Des hommes aux cheveux devenus blancs, totalement sous-alimentés, pieds nus, dans des uniformes en lambeaux, sont accroupis par terre et regardent fixement au loin : leurs orbites semblent vides. Qui de dormir, qui d'écrire, qui de s'exercer au maniement d'armes avec une pelle.

(L'apparition s'évanouit.)

Des milliers de croix dans un champ de neige.

(L'apparition s'évanouit.)

Arrive un convoi de masques à gaz qui font front aux convives présents dans la salle et semblent s'approcher de la table.

LES MASQUES À GAZ :

Quel arôme ! Quelles agapes ! À l'envie
Nous mettons notre trompe gourmande
Sur cette table qui ne nous est ouverte.
C'est que notre gamelle fut remplie
Uniquement d'un produit à l'allemande :
De légumes séchés aux obus de Croix verte.

(L'apparition s'évanouit.)

Près des toutes premières lignes dans les Carpathes. Tout est calme. Dans les tranchées, des cadavres, debout. Homme contre homme, l'arme en joue.

LES SOLDATS MORTS DE FROID :

La nuit était glacée
Cette mort, qui l'a inventée !
Oh vous qui dormiez dans un lit –
Jamais votre cœur ne se brisera !
Les froides étoiles ne nous sauvent pas.
Et rien ne sauvera votre vie !

(L'apparition s'évanouit.)

Un vieux paysan serbe creuse sa tombe.

LE VIEUX PAYSAN SERBE :

Nous étions réfugiés tout autour du bahut.
Les soldats de gueuler, de nous faire du chahut.
Nous n'avions plus rien. Ils voulaient nos affaires.
V'là qu' je creuse mon propre trou dans la terre.
Nous étions des gens pauvres. Nous étions dénués
C'est à nous qu'à la fin ils se sont attaqués.
Mes enfants, ils les ont un à un fusillés,
Au ciel ils les ont avant moi envoyés.
Tout mon bien est brûlé, ma bonne terre est brûlée.
C'est ma tombe que je creuse de mes mains desséchées,
Mes enfants ils m'appellent — oui, j'arrive, oh mon Dieu !
Admets-moi, je t'en prie, au royaume des cieux !

(L'apparition s'évanouit.)

Le Kronprinz auprès des lance-flammes de la Ve *armée. En hommage au Kronprinz les flammes forment un « W ».*

LES FLAMMES :

Nous sommes les flammes ! Il se perdit
Dans notre feu infernal
Grand nombre qui dans la douleur naquit.
Nous sommes l'initiale !
Wilhelm le fléau ! Guillaume le fou ensanglanté
Sans projet il procéda,
Il ne savait trop que faire.
L'humanité ainsi il faucha.
Crée selon l'image de Lucifer,
D'une tête de mort il est casqué !

(L'apparition s'évanouit.)

Douze cents chevaux surgissent de la mer, gagnent la terre ferme et se mettent au trot. De l'eau jaillit de leurs yeux.

LES DOUZE CENTS CHEVAUX :

Nous voilà, nous voilà, nous voilà, nous voilà —
Nous voilà, les douze cents chevaux !
Les chevaux de Dohna, Dohna, nous voilà —
Nous nous sommes arrachés à ces flots.
Oh Dohna, oh Dohna, nous hantons tes rêves.

Nous manquions de lumière dans ces terribles lieux.
À présent, nous voilà à nouveau sur la grève.
Trop d'eau s'engouffre dans deux fois douze cents yeux.

Le comte Dohna, entouré de douze représentants de la presse. Soudain à leur place, douze chevaux. Ils s'acharnent sur lui et le tuent.

(L'apparition s'évanouit.)

Un antique atelier d'inventeur.

LÉONARD DE VINCI : — — Pourquoi et comment je n'écris pas ma méthode pour rester sous l'eau aussi longtemps que je peux ; et ne publie cela ni ne l'explique en raison de la nature mauvaise des hommes qui utiliseraient cette méthode pour des tueries au fond des mers en défonçant la coque des vaisseaux pour les couler ainsi que les hommes qui s'y trouvent — —

(L'apparition s'évanouit.)

Une douce mélodie retentit. Calme plat après le naufrage du Lusitania. Sur une planche à la dérive, deux cadavres d'enfants.

LES ENFANTS DU LUSITANIA :

Nous voguons sur la mer —
Nous sommes en d'autres lieux —
Comme ici la vie est claire —
Comme les enfants sont joyeux —

(L'apparition s'évanouit.)

Deux chiens de guerre attelés à une mitrailleuse.

LES CHIENS DE GUERRE :

Nous traînons un fléau. Et le traînons pourtant.
Nous restons fidèles jusqu'à l'heure de la mort.
Que le monde était beau sous le ciel rayonnant !
Puis le diable appela, le chien suivit alors.

(L'apparition s'évanouit.)

Une forêt morte. Tout est déchiqueté, ravagé, scié. De la terre dénudée d'où s'élèvent çà et là quelques arbres malades. Des troncs coupés, ébranchés, tronçonnés, à l'écorce à moitié rongée gisent encore au sol par centaines. Un decauville en ruine traverse la forêt de part en part.

LA FORÊT MORTE :

Votre entreprise causa ma perte :
Je suis bien grise, moi qui fus verte.

Voyez, de quoi ai-je l'air maintenant !
Forêt je fus. Forêt d'antan !

Et l'âme trouvait dans ma chapelle
Sachez, chrétiens, vie éternelle !
En mon silence était le verbe.
Le meurtre, votre exploit superbe !

Soyez maudits, qui me fîtes cela !
Jamais forêt ne repoussera !
Que j'étais verte. Vieille à présent.
Forêt je fus. Forêt d'antan.

(L'apparition s'évanouit.)

Un colonel fait arrêter une Dalmate avec son enfant blond de douze ans. Tandis qu'on entraîne la femme de force, il ordonne de tirer une balle dans la tête de l'enfant. Agenouillés sur les mains de l'enfant les soldats procèdent à l'exécution. Il y assiste en fumant.

LA MÈRE :

Que jamais par les jours qui vous restent à souiller
Vos regards du tableau ne se puissent détourner !
À l'instant où s'achève votre vie en enfer
Vous aurez devant vous cette image de ma chair !
Les éclats de ce pur petit front de l'enfant,
Qu'ils transpercent votre cœur, votre crâne maintenant !
Vivez vieux. Éternelle vous suivra la Chimère
Dans vos nuits d'épouvante, grâce au cri d'une mère !

(L'apparition s'évanouit.)

Une musique de guinguette viennoise, enfiévrée, dénaturée, s'élève. L'exécution de Battisti. Des soldats entourent le cadavre et rient. Des curieux tendent le cou. Les mains sur la tête du mort, le joyeux bourreau.

LE PORTRAIT AUTRICHIEN :

La mort se fait danseuse,
La haine se fait hilare,
La peine se fait moqueuse,
Qu'est-ce donc, dis voir ?
Même si tout est fini
Nous on s'en fout
On est de la partie

Car nous c'est nous !
Un bon chrétien
De dire : enfants, à genoux !
On est bourreau seulement
Pour rigoler un coup !

(L'apparition s'évanouit.)

Les sons deviennent une musique effroyable pendant la fantasmagorie qui suit. Sur le Monte Gabriele. Entassés jusqu'à une grande hauteur des cadavres non ensevelis, à moitié décomposés. Une volée de corbeaux croassant décrit des cercles au-dessus du butin.

LES CORBEAUX *:*

Depuis toujours notre nourriture
Furent ceux qui pour l'honneur périrent.
Et aux corbeaux vos aventures
Assurent de ne jamais mourir.

Jamais n'avons rien demandé,
Jamais manquons de nourriture.
Pour vous, pour nous : l'éternité,
Pour vous, pour nous, leur pourriture.

Et vous, et nous, bien pérorons
Sur la victoire dans l'hécatombe,
Ces imbéciles bataillent en rond,
À vos, à nos appels succombent.

Les généraux furent-ils corbeaux
Pérore-t-on là dans la salle.
Dehors ils gisent sans tombeaux,
Le corbeau, là, est général !

Vous perdez la bataille, grands dieux,
Ni vous, ni nous n'avons raison
De nous sentir en rien honteux :
La guerre, nous tous en profitons !

Tous deux nous avons la santé,
Nous sommes les vieux de la vieille,
Nous tenons bon avec gaieté,
Et peu nous chaut une guerre pareille.

Tandis que vous faites force ripaille
Nous aurions tort de nous priver.

Jamais la faim ne nous tenaille,
Depuis que nous suivons vos armées.

Si notre ventre crie famine
Nous sommes indignes de nos pairs,
Nous vous devons la grâce insigne
De ne pas moisir à l'arrière.

Une grande détresse est la rançon :
L'enfant là-bas qui dépérit,
Tandis qu'ici d'autre façon
L'homme meurt pour notre seul profit.

Votre abattoir ne laisse languir
Ses clients pressés en rangs serrés.
Depuis qu'ils s'en vont tous mourir
Le corbeau mange à satiété.

(L'apparition s'évanouit.)

Une musique complètement assourdie accompagne le spectacle qui commence à présent, pour ensuite lentement mourir dans le silence. À perte de vue, un cortège de femmes blêmes, flanqué de soldats, baïonnette au canon.

LES AUXILIAIRES DE SEXE FÉMININ *:*

Enrôlées dans l'armée pour ravir
Les soldats assoiffés de câlins,
Il est l'heure à présent de partir
À l'arrière, nous le corps des putains.

Sacrifiées au désir des héros
Nous portons de vos actes l'auréole :
Roséole, tu fleuris sur notre peau !
Tu nous coule dans le sang, oh vérole !

Que de vin, que de larmes et de sperme
Tout au long de cette belle bacchanale !
De vos dons qui en nous maintenant germent
Au retour débordera l'hôpital !

Aujourd'hui on nous tient en horreur
Car nos robes nous pendillent sur les os.
Nous ramenons le butin du labeur,
Vers l'arrière nous portons le fléau.

Nous bravons tous les temps, filles prospères.
Mais un jour un orage foudroyant
Nettoiera cette terre tout entière
Dans une guerre monstrueuse de mille ans !

(L'apparition s'évanouit.)

À présent une lueur phosphorescente emplit la salle.

LE FILS NON-NÉ *:*

Nous les témoins tardifs d'une forfaiture
Nous vous prions, préservez-nous de l'ère future !
Faites donc en sorte que nous ne puissions naître !
De votre honte nous nous ferions l'écho.
Nous ne voulons de pères héros !
Sans gloire, nous voulons disparaître !
Tout acte humain, plaisir et vice !
Par son amour, j'hérite de syphilis,
Il m'en fit don, le scélérat, mon père,
Ne nous faites pas venir en ce bas monde !
Car nous provenons d'une mort féconde.
Malsain est l'air pour nous sur terre !

Glossaire des principaux noms de personnes, de journaux & de lieux *

ABENDBLATT, édition du soir du *Tagblatt* de Vienne.

AGENCE DE PRESSE WILHELM, agence de presse viennoise spécialisée dans les chroniques mondaines et criminelles.

AGENCE DE PRESSE WOLFF, principale agence de presse allemande, qui diffusait les communiqués de guerre officiels pendant la Première Guerre mondiale.

AUFFENBERG VON KOMAROV, MORITZ (1852-1928), homme politique et chef d'armée autrichien. Accusé en 1915 d'avoir trahi des secrets militaires dans un affaire de spéculation boursière, il fut relevé de ses fonctions et emprisonné, puis réhabilité.

BAD GASTEIN, station thermale et touristique en Autriche.

BATTISTI, CESARE, député social-démocrate au Reichsrat autrichien, où il représentait la région de Trente. À la déclaration de guerre, il s'engagea dans l'armée italienne. Fait prisonnier par les Autrichiens, il fut pendu pour haute trahison. L'illustration de couverture du présent volume reprend la photo de son exécution, qui circula à l'époque sous la forme de cartes postales.

BEN TIBER, directeur de l'Apollo, un music-hall viennois.

BENEDEK, LUDWIG (1804-1881), commandant de l'armée du Nord opérant en Bohème contre la Prusse en 1866, il avait été prié de prendre sa retraite après la défaite.

* Ne figurent pas dans cette liste les noms les plus connus (tels que Wilson, Poincaré, etc.), ceux sur lesquels aucune indication biographique n'a pu être trouvée et ceux inventés par Kraus.

BERCHTOLD, FERDINANDINE, comtesse, épouse de Léopold Berchtold, homme politique autrichien, qui fut ambassadeur en Russie et ministre des Affaires étrangères.

BERLINER TAGBLATT, quotidien influent de Berlin, à tendance libérale.

BEWER, MAX, publiciste et poète allemand, chauvin et antisémite.

BIACH, le nom désignait dans la langue courante celui qui gobe et répète les clichés lus dans la presse.

BIENERTH-SCHMERLING, ANKA, comtesse, épouse du président d'honneur du « Comité de soutien aux sans-emplois ».

BOAS, ISMAR (1858-1938), médecin gastro-entérologue.

BOROJEVITCH VON BOJNA, SVETOZAR, général autrichien qui dirigea notamment les combats sur l'Isonzo. En 1918, il voulut occuper Vienne pour rétablir la monarchie.

BOZEN (BOLZANO), ville du Haut-Adige, attribuée à l'Autriche en 1815, elle fut violemment disputée pendant la Première Guerre mondiale.

BRNO (en allemand BRÜNN), ville industrielle en Tchécoslovaquie, capitale de la Moravie méridionale.

BRUDERMANN, RUDOLF (1851-1941), général autrichien, chef d'armée en Galicie, il fut relevé de ses fonctions après la défaite de Lvov (Lemberg) en septembre 1914.

BUDWEIS (aujourd'hui CESKÉ BUDÉJOVICE), important centre ferroviaire en Tchécoslovaquie, capitale de la Bohême méridionale.

BUQUOY, nom d'une famille noble française, passée au service des Habsbourg.

BURIAN VON RAJECZ, STEFAN, comte, homme politique autrichien, plusieurs fois ministre pendant la Première Guerre mondiale.

CADORNA, LUIGI, chef de l'état-major italien de 1914 à 1917.

CHAPEAU, nom d'une boîte de nuit à Vienne.

COLONNE DE LA PESTE, colonne élevée en 1682 sur le Graben pour commémorer la fin de l'épidémie de peste en 1678.

CROIX JAUNE, CROIX VERTE, CROIX BLEUE, noms de gaz toxiques utilisés par l'Allemagne pendant la Première Guerre mondiale.

CZERNOWITZ (TCHERNOVTSY), ville d'Ukraine près de la frontière roumaine. Elle fut enlevée plusieurs fois alternativement par les Russes puis par les Austro-Allemands.

DANKL VON KRASNICK, VIKTOR (1854-1941), chef suprême de la première armée austro-hongroise en 1914 puis commandant régional au Tyrol.

DEBRECEN, ville de Hongrie orientale, où se tenait alors le plus grand marché à bestiaux du pays.

DOBERDO, position autrichienne, prise par les Italiens en 1916.

DOHNA-SCHLODIEN, NIKOLAUS, officier de la marine allemande, commandant du croiseur auxiliaire Möwe. Il participa à des raids contre des bateaux de commerce dans l'Atlantique.

DRINA, affluent de la Save ; en novembre 1914, la bataille de la Drina opposa les Austro-Hongrois aux Serbes, qui durent finalement se replier.

DUB, FLORA, femme de la société viennoise, souvent citée dans les pages de la *Neue Freie Presse* consacrées à la vie locale.

DUNCAN, ADAM (1731-1804), amiral anglais, commandant de la flotte de la mer du Nord, il vainquit la flotte hollandaise en 1797.

EISNER, ANGELO FRANK VIKTOR, propriétaire terrien et éditeur de l'*Information*.

EXNER, WILHELM, technologue, professeur à Vienne.

FERDINAND DE BULGARIE (1861-1948), son pays était entré en guerre en 1915 aux côtés de l'Allemagne et de l'Autriche.

FILLGRADERGASSE, nom d'une rue de Vienne.

FLORIDSDORF, ancien quartier de la banlieue de Vienne, aujourd'hui arrondissement sur la rive gauche du Danube.

FRÉDÉRIC (1856-1936), l'archiduc qui fut le commandant suprême des forces austro-hongroises.

FÜRSTENBERG, MAXIMILIEN, prince de haute noblesse, ami personnel de Guillaume II.

GANGHOFER, LUDWIG (1855-1920), écrivain allemand, écrivit de nombreux romans et drames à caractère régional et populaire. Pendant la Première Guerre mondiale, il composa des poèmes sur la guerre et des comptes rendus du front. Il était l'un des auteurs préférés de Guillaume II.

GARTENBAU, restaurant dans les bâtiments de la société Gartenbau sur le Ring.

GOG & MAGOG, dans l'Apocalypse de Jean, ces deux personnages représentent les nations perverties par Satan, engagées aux derniers jours dans un ultime combat contre Dieu.

GORIZIA (en allemand GÖRZ), ville du Frioul sur l'Isonzo, possession de la couronne autrichienne depuis 1815, elle fut âprement disputée par l'Italie et l'Autriche de 1916 à 1918.

GRABEN, large artère au cœur de Vienne, donnant sur la place de la cathédrale Saint-Étienne.

GRADISCA D'ISONZO, commune d'Italie dans le Frioul qui fit partie de l'Autriche jusqu'en 1918.

GRAZ, capitale de la Styrie.

GRÜNFELD, ALFRED, pianiste et compositeur autrichien.

HAAS, PHILIPPE, fabricant de tapis à Vienne, anobli.

HIRSCH, JULIUS FERDINAND, journaliste à la *Neue Freie Presse*.

HOCHSINGER, KARL, médecin hongrois.

HÖFER VON FELDSTURM, FRANZ, général autrichien, adjoint au chef de l'état-major.

HONVED, terme désignant l'armée territoriale hongroise.

HÖTZENDORF VON, CONRAD, maréchal autrichien, chef de l'état-major austro-hongrois.

INTELLECTUELS, les 93 intellectuels qui avaient signé en octobre 1914 un « appel au monde de la culture » voulant justifier l'invasion de la Belgique et dénonçant les « mensonges » qu'étaient censés répandre les ennemis de l'Allemagne.

INTERESSANTES BLATT (DAS INTERESSANTE BLATT), hebdomadaire illustré de Vienne.

ISONZO, fleuve en Vénétie, théâtre de constants combats entre Italiens et Austro-Allemands.

JOSEFSTADT, quartier au centre de Vienne.

KÄRNTERSTRASSE, principale artère commerciale de Vienne, reliant le Ring et la place de la cathédrale Saint-Étienne.

KASTILLIEN, BLANKA VON (1868-1949), princesse de Bourbon, archiduchesse d'Autriche, épouse de l'archiduc Léopold Salvator.

KERNSTOCK, OTTOKAR (1848-1928), prêtre et poète autrichien de Styrie, auteur de poèmes patriotiques.

KLOSTERNEUBURG, ville voisine de Vienne, en Basse-Autriche.

KOHLMARKT, place au centre de Vienne.

KORNGOLD, ERICH, compositeur autrichien.

KRAGUJEVAC, ville au nord de la Serbie.

KREMS, ville pittoresque sur les bords du Danube, en Basse-Autriche.

KULMBACH, située au pied du Frankenwald en Bavière, la ville est célèbre pour ses brasseries.

KURFÜRSTENDAMM, grande avenue de Berlin.

LEMBERG (en russe LVOV), ville d'Ukraine au nord des Carpates, qui appartint à l'Autriche de 1792 à 1918. Théâtre de violents combats pendant la Première Guerre mondiale, la ville est successivement reprise par les Russes et les Autrichiens.

LÉOPOLD SALVATOR, archiduc d'Autriche, directeur de la Croix-Rouge.

LINZ, ville industrielle et capitale de Haute-Autriche, mais non de Styrie, comme le prétend le colonel prussien (V, 11).

LISSAUER, ERNST (1882-1937), poète allemand, auteur de poèmes nationalistes tel le *Chant de haine contre l'Angleterre*, 1914.

LÖWY, SIEGFRIED, journaliste, directeur avec Alice Schalek de l'association officielle d'aide aux victimes de guerre « La Croix noire et jaune ».

LUBLIN, ville de Pologne méridionale, à l'est de la Vistule. Les armées des généraux Auffenberg et Dankl y avaient participé aux combats contre les Russes en 1914.

LUDENDORFF, ERICH, général et homme politique allemand. À partir de 1916, il prit avec Hindenburg le commandement de l'ensemble des opérations militaires et influença le gouvernement du Reich dans le sens du pangermanisme et de la guerre à outrance.

LUSITANIA, paquebot anglais torpillé par un sous-marin allemand le 7 mai 1915 ; 1200 personnes périrent dans le naufrage.

MANZANARES, rivière et ville de la Manche, en Espagne.

MONTE GABRIELE, lieu des combats les plus meurtriers sur l'Isonzo.

MORAVA, vallée en Serbie, théâtre de durs combats entre la Serbie et l'Autriche en novembre 1915.

MORGENBLATT, édition du matin du *Tagblatt* de Vienne.

MÜLLER, HANS (1882-1950), auteur autrichien de poèmes, de récits, de nouvelles et de drames sur des sujets d'actualité.

NEUE FREIE PRESSE, quotidien viennois, l'un des plus influents de l'époque, qui fut régulièrement la cible des sarcasmes de Kraus.

NICOLAÏEVITCH (Nicolas Nicolaïevitch Romanov), petit-fils de Nicolas Ier, nommé commandant en chef des armées russes (1er août 1914).

NOVOGEORGIEVSK, forteresse sur la Vistule, près de Varsovie, prise par les Allemands en août 1915.

PFLANZER-BALTIN, KARL (1855-1925), chef d'armée, il a commandé de 1914 à 1916 l'aile droite du front autrichien contre les Russes.

PIAVE, fleuve en Italie du Nord. Théâtre de nombreux combats en 1917 et 1918. Au prix de très nombreuses pertes, la position fut tenue par les Autrichiens jusqu'en octobre 1918.

PICCAVER, ALFRED, ténor à l'opéra de Vienne.

PODGORA, élévation de terrain sur la rive droite de l'Isonzo, face à Gorizia.

PRATER, grand parc public à Vienne.

PRESBER, RUDOLF, écrivain allemand, parmi ses écrits un certain nombre ont pour thème la Première Guerre mondiale.

PRZEMYSL, place forte de Galicie occidentale attribuée en 1792 à l'Autriche, qui capitula en mars 1915 devant les Russes et fut reprise un mois plus tard par les Austro-Allemands.

RAWA-RUSKA, ville autrichienne, au nord de Lvov (Lemberg), elle a été polonaise après 1919 et russe depuis 1945.

REICHSPOST, quotidien viennois, organe du parti chrétien-démocrate.

RICHTHOFEN, MANFRED, pilote allemand, auteur du livre *Der rote Kampfflieger* (*Le Pilote rouge*).

RING, boulevard ceinturant le centre de Vienne, construit dans la seconde moitié du XIXe siècle à la place d'anciennes fortifications, jalonné des principaux édifices publics de la ville.

RODA-RODA, ALEXANDER (1872-1945), de son vrai nom Sandor Rosenfeld, journaliste, collaborateur occasionnel à la revue satirique *Simplicissimus* ; officier pendant la Première Guerre mondiale, il était reporter au quartier de presse militaire. La chanson *Ce Rosenbaum* (c'est-à-dire Roda Roda) est écrite sur la mélodie de *Mon beau sapin*.

SALVATOR, voir Léopold Salvator

SAN MICHELE, crête au sud-ouest de Gorizia, siège de violents combats pendant les batailles de l'Isonzo.

SAN, affluent de la Vistule.

SASCHA, la plus importante maison de production cinématographique en Autriche.

SCHABATZ (SABAC), ville de Serbie sur la Save. Appartenant à l'Autriche, elle fut très disputée pendant la Première Guerre mondiale.

SCHALEK, ALICE (1874-1956), journaliste à la *Neue Freie Presse*, elle fut la seule femme autorisée comme correspondante de presse sur les lieux des combats.

SCHLESCHAK (SLEZAC) LEO, chanteur et acteur de cinéma autrichien, membre de la troupe de l'opéra de Vienne.

SCHRAMMEL, nom des deux frères qui avaient fondé en 1877 le quatuor « Schrammel » qui jouait dans les guinguettes.

SETTE COMMUNI (Les sept communes), région d'Italie dans la province de Vicence, théâtre de violents combats.

SIEGHART, RUDOLF, gouverneur puis directeur du Crédit foncier à partir de 1916.

SIGILAUDIS, distinction honorifique austro-hongroise.

SIRK, magasin de luxe sur le Ring, à l'entrée de la Kärntnerstrasse, face à l'opéra.

SKODA, la plus importante industrie d'armement austro-hongroise.

SOLDAT DE BOIS (en allemand Wehrmann im Eisen), monument érigé en l'honneur de la solidarité envers les soldats, les veuves et les orphelins ; chaque offrande était matérialisée par un clou.

STIASNY, RUDOLF, industriel autrichien, consul de Bulgarie à Vienne.

STYRIE, province autrichienne dont la capitale est Graz.

TAGBLATT (NEUES WIENER TAGBLATT), important quotidien viennois, à tendance bourgeoise-démocratique.

TEISINGER, maréchal autrichien, responsable du recrutement dans les derniers mois de la guerre.

TERSZTSZYANSKY VON NADAS, KARL, général austro-hongrois.

TOLMINO (en allemand TOLMEIN), localité en Slovénie, tête de pont des forces austro-hongroises sur l'Isonzo en 1917.

TRONC SAINT-ÉTIENNE (en allemand Stock im Eisen), morceau de tronc d'arbre recouvert depuis le Moyen Âge de clous votifs, situé à l'angle de la Kärtnerstrasse et du Graben, devant la cathédrale Saint-Étienne.

UZOCK, col entre la Slovaquie et la Galicie dans les Carpates. Pris par les Russes en octobre 1914, les Allemands et les Autrichiens s'en emparent de nouveau en février 1915.

VINDOBONA, nom latin de Vienne.

WALDE, GERDA, actrice viennoise.

WALDSTÄTTEN, ALFRED, général de l'armée austro-hongroise.

WEISKIRCHNER, RICHARD, maire de Vienne de 1912 à 1919.

WIENER WERKSTÄTTE, entreprise fabriquant et faisant le commerce d'objets d'art, de meubles, de bijoux et d'étoffes dans le style de la Sezession et de l'École des Arts décoratifs de Vienne.

WLADIMIR-WOLINSKI, ville dans le nord-ouest de l'Ukraine, théâtre de violents combats avec les troupes russes.

WOCHE (DIE WOCHE), illustré paraissant à Berlin.

WURSTLPRATER, parc d'attractions à Vienne.

ZNAIM, ville de Moravie méridionale, célèbre pour ses vergers.

ZUNTZ, NATHAN, physiologiste allemand, professeur à l'université de Berlin.

Glossaire des pièces musicales

A A A, les touristes les voilà – *A A A, der Fremde ist schon da* (chanson sur le modèle de *A A A, alle Vögel sind schon da* – A A A, les oiseaux les voilà)

Appelle-moi nounours – *Sag Schnucki zu mir*

Au cimetière de La Bassée – *Auf dem Friedhof La Bassée*

Au pays, au pays, on se reverra – *In der Heimat, in der Heimat, da gibts ein Wiedersehen*

Beauté farouche de l'Isonzo – *Braunes Isonzomädel*

Ce bon vieux monsieur à Schönbrun – *Der guate alte Herr in Schönbrunn*

Cultivons le tourisme ! – *Pfleget den Fremdenverkehr !*

Grisés de champagne – *Ein Tampus vom Schampus*

J'avais un camarade – *Ich hatt einen Kameraden*

Je donne de l'or pour du fer – *Ich geb Gold für Eisen*

La danse était belle mais ils ne la jouent plus – *Schön war der Tanz, aber spieln tan s' 'n net*

La Garde du Rhin – *Die Wacht am Rhein*

L'Allemagne, l'Allemagne au-dessus de tout ! – *Deutschland, Deutschland über alles !*

La Marche de Radetzky – *Der Radetzkymarsch*

La Marche de Rakoczy – *Der Rakoczy-Marsch*

La Marche des Macaronis – *Katzelmachermarsch*

La Marche du Prince Eugène – *Prinz Eugen, der edle Ritter (« Er liess schlagen eine Brucken, dass man kunnt hinüberrucken, Stadt und Festung Belgerad* – Il fit jeter un pont pour qu'on puisse traverser et attaquer la ville et le fort de Belgrade »*)*

La Princesse Czardas – *Die Csardasfürstin*

Le monde s'écroule en beauté – *Nobel geht die Welt zugrund*

Le Prodigue – *Der Verschwender* (pièce de Ferdinand Raimund)

Le vieux Noé le savait bien, le plus beau boa ne chauffe pas ton sein – *Der alte Noah hats doch gewusst, die schönste Boa wärmt nicht die Brust*

Ma petite poupée, astre de mes yeux – *Puppchen, du mein Augenstern*

Montre-toi toujours fidèle et honnête – *Üb immer Treu und Redlichkeit*

Nous sommes du Régiment d'infanterie royal et impérial des Hoch et Deutschmeister n° 4 – *Wir sind vom k.u.k. Infanterie-Regiment Hoch-und Deutschmeister Nr 4*

Offrons-nous une autre bouteille – *Jetzt trink ma noch a Flascherl Wein, hollodrioh*

Oh toi, Autriche chérie – *O du mein Österreich*

Partir, c'est le plaisir du meunier – *Das Wandern ist des Müllers Lust*

Petite Mizzi, petite Mizzi, sois plus gentille – *Mizzerl, Mizzerl, sei doch netter*

Quand le dernier tram s'en va, le gentleman se rend au bar – *Wenn die letzte Blaue geht, dann in die Bar der Gent, der schlaue, geht*

Que me chaut l'argent, les biens – *Was frag ich viel nach Geld und Gut*

Qui veut s'enrôler dans l'armée – *Wer will unter die Soldaten*

Rose, on part pour Lodz ! – *Rosa wir fahren nach Lodz !*

Salut à toi, au front ceint de lauriers – *Heil dir im Siegerkranz*

Sortir, partir au loin ! – *Hinaus in die Ferne !*

Sur les bords du Manzanares – *Am Manzanares*

Tenez, voilà mon dernier sou – *Da habts mein letztes Kranl*

Vive Habsbourg ! – *Hoch Habsburg !*

Postface

FAIT PEU ORDINAIRE DANS LE MONDE DES LETTRES : la première traduction des *Derniers Jours de l'humanité* de Karl Kraus (1874-1936) fut basée sur un texte *inédit* en allemand. Il s'agissait de la version dite *scénique* (« Bühnenfassung ») que Kraus a établie lui-même vers 1930 et qui est conservée aux Archives Karl Kraus de la Bibliothèque municipale de Vienne (côte H.I.N. 176 549).

La genèse de ce texte est soigneusement décrite dans les travaux de M. Eckart Früh, travaux sans lesquels cette première traduction n'aurait pu voir le jour [1]. Pour des raisons matérielles nous avons dû renoncer – avec regret – à une édition bilingue avec appareil critique. Une traduction ne saurait remplir le rôle d'une édition critique. Les principes qui ont guidé le travail des traducteurs sont simples : fidélité d'un côté (jusqu'à l'orthographe des noms géographiques) ; liberté de l'autre pour rendre *l'esprit* (et non pas la lettre) des textes fondés sur des jeux de mots ou des rimes ; refus de transposer les passages jugés non transposables.

Jusqu'à la première traduction, on avait affaire à deux éditions « autorisées » des *Derniers Jours de l'humanité*, celle de 1919 (sous forme de trois cahiers spéciaux de *Die Fackel)* et celle de 1922 (Vienne, Éditions *Die Fackel)* dont la troisième version de 1926 sert généralement de base aux éditions actuelles [2]. Nous suivons ici la version scénique établie depuis par l'éditeur allemand à partir de documents inédits [3]. On peut déceler quelques lignes directrices :

— Kraus a totalement éliminé les dialogues-commentaires entre le Râleur (Kraus lui-même) et l'Optimiste (un patriote autrichien loyal), c'est-à-dire la partie la *moins* théâtrale de l'œuvre. Le Râleur est réduit à quelques rares apparitions.

— Il a supprimé totalement le *Prologue* et l'*Épilogue : La dernière nuit.*

— On a l'impression qu'il cherchait à gommer un peu la couleur locale et historique de la pièce bien que l'antagonisme Prusse-Autriche (Berlin-Vienne) reste un trait important du texte. Mais, parfois il remplace les noms de personnages historiques pour leur substituer, par exemple, la désignation de leur fonction (I, 2). Étant donné que ce choix n'est pas appliqué systématiquement, nous nous sommes permis de rétablir les noms réels (par ex. des généraux autrichiens) pour souligner le caractère *documentaire* de la tragédie – dans le doute, nous avons opté pour la version de 1926.

— Les coupures opérées par Kraus accentuent très nettement le caractère dramatique, voire cinématographique de l'œuvre. Les différents et nombreux *leitmotive* ou correspondances thématiques sont ainsi plus facilement perceptibles. Le tout a une allure théâtrale nettement plus accomplie que la version originale dominée par le côté *commentaire satirique* propre à la revue *Die Fackel.*

— Le resserrement du texte fait ressortir le rôle considérable des *citations musicales et acoustiques diverses.* Ainsi, l'œuvre prend la forme d'une *anti-opérette : l'anti-journal* qu'était *Die Fackel* a engendré une nouvelle forme dramatique. À la lecture de la *version scénique*, on comprend aisément l'admiration que les musiciens Schönberg, Berg, Webern et Eisler vouaient à l'œuvre de Kraus.

— L'abandon de l'aspect commentaire a sensiblement accru la présence multiple des voix et des bruits les plus divers. Karl Kraus est le premier à se servir systématiquement de ce qu'Elias Canetti nommera plus tard « le masque acoustique » [4]. À la place de la psychologie des personnages il met des *masques figés* : il en résulte une cacophonie gigantesque, mais néanmoins bien structurée.

À juste titre, le critique Kurt Krolop a signalé la parenté qui existe entre les œuvres fictives attribuées par Thomas Mann à son nouveau Faust Leverkühn-Schönberg et la technique dramatique des *Derniers Jours de l'humanité* [5]. La technique de la citation acoustique annihile toute velléité de psychologisme. Cette « musique infernale » signifie par sa forme même la fin de l'humanisme européen. Kraus « efface » par sa tragédie ce qu'il a aimé le plus : la littérature et la pensée allemande du XVIIIe siècle. La scène « intraduisible » (I, 10) reflète cet aspect primordial de l'œuvre de Kraus : un poème de Goethe considéré par Kraus comme « joyau » de la couronne de la langue allemande subit une humiliation déshonorante impardonnable : le texte de Goethe sert la propagande guerrière. Pour Kraus, un détail comme celui-ci signifie *la fin* de la culture allemande héritée des Lumières.

Sans tenir compte du *Prologue* et de l'*Épilogue*, la version intégrale de l'œuvre comporte 209 scènes réparties en 5 actes. Leur nombre est réduit à 99 dans la version scénique. Parfois, une seule scène de la version scénique est le produit d'une *fusion* entre plusieurs scènes de l'édition originale.

Dans la méthode de travail choisie par Kraus, une chose surprend particulièrement : en adaptant le texte pour le théâtre, il ne respecte souvent pas, ou à peine, l'ordre scénique de l'original. La chronologie elle-même est parfois chamboulée de façon désinvolte alors qu'à l'origine l'organisation des cinq actes correspond aux années de guerre : I = 1914, II = 1915, III = 1916, IV = 1917, V = 1918. Dans l'acte I de la version scénique, on trouve des scènes ou des bribes de scènes des actes I, II et III de l'original ; dans l'acte II, quelques-unes de l'acte I. Dans les actes III, IV et V, il y a moins de bouleversements chronologiques : l'acte III malgré un nombre considérable de coupures suit le déroulement de l'original. L'acte IV se compose de scènes des actes IV et V (souvent dans un désordre chronologique) ; l'acte V, quant à lui, ne comporte que des scènes de l'acte V primitif, avec une entorse minime à l'agencement original. Ce procédé est tout à fait logique, car le resserrement dramatique permet des anticipations de tout ordre.

En regardant de plus près la structure dramatique de l'œuvre, on remarque que Kraus, malgré des changements sensibles de l'organisation du texte, a conservé pour chaque acte – à l'exception de la dernière scène de l'acte IV – la *première* et la *dernière* scène de la version intégrale. Il tenait donc à souligner la structure très musicale de la tragédie. Aux premières comme aux dernières scènes des cinq actes, Kraus montre des personnages inconscients de la gravité des événements historiques, c'est-à-dire des *contre-points* vivants à la tragédie de l'humanité. Le rétrécissement du texte original – la *version scénique* ne représente qu'environ un quart du texte intégral – n'a pourtant rien de mécanique bien que Kraus semble travailler exclusivement « avec des ciseaux et de la colle ». Le résultat est – terme bien pesé – *l'anti-opérette* évoquée plus haut : l'opérette est faite de faux-fuyants qui aboutissent à une harmonie finale factice. Kraus met à nu le mécanisme de l'opérette qui lui semble régenter la société autrichienne et allemande des derniers jours de l'humanité pour démontrer que *sa* cacophonie représente l'état réel du monde.

Tous les noms géographiques sont réels. Concernant les fronts galicien et italien, nous avons gardé l'orthographe française d'époque trouvée dans des ouvrages et atlas spécialisés.

Un lieu occupe une place privilégiée : il s'agit de « Devant chez Sirk » (*Sirkecke*), magasin de maroquinerie sur le Ring, en face de l'opéra de Vienne, lieu de rendez-vous familièrement baptisé « *Potenzecke* », c'est-à-dire « Coin où se retrouvent les mâles puissants » (voir les « Boucs » de V, 1). La *Sirkecke* sert de *leitmotiv* parodique comme deux autres lieux de Vienne : le *Stock im Eisen* et le *Wehrmann im Eisen* (le Tronc Saint-Étienne et le Soldat de bois). Le Tronc Saint-Étienne près de la cathédrale Saint-Étienne est un tronc dans lequel les compagnons ont enfoncé des clous jusqu'à ce que le bois soit devenu du fer. Le Soldat de bois (encore visible aujourd'hui face à la bibliothèque municipale où se trouvent les Archives Kraus...), voué au même destin, fut une attraction patriotique des années 1914-1918.

En ce qui concerne les noms des personnages, il faut distinguer plusieurs catégories :

— Les noms historiques des politiciens, militaires, écrivains, acteurs, journalistes, prêtres, etc. sont reproduits tels quels : Alice Schalek (1874-1956), journaliste du *Neue Freie Presse*, seule femme correspondant de guerre autorisée, incarnation pour Kraus de l'abjection journalistique ; le poète-prêtre Ottokar Kernstock (II, 10) ; les correspondants de guerre Hirsch et Roda-Roda (II, 5) ainsi que les médecins ignobles (IV, 2) sont aussi réels que Mortdeseshommes (IV, 6) – le *Kaiserjägertod* identifiable comme le maréchal autrichien Ludwig von Fabini – et la plupart des personnages du monde du théâtre et des variétés fort présents dans les *Derniers Jours de l'humanité*.

— Les « fonctionnaires », parmi lesquels on trouve des préposées aux toilettes, des agents de police, des agents de commerce, des reporters, des officiers, des soldats, des mendiants, la *foule* multiforme. C'est dans ce registre que Kraus excelle à faire parler les « masques acoustiques » de la « grande époque ». Ce qui l'intéresse le plus, c'est la déformation de l'esprit et de la langue par le langage des journaux : d'où la présence des « abonnés » et « admirateurs » des journaux de l'époque (notamment le *Neue Freie Presse* bourgeois-libéral et le *Reichspost* catholique-conservateur). Est absent le journal social-démocrate *Arbeiter-Zeitung* dont le rédacteur en chef, Friedrich Austerlitz, défendait les mêmes positions que Kraus.

— Il y a beaucoup de noms *réels* qui ne correspondent pas forcément à des personnages « historiques ». Kraus s'en sert copieusement pour évoquer une atmosphère bien déterminée :

a) le monde particulier de l'État multinational qu'était l'Autriche d'avant 1918. Voir à cet égard surtout les scènes I, 2 (Chramosta),

I, 13 (École primaire) et V, 4 (Armée multinationale) ; et la scène II, 13, qui nécessite un petit commentaire : pour bien comprendre cette scène satirique, il faut savoir que le « teutonisme » de l'assemblée des « Chérusques de Krems sur le Danube » est proféré par des gens qui portent en général des noms de famille d'origines slaves assortis de prénoms ou de surnoms hypergermaniques : reflet classique du zèle assimilationniste de ceux qui réconfortent leur nouvelle identité nationale par le rejet raciste d'une autre (ici surtout celle des juifs galiciens).

b) Il y a dans l'œuvre de Kraus le phénomène de l'antisémitisme juif : certains noms réels ou fictifs, liés soit à la presse libérale soit aux affaires des profiteurs de guerre ont une consonance juive, par exemple : Biach, Kohn, Fettköter, Katzenellenbogen. Kraus est particulièrement violent à l'égard du rédacteur en chef du *Neue Freie Presse*, Moritz Benedikt, dont il fait dans l'*Épilogue* le « maître des hyènes » (scène non contenue dans la version scénique). Cela dit, on constate que les défauts attribués aux juifs le sont avec la même insistance aux milieux réputés antisémites, c'est-à-dire la presse catholique, le clergé et, surtout, les hauts responsables militaires. Dans la tradition du *théâtre populaire*, notamment de celui de Nestroy, Kraus se sert de noms « parlants ». La frontière entre noms réels et noms parlants est, parfois, difficile à établir : c'est le cas du camarade social-démocrate Schliefke (IV, 18) et du couple Schwarz-Gelber (*passim*, avec en plus une connotation antisémite). Dans les deux cas, il peut s'agir de noms courants, mais Kraus leur donne une signification supplémentaire (Lèche-cul et Noir-et-jaune, les couleurs du drapeau autrichien). Une espèce particulière rassemble les noms des anoblis du genre Back von Brünnerherz, Bambula von Feldsturm, Schlepitschka von Schlachtentreu, etc. On pense bien sûr à Stumm von Bordwehr chez Musil, mais il reste qu'un certain Franz Colombichio von Taubenbichel a bel et bien existé [6]. Sont incontestablement des noms parlants : Poldi Fesch (I, 1), Anton Grüßer-Kourbett (II, 7), Wahnschaffe (III, 7), Beinsteller-Crocenjambe et Fallota (IV, 10).

On notera que l'aspect mythologique et allégorique de la pièce, décelable dans l'emploi des noms, s'intensifie avec l'évolution historique du conflit : en témoignent les scènes V,1 ; le « zoo humain » de la scène V, 6 (ébranlé par la menace qui pèse sur les actions Skoda, une usine de matériel d'armement) ; et l'évocation (V, 7) de Gog et Magog (voir *Ézechiel*, 38 et 39 ; surtout, *Apocalypse*, 20, 8). L'apogée de ce procédé se trouve à la fin de la *Dernière Nuit* : Dieu lui-même révoque sa création avec les paroles de Guillaume II : « Ce n'est pas moi qui l'ai voulu » (III, 7).

Nous avons déjà constaté la présence presque obsessionnelle de la musique dans la version condensée de la pièce. Nous aurions aimé fournir au lecteur l'inventaire complet des citations musicales (une bonne cinquantaine) avec les *notes* et les *textes*. Le lecteur français de cette traduction se verra donc sans cesse confronté (sans le support des partitions) à des citations en allemand d'œuvres musicales de tout genre : chansons populaires, hymnes nationaux, chants patriotiques et militaires (notamment les leitmotive *In der Heimat, in der Heimat, da gibt's ein Wiedersehn* [Nous nous reverrons au pays] et la *Marche du Prince Eugène*), marches militaires, opérettes au goût du jour qui se servent de références populaires (*Ich hatt' einen Kameraden* est une célèbre chanson populaire, *Gold gab ich für Eisen* une devise patriotique des guerres napoléoniennes – on donnait un anneau d'or pour un anneau de fer). On compte aussi deux « partitions satiriques » (III, 7 et IV, 5) dont le « compositeur » est Kraus lui-même.

Le microcosme musical de la tragédie correspond parfaitement aux principes satiriques de *Die Fackel* : y être cité équivaut à un jugement sans rémission. Les *Derniers Jours de l'humanité* n'ont rien d'une « apocalypse joyeuse ». Au contraire, c'est une anti-opérette aux accents bibliques.

Le message de Kraus, hormis le côté prophétique et apocalyptique, ne diffère guère de ce que, très courageusement, a accompli l'équipe du *Canard enchaîné* de 1916 à 1918. S'il n'y a pas eu en France un dramaturge génial pour transformer l'information bâtarde sur la guerre en tragédie des derniers jours de l'humanité, la France possédait elle aussi, avec le *Canard enchaîné*, un « oiseau qui souille son propre nid » [7].

Une ironie de l'histoire a voulu que ce soient deux « bourreurs de crânes » français (les professeurs Charles Andler et Charles Schweitzer, le grand-père des *Mots* de Sartre) qui, par goût de revanchisme culturel, ont proposé Karl Kraus en 1928, 1929 et 1930 pour le prix Nobel de littérature afin de barrer la route à un « boche » [8]. La proposition fut écartée au profit de Thomas Mann – dont les *Considérations d'un apolitique* ont dû passer inaperçues du jury.

Le chef-d'œuvre de Kraus n'a pas encore trouvé d'éditeur en France. Nous sommes heureux de pouvoir présenter au public français une version authentique d'une tragédie dont l'actualité n'est pas à prouver.

GERALD STIEG

Notes

1. Eckart Früh, *Die Bühnenfassung der « Letzten Tage der Menschheit »*, in *Kraus-Hefte*, 13, Januar 1980, p. 4-9.

2. Karl Kraus, *Die letzten Tage der Menschheit.*

a) Munich : Kösel 1957.

b) Munich : dtv 1964 (= dtv 23/24, livre de poche en 2 volumes).

c) Berlin-Est : *Volk und Welt*, 1978 (*Ausgewahlte Werke*, 5, 1 : Texte et 5,2 : Commentaire).

3. *Die letzten Tage der Menschheit. Bühnenfassung des Autors. Herausgegeben von Eckart Früh*, Suhrkamp Verlag, 1992.

4. Elias Canetti, *Welt im Kopf. Graz-Wien : StiaBny*, 1962, p. 12,13 (interview de 1937).

5. Voir note 3c, vol 2, p. 326-327. Je considère cet essai de Kurt Krolop comme la meilleure introduction à l'œuvre de Kraus.

6. Il est l'auteur d'une étude sur les chemins de fer autrichiens en 1915.

7. Titre de la conférence de Karl Kraus reproduite en avant-propos de cette édition.

8. Une documentation détaillée comportant le jugement du poète suédois Per Hallström qui entraînera par trois fois le refus du jury est éditée in *Austriaca*, 22, 1986, Publication de l'Université de Rouen.

Repères biographiques

1874. Naissance, le 28 avril, à Jicin (Bohème), de Karl Kraus, neuvième enfant de Jakob Kraus, commerçant et industriel, et d'Ernestine, née Kantor, fille du médecin Ignaz Kantor.

1877. Installation de la famille à Vienne.

1891. La première pièce de théâtre de Kraus, *In der Burgtheater-Kanzlei*, est jouée en août, à Baden.
Études secondaires au Franz-Josephs Gymnasium de Vienne.
La mère de Kraus meurt le 24 octobre.

1892. Publication des premières critiques littéraires et théâtrales de Kraus ; il donne sa première soirée de lecture en octobre.
Rencontre avec Hofmannsthal.

1893. Études de droit à Vienne.

1894. Études de philosophie et germanistique.
Collaboration à la revue *Die Gesellschaft* de Leipzig et nombreuses soirées de lecture en Allemagne, surtout des *Tisserands* d'Hauptmann, pièce interdite en Autriche.

1896. Publication, le 15 novembre, dans la *Wiener Rundschau*, du premier grand essai satirique de Kraus : « Die demolirte Litteratur » (« La littérature démolie »).

1897. Fermeture en janvier du café Griensteidl. Cible de « La littérature démolie », ce haut lieu du monde littéraire viennois recevait le Jung-Wien, composé notamment d'Hofmannsthal, de Schnitzler, de Salten, de Beer-Hofmann… et d'Hermann Bahr, « l'infatigable et prolixe majordome du Nouveau ».

1898. Kraus quitte l'université avant d'avoir terminé son doctorat.
Chroniqueur pour une nouvelle revue, *Die Wage*, il publie « Eine Krone für Zion » (« Une couronne pour Sion »).
D'un échange de lettres avec Detlev von Liliencron et Maxi-

milian von Harden naît le projet de la revue *Die Fackel* (*Le Flambeau*) – en référence à *La Lanterne* d'Henri Rochefort (1968-1869).

1899. Parution, le 1er avril, du premier numéro de *Die Fackel.* Kraus n'y promettait rien de positif : « Non pas un retentissant "que faisons-nous ?" mais un honnête "qu'allons-nous tuer ? "» Pendant 37 ans, *Die Fackel* répandrait inlassablement « des trahisons, des cataclysmes, du poison et du feu du *mundus intellibilis* ».
Kraus quitte la communauté israélite de Vienne et se déclare « sans confession ».

1900. Mort du père de Kraus.
Succès de *Die Fackel.* Wilhelm Liebknecht y écrit sur l'affaire Dreyfus ; Kraus et ses collaborateurs dénoncent, entre autres, la corruption des milieux industriels et boursiers et les mensonges répandus par la presse libérale, et tout particulièrement par la *Neue Freie Presse*.
Violente polémique entre Kraus et Karl Wittgenstein (père du philosophe).

1901. Voyage de Kraus en Norvège et au Danemark.
Kraus obtient gain de cause dans un procès contre son imprimeur, dont le fils publiait une revue appelée *Die Neue Fackel*. Dès lors, *Die Fackel* sera imprimée et éditée par Georg Jahoda (on a pu mesurer l'influence morale de Kraus sur Ludwig Wittgenstein au fait que Jahoda fut le premier éditeur auquel fut proposé le *Tractatus logico-philosophicus*.).

1902. Publication par Moritz Frisch de l'essai *Sittlichkeit und Kriminalität* (« Morale et criminalité »)

1903. La littérature prend une importance croissante dans *Die Fackel* : outre des traductions de Strindberg, d'Oscar Wilde, etc., Kraus publie les bonnes feuilles d'auteurs tels que Frank Wedekind, Otto Stoessl, ou Peter Altenberg.

1904. Parution régulière de *Die Fackel* à partir du mois d'octobre.
Lettre de soutien de Freud « pour la pénétration, pour le courage » de Kraus dans l'affaire Leontine von Hervay (accusation de bigamie et de pratiques maléfiques).

1905. Le 29 mai, Kraus organise la première représentation (privée) de *Die Büchse der Pandora* (*La Boîte de pandore*) de Wedekind, dans laquelle il tient lui-même un rôle, tandis qu'il lit son essai en guise d'introduction. C'est alors qu'Alban Berg conçoit l'idée de *Lulu*, symphonie dont il fera un opéra.
Prise de position de *Die Fackel* en faveur de Freud – à une époque où la psychanalyse est encore isolée, et avant l'hostilité

railleuse dont elle sera l'objet dans de nombreux aphorismes de Kraus.

1906. *Die Fackel* accueille de jeunes écrivains expressionnistes tels qu'Albert Ehrenstein, Karl Hauer, Otto Soyka et Berthold Viertel.
Lettre de Freud à Kraus (12 janvier), dans laquelle il est question « d'idées et d'efforts [qui] concordent en partie ».

1907. Début de la polémique entre Kraus et son ancien modèle Maximilian von Harden qui, dans son combat politique contre Guillaume II, s'est servi de révélations sur l'homosexualité de son entourage.

1908. Publication par Rosner d'une version remaniée de *Morale et criminalité*.

1909. Édition par Langen du premier recueil d'aphorismes de Kraus : *Sprüche und Widersprüche* (*Dits et contre-dits*).
Début du soutien de *Die Fackel* à Schönberg. La revue accueille sa « lettre ouverte » à un critique (n° 272-273).

1910. Première série de conférences de Kraus à travers l'Europe (Berlin, Prague, Munich et Paris).
Kraus se lie avec Else Lasker-Schüler et Herwarth Walden, qui publie la revue expressionniste *Der Sturm*.
Le 3 mai, à Vienne, première lecture de « Heine und die Folgen » (« Heine et les conséquences »), qui vient d'être édité par Langen.
Le n° 300 de *Die Fackel* reproduit une page de partition manuscrite de Schönberg.

1911. Première polémique contre Alfred Kerr (voir la note 1 de « L'oiseau qui souille son propre nid »).
Le 8 avril, Kraus se convertit au catholicisme. Le parrain est son grand ami, l'architecte Adolf Loos (Kraus prit le parti de Loos dès les premiers numéros de *Die Fackel*. Leurs affinités, substantielles et intentionnelles, y sont clairement affirmées, ainsi que leur opposition à toute forme d'ornement).

1912. Publication de *Pro domo et mundo* chez Langen.
Kraus se lie d'amitié avec Ludwig von Ficker, éditeur de la revue *Der Brenner* à Innsbruck (c'est à Ficker que Ludwig Wittgenstein confia le choix des écrivains en difficulté auxquels il fit distribuer la somme de cent mille couronnes. Wittgenstein précisa qu'il avait pris sa décision « suite à ce que Kraus a écrit sur vous [Ficker] dans *Die Fackel*, et aux propos que vous avez tenus sur Kraus ».)

1913. Rencontre avec Sidonie Nadherny von Borutin ; leur orageuse relation amoureuse, amicale et épistolaire ne cessera qu'avec la mort de Kraus.
Die Fackel (n° 374), continue de défendre Schönberg après un concert qui fit scandale.

1914. Kraus milite contre la guerre qui s'annonce.
Die Fackel ne paraît plus jusqu'à la déclaration de la guerre, et Kraus ne reprend ses soirées que le 19 novembre. Il ne cesse d'y fustiger la bêtise de la presse enrôlée dans la guerre. Durant cette période, *Die Fackel* est plusieurs fois saisie.

1915. Premier voyage en Suisse, en compagnie de Sidonie Nadherny, où Kraus travaille à la tragédie *Die letzten Tage der Menschheit* (*Les Derniers Jours de l'humanité*).

1916. Édition par Kurt Wolff du premier volume de poèmes de Kraus : *Worte in Versen I.*

1917. Deuxième voyage de Kraus en Suisse, où Kraus continue *Les Derniers Jours de l'humanité*
Mort de deux amis de Kraus sur le front italien.

1918. La lecture, le 27 mars, de l'essai intitulé *Für Lammasch* vaut à Kraus d'être poursuivi pour pacifisme.
Mariage de Sidonie Nadherny et de Max von Thon-Hohenstein.
En novembre, révolution en Autriche et proclamation de la république. Kraus semble s'intéresser au parti de la Sozialdemokratie.
Parution de *Die letzte Nacht*, épilogue des *Derniers jours* en cahier spécial de *Die Fackel.*

1919. Mort de Peter Altenberg.
Weltgericht, recueil des essais pacifiste de Kraus, est édité par Kurt Wolff en deux volumes.
En mai, Kraus répond aux félicitations de Karl Seitz, président de l'Assemblée nationale, pour le 20e anniversaire de *Die Fackel.*
Parution des *Derniers Jours de l'humanité* en cahier spécial de *Die Fackel* .

1920. Organisée à Innsbruck par Ficker, la dernière soirée de lecture de Kraus est perturbée par une manifestation pangermaniste.
Peu après, à Vienne, Kraus lit ses textes devant un public d'ouvriers.
Publication par Kurt Wolff du recueil de poèmes : *Worte in Versen V.*

1921. Entrevue de Kraus avec le président Masaryk.
Réconciliation avec Sidonie Nadherny qui, divorcée, vit retirée au château de Janowitz.
En réplique à Franz Werfel, Kraus publie la pièce satirique « Literatur oder man wird doch da sehen ».
Après sa rupture avec Kurt Wolff, son éditeur allemand, Kraus crée les Éditions Die Fackel.

1922. Premier cycle de lectures des pièces de Nestroy.
Parution de *Traumstück*.

1923. Représentations des *Derniers Jours de l'humanité* à Vienne et à Brno (Moravie). À Prague, la représentation est interrompue par des manifestants pangermanistes.
Parution de *Wolkenkuckucksheim*, d'après Aristophane.
Kraus abandonne la confession catholique.

1924. La troupe de Bertold Viertel joue *Traumstück* et *Traumtheater* à Berlin en mars et à Vienne en avril.
Début de la polémique contre Békessy et la presse corrompue de l'après-guerre.

1925. Conférences de Kraus à la Sorbonne.

1926. Deuxième polémique contre Kerr, alias Gottlieb.
Mort de Georg Jahoda.
Békessy est forcé de quitter Vienne.

1927. À la suite de la manifestation et de la répression du 15 juillet, Kraus engage une polémique contre Schober, préfet de police de Vienne.
Soirées de lecture des *Derniers Jours* à la Sorbonne.

1928. Deux professeurs français, Charles Andler, du collège de France, et Charles Schweitzer (le grand-père des *Mots* de Sartre) proposent pour la première fois Kraus au prix Nobel de littérature – ils recommenceront sans succès en 1929 et 1930).
Procès Kerr, dont Kraus, qui le perd, en publie des minutes.
Publication de *Die Unüberwindlichen* (*Les Invincibles*).

1929. 500e soirée de lecture.
Représentation des *Invincibles* à Dresde et à Berlin. Malgré de bonnes critiques, la pièce est sacrifiée pour raisons politiques.

1930. Représentation des *Derniers Jours de l'humanité* à Berlin.
Diffusion radiophonique à Berlin du *Timon d'Athènes* de Shakespeare et des opérettes d'Offenbach adaptés par Kraus.
À Vienne, à Berlin et à Prague, lecture par Kraus des *Derniers Jours* dans une adaptation pour le Theater der Dichtung.

Une sélection de poèmes de *Worte in Versen* est traduite par A. Bloch, poète et peintre américain.

1931. Le 14 janvier, Kraus lit *Hannele* de Hauptmann à Radio Berlin.
En avril, présentation à l'opéra de Berlin de son adaptation de la *Périchole* d'Offenbach.
En novembre, à Vienne, 600e soirée de lecture.

1932. En janvier à Berlin, lecture à la mémoire de Wedekind.
En février, lecture de la *Pandora* de Gœthe à la radio de Vienne.
En septembre, l'essai « Hüben und drüden » consomme la rupture de Kraus avec la Sozialdemokratie autrichienne.

1933. Publication de *Shakespeares Sonette*.
Kraus commence *Die dritte Walpurgisnacht* (*La Troisième Nuit de Walpurgis*).
En octobre, le n° 888 de *Die Fackel* ne contient que son discours sur la tombe de son ami Adolf Loos et son dernier poème, « Man frage nicht, was all die Zeit icht machte » , où il fait allusion à son silence devant le nazisme.

1934. Confrontation Kraus-Schönberg organisée par Ernst Krenek dans *23*, revue musicale conçue par Willi Reich sur le modèle de *Die Fackel*.
En juillet, contre les menées des nazis en Autriche, Kraus prend parti pour Dollfus dans le numéro 890-905 de *Die Fackel* intitulé : « Pourquoi *Die Fackel* ne paraît pas ».
Assassinat de Dollfus.

1935. Kraus annonce quatre volumes d'adaptations des drames de Shakespeare.
Dernière soirée de lecture publique.
Une maladie cardiaque est décelée chez Kraus.

1936. Parution en février du dernier fascicule de *Die Fackel* (n° 917-922).
En traversant une rue, Kraus est renversé par un cycliste et son état de santé périclite.
Le 2 avril, Kraus tient sa 700e et dernière conférence en privé. (Il tint 2 séances à Trieste, 10 à Paris, 17 à Munich, 57 à Prague, 105 à Berlin, 414 à Vienne et le reste dans d'autres villes autrichiennes ; 260 d'entre elles furent exclusivement consacrées à ses œuvres, 302 à d'autres auteurs et 138 composées de mélanges.)
Kraus meurt le 12 juillet.

1952. Édition par Heinrich Fischer de *La Troisième Nuit de Walpurgis*.

Bibliographie disponible en français

Pro domo et mundo, (Aphorismes) Ivréa, 1985

La Nuit venue, (Aphorismes) Ivréa, 1986.

Cette grande époque, (Essais, Introduction de Walter Benjamin) Rivages, 1990.

Dits et contre-dits, (Aphorismes) Ivréa, 1993.

La Littérature démolie, (Essais, Introduction d'Élias Canetti) Rivages, 1993.

La Boîte de Pandore, (Introduction à des textes de Frank Wedekind) Ludd, 1995

Manuel de photogrammétrie, (En collaboration avec Peter Waldhaeusl) Hermès, 1997.

Aphorismes, (Extraits de *Pro domo et mundo* et de *Dits et contre-dits*) Mille et une nuits, 1998.

Essais & inédits en revue

« Karl Kraus », *Cahiers de L'Herne*, 1975.

« Karl Kraus », *Austriaca*, n °22, mai 1986.

« Actualité de Karl Kraus », *Austriaca*, n° 49, mars 2000.

Sur Karl Kraus

La Parole malheureuse, Jacques Bouveresse, Minuit, 1971.

Les Quarante-Neuf Degrés, Roberto Calasso, Gallimard, 1992.

Table

Agone Éditeur, BP 2326
F-13213 Marseille cedex 02

Marginales, « Les Billardes »
F-04300 Forcalquier

Comeau & Nadeau Éditeurs
c.p. 129, succ. de Lorimier
Montréal, Québec H2H 1V0

Achevé d'imprimer en mars 2000
sur les presses de l'Imprimerie France Quercy
BP 49, F-46001 Cahors cedex

Distribution en France : Les Belles Lettres
95, Bd Raspail, 75006 Paris
Tél. 01 44 39 84 20 – Fax. 01 45 44 92 88
Diffusion en France : Athélès
Tél. - Fax. Administration 04 91 90 71 30
Tél. - Fax. Commande 01 43 01 16 70
Diffusion-Distribution au Canada : Prologue
(450) 434 0306 – (800) 363 2864

Dépôt légal 1er trimestre 2000
Bibliothèque nationale de France
Bibliothèque nationale du Québec
Bibliothèque nationale du Canada